KB049922

나의 남자, 들

나의 남자, 들

초판 1쇄 인쇄일 2018년 4월 17일
초판 1쇄 발행일 2018년 4월 24일

지은이 김기섭
펴낸이 양옥매
디자인 송다희 임흥순
교 정 조준경

펴낸곳 도서출판 책과나무
출판등록 제2012-000376
주소 서울특별시 마포구 방울내로 79 이노빌딩 302호
대표전화 02.372.1537   팩스 02.372.1538
이메일 booknamu2007@naver.com
홈페이지 www.booknamu.com
ISBN 979-11-5776-546-1(03800)

이 도서의 국립중앙도서관 출판시도서목록(CIP)은 서지정보유통지원 시스템
홈페이지(http://seoji.nl.go.kr)와 국가자료공동목록시스템
(http://www.nl.go.kr/kolisnet)에서 이용하실 수 있습니다.
(CIP제어번호: CIP2018010370)

나의
남자, 들

김기섭
소＿설

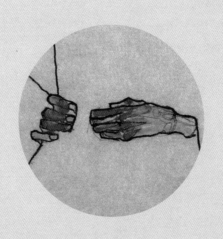

책나무

목
차
一

My men   or men

1부

My men   or men

2부

My men　or men

3부

My man or men

1
부

●

손톱

잠에서 깨고도 좀처럼 눈이 떠지질 않았다. 평소 습관대로 얼굴을 이불 속에 묻은 채였다. 아이는 이런 나의 잠버릇을 걱정했다. 나보다 먼저 눈을 뜬 아이가 제일 먼저 하는 일은 이불을 들춰내 엄마의 얼굴을 밖으로 내놓는 거였다.

난, 기회를 놓쳤다.

누군가 내게 신신당부해두었던 일이나 의무감에 길들어 습관처럼 해왔던 일을 까맣게 잊었다가 갑자기 생각이 난 것처럼, 놀란 눈을 뜨고 손톱이라도 깨물어야 했다. 예기치 못한 상황을 맞닥뜨릴 때면 오른손 엄지손톱을 깨물던 버릇이 사라진 건 언제쯤일까? 어머니는 어릴 적 내 엄지손톱을 특히 짧게 깎아주곤 했었다. 어머니가 마지막으로 내 손톱을 책임졌던 게 언제였던가? 전날의 과음 탓이다. 모든 감각기관의 회복이 평소에 비해 더뎠다.

내 몸이 몇 시간 전의 기억을 되살려내려 했다. 불과 몇 시간 전까지 공유했던 또 하나의 벌거벗은 몸뚱어리와 내 안을 채웠던 그것이 빠져나가며 남겨놓은 찌꺼기들이 이불 안을 덥히고 있었다. 이불 밑에서 벗어나야겠다고 마음을 먹었다. 용기를 내 눈을 떴다. (감았던 눈을 뜨는 데 용기가 필요했던 적이 있었던가?) 오른쪽 눈꼬리에서 관자놀이 부근까지 길쭉한 가시가 박혀있는 듯했다. 독한 약 기운 때문에 (과음 탓이 아니라) 원치 않는 잠에 빠져들었던 것처럼 무거워진 몸을 일으켰다. 순간 "끙" 하고 신음소리를 낸 건, 누군가를 의식하고 있었기 때문이었다. (나는 잠을 깬 곳이 평소에 잠을 깨던 자리가 아니며 혼자라는 것을 이미 알고 있었다. 그런데 누구를 의식했단 말인가?)

침대 머리맡에 상체를 기대고 앉아 제일 먼저 엄지손톱을 확인했다. 어릴 적처럼 짧지 않은 손톱은 이로 깨문 흔적 없이 말끔했다. 멀쩡한 엄지손톱이 내 앞에 펼쳐진 낯선 풍경을 차분하게 받아들일 수 있도록 했다. 나는 침착하게 정면의 벽 전체를 덮다시피 한 커다란 거울을 바라볼 수 있었다. 거울은 또 하나의 공간을 만들어 나를 기다리고 있었다.

거기에서, 나와 거울 간의 간격만큼 거울 안으로 물러나 앉은 야윈 여자와 눈이 마주쳤다. 거울이 여자와 나 간의 거리를 늘려놓아 그녀와 나는 각자의 얼굴에 나타난 세세한 표정을 서로 감출 수 있었다. 그녀는 다소 민망해하는 표정을 지었으리라. 목과 어깨가 만나며 만든 급한 곡선을 허문 머리카락을 얄팍한 가슴 언저리까지 늘어뜨린 그녀는 부동의 자세로 물끄러미 나를 바라보고 있었다.

거울에는 모텔 방 내부가 통째로 들어있었다. 나는 거울 속 풍경을 구성하는 소품에 지나지 않았다. 손바닥으로 이마를 짚고 난 뒤 흘러내린 머리칼을 쓸어 올렸다. 그녀는 내게 감사를 표하려는 듯 나를 대신해 코로 천천히 공기를 들이켰다. 그리고 탄식 같은 소리와 함께 가슴 속에 모였던 공기를 토해냈다. 비로소 소품의 역할에서 벗어난 나는, 그녀와 하나가 되었다.

그는 보이지 않았다. 그로서는 모텔 방의 조명을 켜놓는 것이 나를 남겨둔 채 모텔 방을 떠나며 생각해낸 최고의 배려였을 테다. 거울 속에 그가 보이지 않는다는 건 무척 다행스런 일이었다. 만약, 그가 있었다면 – 잠이 든 상태든 그렇지 않든 – 나는 전날 밤에 벌어진 일에 대해 따져 묻거나, 만사를 미뤄둔 채 그의 품을 파고 들어 그와 눈이 마주치지 않도록 하는 것 중 하나를 선택해야 했을 테다. 내게는 남편이 아닌 남자와의 하루 밤은

일상의 무료함 때문이라도 한번쯤은 생기기 마련이라고 주장할
만한 배짱이 없었다.

나는 그녀가 이 사이에 엄지손톱을 물고 있는 것을 보았다.

●

위로

모텔을 나와 탄 택시가 내가 사는 아파트 단지 입구에 가까워질 즈음 대기는 옅은 암녹색으로 바뀌어 있었다. 나는 택시를 탄 채 자동 차단기가 설치된 아파트 단지 정문을 통과해 집 앞까지 가는 걸 포기하기로 했다. 아파트 단지 정문과 거리를 둔 도로 가에 차를 세웠다. 아파트 상가 옆으로 난 샛길을 택했다.

나는 그 시각에 바깥세상으로 나온 적이 없었던 것처럼, 새벽녘의 어슴푸레한 낯익은 풍경들과 어색한 대면을 하며 앞으로 나아갔다. 구두 뒤축이 도로에 닿으며 내는 소리가 걸음을 서툴게 했다. 발이 작아지거나 구두가 늘어난 것 같았다. 하룻밤 사이 여러 일들이 생겼던 거다. 이게 다 남편 때문이다. 산 지 얼마 되지 않은 구두가 발에 맞지 않다니.

전날은 내가 당직이었다. 직원들이 퇴근하기만을 속으로 채근하고 있었다. 마지막으로 퇴근을 한 김 차장이 내 앞을 지나며 주말을 어쩌고저쩌고, 했다. 혼잣밀 같은 그의 평상시 말투로 미루어 - 그는 바로 위의 직급인 부지점장보다 네 살이 많았고 지점장보다는 두 살이 아래였다. 나이를 계급화하는 데 이력이 난 시섬상은 그의 어눌한 말투가 무능함의 증거라며 그걸 바꾸지 않는 한 승진은 글렀다고 했다. 하지만 그는 입사시험 때에도 똑같은 말투를 사용했고, 대리나 과장 승진을 위한 임원 면접도 지금의 말투로 통과했다. 그가 나에게 인사말을 건넨 거라고 짐작한 나는, 이미 출입문 앞까지 가있는 김 차장의 뒤통수에 대고 상투적인 짧은 답례를 했다.

남편에게 전화를 한 건 김 차장이 사무실을 나가고 - 그는 내 답례에 아무런 반응도 보이지 않았다. - 이십 분이 지나서였다.

통화는 "마음대로 해!"라며 언성을 높인 남편의 마지막 말로 끊겼다. 휴대폰 화면에서 "신랑"이라는 단어가 채 3분을 넘기지 못한 통화 시간과 함께 두어 번 깜박이다 사라지는 걸 멍하니 지켜봐야 했다. 남편은 그녀와 함께인 것이 틀림없었다. 남편은 사람들의 이목에 꽤나 신경을 쓰는 사람이다. 그런 남편이 마음껏 언성을 높였다는 건 이미 사무실을 나왔다는 걸 의미했다. 간혹 술의 힘을 빌어 목청을 돋우는 일이 있기는 했지만, 그건 모두의 동의가 전제된 자리 - 회식자리에서 상사에게 건배사를 제의받았거나 친분이 두터운 동창 모임, 마음이 맞는 회사동료들과 어울려 2차로 간 노래방 같은 - 여야 했다.

불과 여덟 시 삼십 분을 막 지났을 뿐이었다.

결국, 그녀밖에 없었다. 남편은 만사를 제쳐두고 그녀 곁으로 달려갔다. 그리고 그녀에게 변함없는 애정을 보여주기 위해 그녀가 보는 앞에서 나에게 엿을 먹였다. 그녀는 통화를 끝낸 남편에게 회심의 미소를 지어 보인다. 상상은 나를 함정에 빠뜨린다. 그걸 막을 수 있었을까? 스스로 만들어낸 상상으로 괴롭힘을 당할 때의 서러움이 현실에서는 곧잘 눈물을 부른다.

남편의 그녀가 내 상상 속에 등장하기 시작한 건 일 년 전으로 거슬러 올라가야 했다. 당시로서는 근거 없는, 오직 예감에 의해 시달려야 했던 시간. 신이 여자에게만 허락했다는 그 신통한 예지력은 살에 박힌 티끌이나, 종이에 벤 상처를 유발한다. 고통을 호소하고 아픈 티를 내기에는 사소하게 여겨질 상처. 자해와도 가까운 능력이 여자들에게서만 발견되는 거라는 세간의 통설을 믿지 않는 건 신은 불공평할 리 없다는 생각을 가져서가 아니다. 성향상 나는 무신론자에 아주 가까웠다. 어쨌든 나는 상상으로 인해 든 의문을 해소해야 했다. 질투나 시기심이 없었다고 할 수 없겠지만 나는 나를 정상의 상태로 되돌려야 했다. 내게 든 의문을 현실과 대조하려 할 때마다, 남편은 딱하다는 듯이 고개를 흔들었다. 그리고는 내 검증과정에 중대한 오류가 있다는 듯 되묻곤 했다.

"도대체 뭘 알고 싶은 거야?"

남편은 압축된 안경알 너머로 평상시에 비해 두 배는 크게 뜬 눈으로 나를 똑바로 응시하고 있었다.

그때마다 번번히 기가 꺾이곤 했다. 맥락 없는 이야기를 꺼내기라도 한 것처럼 어찌할 바 몰라 하던 나는, 급하게 생각해낸 다른 사람의 이름을 들먹이고는, 꺼냈던 얘기를 얼버무리느라 진땀을 뺐다. 나는 괜한 분란을 자초할 뻔했다는 듯 안도의 한숨과 (남편에 대한 신뢰가 남아 있었기 때문이었을까? 아니면 남편이 사실을 부인했기 때문에?) 함께 가슴을 쓸어내렸다.

결국, 저절로 작동한 예감이 공연한 의심 병이 아니었다는 것을 증명하는 데 일 년 가까운 시간을 들인 셈이다.

토요일 아침이었다. 전날 술에 취해 자정을 넘어 귀가한 남편은 생각보다 이른 기상을 했다. 아침을 먹는 둥 마는 둥 한 남편이 샤워를 하고 나서는 거실과 방을 오가며 밀린 회사일이 산더미라며 혼잣말인 듯 아닌 듯 두서없이 투덜거렸다. 내게 뭔가 할 말이 있나 싶어 남편의 기색을 살폈지만 남편의 눈은 정작 나와 마주치자 슬며시 딴청을 부렸다. 잠시 아이 곁에서 자리를 잡는가 싶던 남편이, 아무래도 안 되겠다며 집을 나섰다. 어딜 가냐고 물었지만 남편은 행선지를 밝히지 않은 채 잠깐 나갔다 오겠다고만 했다. 그러고는 삼십 분 정도가 지나 남편은 회사에 들러봐야겠다는 문자를 보냈다.

친정 부모님과 저녁식사를 하고 집으로 돌아왔을 때, 남편은 거실 소파에서 잠이 들어있었다. 손으로 귀를 틀어막고 코를 골아대는 아빠에게 다가갔던 아이가 술 냄새를 맡고는 콧잔등에 여러 개의 짧은 주름을 만들며 뒷걸음질을 쳤다.

욕조에 물을 받아 아이를 들어 앉히고 거실로 나왔을 때 남편의 코 고는 소리가 평소와 다르게 들렸다. 소파 팔걸이에 뒤통수를 두고 잠이 들어 턱 끝이 가슴께에 붙어있다시피 했다. 자세가 불편해 보였던 데다, 혹시나 하는 생각이 들어 남편에게 다가가 상태를 살폈다. 컴퓨터 키보드 옆에 놓아둔 남편의 핸드폰 진동음이 코 고는 소리와 섞여있었다. 한동안 울리던 진동음은 곧 그쳤다. 남편의 목 뒤에 쿠션을 받혀주고 방으로 들어섰다. 주중에 야근이 잦은 건 예나 지금이나 변함없었다. 주말이면 아이를 끼고 보내던 남편이 주말에까지 집을 비우는 일이 잦아졌다. 뭔가가 있었지만 남편은 그 뭔가를 자신과 연결 짓는 것에 신경질적인 반응을 보였다. 그러니까 그건 내 예민한 성격 탓이었다. 아이 때문이라도 부정적인 생각은 미뤄두고 내 성정의 결함을 돌아보는 계기로 삼자며 평정심을 되찾곤 했다.

안방에서 아이가 갈아입을 옷을 챙겨 다시 거실로 나왔을 때 핸드폰 진동음이 다시 한 번 들려왔다. 진동음은 좀 전에 비해 훨씬 짧았다. 이번엔 남편의 코골이가 아닌 휴대폰이 내는 짧은 진동음에 이끌렸다.

비밀번호를 채워놓은 통에 방금 도착한 문자밖에 확인할 수 없었지만 내 불길한 신통력의 실마리를 제공하는 내용들이었다. 가늘게 떨리는 손으로 남편의 휴대폰을 쥐고 조심스레 컴퓨터 앞 의자에 앉았을 때 컴퓨터가 켜져 있다는 걸, 남편이 자신의 메일을 열어 놓은 채 잠이 들었다는 사실을 알 수 있었다. 그녀는 그렇게 실체를 드러냈다.

남편은 초지일관 자신의 결백을 주장했다. 남편은 나의 상황 해석에 이의를 제기했다. 그녀와 남편 사이에 오간 메시지와 메일을, 피해의식에 사로잡힌 나머지 지나치게 주관적으로 해석하는 거라고 했다.

"세상일을 감정에 치우쳐서 당신처럼 제멋대로 해석해서는 안 돼."

남녀 간의 문자와 메일에서 수시로 등장하는 '사랑'이 그토록 다의적이고 포괄적일 수 있다는 걸 남편의 설명을 통해 새삼 깨달았다. 사실 얼마간, 실제 그럴 수 있었는지 의문이 들긴 했지만, 당시만 해도 나는 그 일은 어렵지 않게 해결되리라고 믿었다. 누구나 실수를 하기 마련이니까. 상황을 착각하기도 하고. 평소 부질없다고 여겨지던 일이 어느 순간 갑자기 그럴싸하게 생각될 때가 있기도 하니까. 더욱이 남자로 태어난 것처럼, 운명과도 같은 그들의 성욕은 충동적인 행위를 ─ 그녀와의 관계가 충동적인 거라고 판단한 근거는 뭘까? 배우자가 존재한다는 것, 그것일까? 하지만 남편과 그녀가 주고받은 문자와 메일은 자신들의 행위가 찰나의 욕망이 아닌 사랑임을 서로에게 거듭 확인시켜 주고 있었다. ─ 부추기기도 하니까. 그래도 나는 한번쯤은 눈감아주어야 하는 거라고 생각했다. 남편의 태도 여하에 따라 아량을 베풀 준비가 되어있다는 나 자신에 대한 믿음 같은 거였다. 어떤 연유로 부풀려지고 비정상적이기까지 한 이 신뢰가 실제로 내 안에 존재했는지는 남편의 해명이 내 기대를 완전히 저버리는 바람에 검증할 기회를 갖지는 못했다.

그녀를 만나봐야겠다는 내 말을 들은 남편은 잠시 의뭉스러운 눈으로 나를 쳐다보고는, 그러지 않는 편이 좋을 거라고 했다. 남편은 내게 두 눈을 고정한 채 두터운 턱을 좌우 어깨 사이에서 느릿하게 흔들었다. 당시 남편의 처신은 상황에 비추어 상당히 적절치 못했다. 큰맘 먹고 산 값비싼 화장품을 가로채 그녀에게

갖다 바치고는, 항의하는 내게 "그건 네게 어울리지 않아."라며 그녀의 이름을 언급한 거나 다름없었다. 남편의 고갯짓에 순순히 물러나는 척하며 내가 입술을 깨물었던 걸 남편은 눈치채지 못했다.

그 다음 주 토요일, 느지막하게 눈을 뜬 남편이 또다시 이렇다 할 설명 없이 집을 빠져나갔다. 나는 메모해 두었던 그녀의 전화번호로 지체 없이 전화를 걸었다.

풀이 죽은 듯했지만, 마치 기다리고 있었다는 듯 차분한 목소리였다. 나라는 것을 밝혔지만 그녀에게서 동요하는 기색은 조금도 느낄 수 없었다. 이미 남편에게서 언질을 받았을 거라는 생각이 들자, 더욱 약이 올랐다. 그녀는 내가 일러준 약속 장소를 되묻지도 않았다. 내가 연애시절 남편과 자주 들렀던 카페의 이름을 댔을 때, 그녀는 이미 알고 있다는 듯 순순히 알겠다고 했다. 나는 곧 그곳을 약속장소로 정한 걸 후회했다. 제기동에 사는 그녀가 창동역 근처의 2층 카페를 알게 된 데에는 어떤 사연이 있을까? 그 카페는 내가 아는 한 인근의 카페 중 칸막이 좌석이 있는 유일한 곳이었다. 게다가 카페 근처엔 결혼 전 남편과 연애 시절 자주 들렀던 포장마차 거리와 모텔 촌이 형성되어 있었다.

약속시간까지 세 시간 정도의 여유가 있었다. 나는 아이를 친정에 데려다 놓은 뒤, 동네 미장원으로 달려갔다. 미용실 의자에 앉아 미용사에게 중요한 약속이 있다고 했다. 미용사가 머리 손질을 시작하고 얼마 안 되어 전화가 걸려왔다. 미용실 거울 앞 선반 위에 놓았던 휴대폰이 진동음을 내자, 미용사가 하던 일을 멈추고 전화기를 집어 내게 주려 했지만 나는 됐다는 말을 하고 미용사에게 하던 일을 계속하도록 했다. 머리손질을 하는 동안 같은 일이 몇 차례 반복됐다.

남편의 전화는 그녀를 만나기 위해 차를 몰고 가는 동안에도 이어졌다. 운전대를 쥔 손에 더욱 힘이 들어가고 신경이 곤두서 마구 엑셀러레이터를 밟아댔다.

그녀를 만나기로 한 결정 자체를 두고, 누군가 잘한 일이었다고 생각하느냐고 묻는다면, 자신 있게 그렇다고 대답할 수만은 없을 것 같다.

나보다 다섯 살이 어린 남편의 연인은 내게 아무런 사전 양해를 구하지 않고 초면인 나를 언니라고 불렀다. 나는 지금까지도 그녀의 형제에 관해 알지 못한다. 남편이 들려준 얘기로는 그녀가 일류 여자 대학을 나왔고, 탁월한 외국어 실력을 갖춰 업무상 도움이 되는 일이 많다 보니 자연스레 가까워졌을 뿐이라는 게 전부였다.

졸지에 새로 얻은 동생은 채 십 분을 버티지 못하고 방금 생긴 언니 앞에서 눈물을 보이기 시작했다. 그녀가 눈물샘을 터뜨리려야 할 만큼 모진 말을 했었는지, 그녀와 함께한 십분 여 동안의 기억을 더듬으며, 흔들리는 그녀의 어깨를 지켜보고 있어야 했다. 주체할 수 없는 분노와 질투심으로 일을 벌이기는 했지만 막상 그녀와 마주하자 딱히 할 말이 없었다. 분노와 질투심으로 씩씩거리며 얼마간은 흥분된 상태였지만, (마음 같아선 머리채라도 잡고 흔들고 싶었지만. 당신이라면 그럴 수 있겠는가? 주말 오후의 한적함을 즐기는 사람들이 있는 카페, 그것도 남편과의 추억이 깃든 자리에서!) 감정대로 행동할 수는 없었다. 쌍소리를 하지도 않았다. 그저 환자를 대하는 의사처럼 (나는 그녀를 몹쓸 병을 앓는 환자로 취급했던가?) 그녀가 남편과 만나온 시간의 길이를 재고, 그것의 깊이를 진단했다. 유부남, 직장, 가정, 아이, 윤리와 도덕이니 하는 내 말이 그녀에게 충격적이었던 걸까? 내가 알려주기 전까지 그녀가 전혀 알지 못했던 사실이었을까?

그리고 잠시 뒤, 점퍼를 벗어 든 남편이 나타났다. 힘차게 출입문을 밀고 카페 안으로 들어선 남편은 어렵지 않게 나를, 아니 그녀를 찾아냈다. 나와 그녀가 앉은 테이블 가까이 다가온 남편이 입은 청색 남방의 목과 겨드랑이 부근의 색이 짙어져 있었다. 3월 중순 때늦은 꽃샘추위로 카페 유리창이 뿌옜지만 땀

에 젖어 납작하게 엎드린 머리카락 사이로 보이는 이마가 번들
거렸다. 남편은 이마를 쓸어 머리칼을 정리하고 손에 들었던 뉴
욕 양키즈 심벌이 새겨진 야구점퍼를 가지런히 접어 팔뚝에 걸
었다. 턱까지 차오른 숨을 고르기 위해 가슴을 늘였다 줄이기를
반복하며 ─ 시간을 벌기 위해 일부러 과장된 몸짓을 하는 거였다. 나
는 남편의 눈동자가 빠르게 좌우를 살피는 걸 놓치지 않았다. ─ 우두
커니 섰던 남편이 결국 내 옆자리를 선택해 앉았다.

　다시는 만나지 않겠다는 다짐을 차례로 ─ 먼저 그렇게 말을 한
것은 여자였다. 남편이 그녀를 따라 고개를 끄덕이며 그녀가 몇 주 전
다른 부서로 자리를 옮겼다고 말했다. ─ 받아내고 나는 자리를 떴
다. 한 건물에서 일을 하고 있으니 오고 가다 마주치는 것까지
어쩔 수 없는 일이었다.

　두 사람에게서 다짐을 받아내기 위해 그 자리를 만든 것이었
던가? 두 사람을 떼어놓고 남편을 본래의 자리로 되돌려 놓는
것. (남편의 자리는 어디였지?) 겉보기로는 내 목적은 달성되었다.
그로 인해 당연히 내 몫이 되어야 하는 승리감, 자부심은 어디
로 갔을까? 승리감, 자부심을 대신해 내 안을 떠돌기 시작한 건
그녀를 바라보던 남편의 눈빛과 그녀였다.

　남편이 카페에 모습을 드러낸 후로 나는 대체로 입을 다물고
있었다. 남편은 눈앞의 상황에도 불구하고 뭔가 중대한 다른 일

에 골몰해있었다. 아니, 그런 척 하고 있었다. 자신을 놓고 벌이는 두 여자의 감정싸움보다 중차대한 일이 있는 것처럼.

남편은 가끔씩 테이블 건너의 그녀에게 눈길을 주었다. 남편이 내 옆자리를 택해 앉는 순간 들었던 일말의 안도감은 이기심에 이끌린 착각이었다. 남편은 내 옆이 아닌 그녀의 앞자리를 선택한 것이었다. 그녀의 기색을 살피기에 유리한 위치.

그녀는 나와 달랐다. 살짝 열린 앞섶 사이로 보이는 살결은 그녀가 입은 보라색 티셔츠 아래의 모든 것을 상상하게 했다. 울음 때문에 흐트러진 호흡으로 좁은 어깨를 들었다 놓을 때마다 탐스러운 그녀의 가슴이 흔들렸다. 그녀의 그것은 처음 본 순간부터 나를 의기소침하게 했다. 내 것보다 많은 것을 담고 있는 듯한 그녀의 가슴. 그리고……. 그녀의 외모와 관련한 언급은 이쯤 해두는 편이 낫겠다. 그녀는 나보다 젊었고, 내가 그 나이였을 때만큼이거나 조금 더 예쁜 축에 속한다고만 해두자.

그녀를 향했던 남편의 눈빛과 – 사랑이 담겨있었는지 여부까지 알 수 없었지만, 어떤 식으로든 남편은 그녀를 원하고 있었다. – 생생한 그녀의 육체 사이에서 윤리나 도덕이 무슨 힘을 발휘할 수 있었겠는가? 도덕, 윤리니 하는 것들이 위대한 힘을 지녔다면 애초에 그런 일 따위는 발생하지 않았어야 했다.

그날 입에 올렸던 말들이 생각날 때마다 얼굴이 화끈거린다. 유부남, 남편, 가정, 아이, 윤리(윤리적으로?), 도덕(도덕적으로?)⋯⋯.

그들은 맹세를 지키지 않았다. 두 사람은 내게는 생소하기만 한 메신저 기능의 어플을 설치하고 수많은 하트와 달콤한 사랑의 언어를 교환했다. 그래서 나는 울고 있었다.

갑자기 사무실 문이 열리는가 싶더니 일찌감치 퇴근을 했던 J가 들어왔다. 지갑을 두고 갔다며 황급히 자신의 자리로 향하던 J가 내 앞을 지나며 잠시 속도를 늦췄었다는 걸 그가 낸 구두 소리로 알 수 있었다. 울고 있는 걸 들켰다고 해서 수치심 같은 걸 느꼈던 건 아니었다. 그와 아무런 상관이 없는 일이었고, 그의 목적은 두고 간 지갑을 챙기는 것이었으니까. 급히 티슈를 꺼내 눈물을 닦아내며 한시바삐 그가 다시 사무실을 나가기를 바랐을 뿐이다.

나와 동갑내기인 J는 울고 있는 이유를 묻는 대신, 위로주를 제안했다. 몇 잔의 술이 내 기분을 나아지게 할 수 없을 거라 생각한 나는 그의 제안을 사양했다. J는 자신의 고집을 꺾지 않았다. 나는 J가 동료애를 발휘한 거라고 여겼다. 남자들 사이에서는 그걸 의리라고 하고, 의리가 발단이 된 술자리가 드물지 않으니까.

"이거 어쩌지? 직장 동료한테 갑자기 일이 생겼다네."

J는 내 앞에서 전화를 걸었다. 아내와의 통화를 끝낸 J가 티슈 몇 장을 내 앞에 꺼내 놓고 직원들의 빈자리를 오갔다. 미처 끄지 않은 사무기기의 전원을 내린 뒤 이층으로 올라가 당직인 내가 해야 할 일들을 대신했다. 다시 일층으로 내려 온 그가 출입문 앞을 제외한 모든 조명을 껐다. 나는 마지못해 J를 따라 나섰다.

원색의 등산복 차림으로 집을 나선 노부부와 방금 기름에 튀겨낸 듯 반들거리는 단색의 운동복을 차려 입은 중년남자가 자신들과 엇갈려 걷는 나를 곁눈질했다. 집에 다 와갔다. 이제 익숙해진 일상으로 돌아가게 될 것이었다. 하지만 집과 가까워질수록 걸음은 더뎌졌다. 길 가장자리에 심어놓은 나무의 가지마다 야들야들한 나뭇잎이 매달렸다. 연한 녹색을 띤 이파리는 수락산 너머로 올라올 해를 기다리고 있었다. 곧 해가 떠오르면 나무는 맹렬한 기세로 빛을 흡수할 것이다. 그걸 상관할 사람은 없을 테지만. 등산로 입구에서 십여 분을 오르면 일 년 내내 볕이 미치지 않는 계곡이 있었다. 지금쯤 얼음이 녹고 물소리가 날까? 나는 애써 그런 생각을 떠올리며 걸었다.

우리 동 입구에서 신문배달부가 자전거 짐칸에 실어온 조간신문 뭉치를 보도 바닥에 내리고 있는 모습이 보였다. 나는 신문

배달부와 마주치는 것을 피하기 위해 길을 바꾸어 뒤편 출입구로 돌아갔다. 현관을 지키는 경비 아저씨는 교대를 준비하는 중인지 보이지 않았다. 엘리베이터 층간 표시등의 숫자가 바뀔 때마다 혈관 속에서 작은 벌레가 기어 다니는 것 같았다.

아파트 현관문 앞에서 참치 캔을 발견하자 얼마간 마음이 놓였다. 깡통은 담배꽁초로 가득 차있었다. 몇 주 전 담배냄새가 집안으로 들어온다는 이웃의 항의를 받고 치워졌던 참치 캔이 다시 등장했다. 지난 밤새 남편이 태운 담배의 흔적이 나에게 현관문 여닫는 소리에 개의치 않고 집으로 들어갈 수 있도록 소소한 용기를 북돋아주었다.

남편은 그날의 일에 대해 알려 들지 않았다. 남편의 반응은 어느 정도 예상했던 일이어서 나 또한 침묵으로 대응하리라 마음먹었던 터였다. 그렇지 않으면 다른 방법이 있기는 했던가? 누구로부터 시작이 되었든 당시 남편과 나 사이의 대화는 "네 맘대로 생각해!"라는 남편의 일방적인 선언과 함께 침묵에 잠기기 마련이었다.

나는 안방으로 들어가 몸을 뉘였다. 잠이 들었다 깨기를 거듭했다. 잠시 잠잠하던 두통이 다시 시작됐다. 점심때가 다 되어 엄마가 아이를 데리고 집에 왔을 때에서야 자리에서 일어났다. 어머니가 왜 이렇게 연락이 되지 않느냐며 성화를 했다.

●

가슴

월요일 아침 회의 때 J를 볼 수 있었다. J와 눈이 마주치지는 것을 피하려 했지만, 회의가 끝나고 각자의 자리를 찾아가는 사이 잠시 방심했던 탓에, 그만 그와 눈길이 스치고 말았다. J는 그 순간을 놓치지 않고 미리 준비해두었던 미소를 지어 보였다.

지난 토요일, 엄마가 아이를 집에 데려다주고 돌아가자, 남편은 아이를 데리고 밖으로 나갔다. 커피포트에 들여놓은 물이 끓는 동안 방전된 핸드폰에 전원을 연결했다. 핸드폰을 켜자 금요일 밤과 토요일 새벽 사이에 걸려왔던 전화와 문자들이 나타났다. 남편에게서 걸려온 십여 통의 전화 목록 뒤에 행방을 묻고 달래는 듯하던 남편의 문자메시지는 자정을 넘기면서 어디 해보자는 식으로 뉘앙스가 바뀌었다. 그리고 새벽녘에 보내온 J의 문자가 나타났다. 무사히 귀가를 했는지 물었다. 나는 그 자리에서 그의 문자를 지웠었다.

점심식사 시간에 J가 메시지를 보내왔다. 그는 할 얘기가 있다고 했지만 나는 더 이상 할 얘기가 없다는 답을 했다. 뒤이어 지난 금요일을 언급하며 퇴근 후 보자는 글을 보내왔고 나는 없었던 일로 치자고 했다. 내가 내놓을 수 있는 당연하고 유일한 답이었다.

명문대 수석 졸업이라는 타이틀과 탁월한 입사성적으로 인해 남편은 사람들의 우호적인 관심 속에서 직장생활을 시작했다. 남편은 이에 화답이라도 하듯 빠르게 직장생활에 적응을 하고 적잖은 성과를 냈다. 주어진 일에 관한 한 헌신적인 열의를 바쳤다는 점을 부인할 수 없다. 머지않아 본점의 주요 부서로 자리를 옮기게 될 거라는 근거 있는 소문과 함께 남편을 마음에 둔 여직원이 여럿 있었다. 나는 그 여직원들의 무리에 속해있지 않았다. 아무에게도 밝힌 적이 없는 일이었지만 내게 먼저 프러포즈를 한 건 남편이었다. 나는 남편의 첫 프러포즈를 거절했다. 그 즈음 나는 내게서 일어난 원인 모를 현상들과 한참 씨름을 해야만 했다.

연수를 마치고 지점에 배치되어 넉 달째를 채워갈 즈음, 그러니까, 수습 딱지를 뗄 무렵이었다. 시작은 가벼운 두통 증세였다. 생각할 필요도 겨를도 없이 단조로운 일들이 반복되었다. 금요일, 말일, 급여일, 각종 세금의 납부마감일, 분기, 반기마감일이라는 이유를 대며 고객들이 몰려들었다. 입사와 더불어 들었던 성취감과 미래에 대한 기대는 내 머리 위에 달린 고객 호출용 번호표시등이 경쾌한 소리를 내며 숫자를 바꿀 때마다, 말기 암환자의 머리털처럼 뭉텅뭉텅 뽑혀나갔다. 객장에서 대기 중인 고객들의 히스테리 정도를 나타내는 숫자가 계속해서 단위를 높여가고, 새로운 라운드를 알리듯 호출음이 울리면 자기 차례를 벼르던 새로운 스타일의 선수가 적의 등등한 눈으로 등장해 나를 향해 쉴 새 없이 잽을 날렸다.

　한차례 인파의 폭풍이 휩쓸고 지나간 뒤 - 쉴 사이 없이 밀려오던 사람들의 발길이 잠시 뜸해지며 객장이 한가로운 때면 마치 홍해의 기적이 눈앞에서 펼쳐지는 듯했다. - 잠시 숨을 돌릴 수 있겠구나 싶은 순간이면, 뒷자리에 앉아 결재용 도장 틈에 낀 인주를 후벼파고 있는 책임자의 눈치를 보며 화장실로 달려갔다. 털썩, 변기 위에 주저앉아 방광을 쥐어짰다. 쥐 오줌만큼이라 해도, 위안이 됐다. 이제 좀 나아지겠지, 하고 거울을 보며 나도 모를 말들을 중얼거려 나를 다독거리고, 가볍게 말아진 손을 가슴에 대고 두드렸다. 마지막으로 대여섯 번 크게 심호흡을 하고 자리로 돌아왔다.

하지만, 효과는 오래 가지 않았다. 번호표만큼 되풀이되는 말들, 내가 방금 손님에게 했던 말들이 돌고 돌아 다시 내게로 왔다. 옆자리 고참언니가 손님과 나누는 대화는 좀 전에 내가 했던 거였다. 목소리만 달라져 있을 뿐이었다. 메아리가 울리고 있었다. 조금 뒤에는 내가 그녀의 말을 따라 하는 건지, 그녀가 내 말을 흉내 내고 있는 건지 구분할 수 없을 지경이 되었다. 번호표를 팽개치듯 내놓고 내 앞에 선 할아버지가 무슨 말을 하고 있는지 도무지 알아들을 수가 없었다. 할아버지의 어깨 너머에서 눈꼬리를 바싹 치켜든 오십 대 초반의 아주머니가 나를 노려보며 시간을 재고 있었다. 그녀의 짧고 주름진 목에 걸린 알 굵은 진주 목걸이는 결코 내게 호의적으로 보여지지 않았다. 겨우 할아버지를 보낸 뒤, 나는 대기고객 수를 나타내는 전광판의 숫자가 치솟는 걸 멍하니 바라만 보고 있었다. 말소리와 호출벨 소리는 계속해서 내 귓구멍을 후벼팠다. 어느새 내 뒤로 온 책임자가 나를 대신해 벨을 눌렀다. 어디서 나타났는지 내 또래의 젊은 여자가 쪼르르 달려와 내 앞에 섰다. 실눈을 뜬 그녀가 세금고지서 뭉치를 내밀었다. 세금고지서가 장편소설 한 권의 두께였다. 순간 내 얼굴은 하얗게 질려있었을 거다. 진주목걸이는 아직도 객장에 서있었다. 단정한 유니폼 차림의 젊은 여자는 바쁘다며 일 처리를 재촉한다. 그녀는 실눈을 뜬 게 아니라 원래 생김새가 그랬는지도 모른다. 뭐라도 말을 해야 했다. 하지만 목구멍까지 올라온 소리가 제대로 된 말을 만들어 내지 못한 채 입안을 맴돌았다. 나는 그제야 내가 혀를 물고 있다는 걸 깨달았다. 가까스로 치아 사이에서 혀가 풀려났지만 젊은 여자는 이미 볼멘소리를 하고 있었다. 책임자가 나를 대신해 사과를 했다. 그녀는 뚱한 표정으로 태도를 누그러뜨렸다. 그녀는 사무실로 돌아가자마자 우리 회사의 인터넷 사이트에 접속해 민원을 넣겠다고 작정했을 거다. 그녀가 내 이름을 기억해주기를 빌어야 할 차례였다.

전달에 회사 홈페이지 '고객의 소리'에는 우리 지점의 고객 서비스와 관련해 불만을 토로하는 글이 세 건이나 올라왔었다. 이 중 두 건은 정황상 내가 연루되었음이 틀림없었다. 하지만 민원인은 민원의 빌미를 제공한 당사자의 이름을 빠뜨렸다. 그 때문에 직원 전체가 공범으로 몰렸다. 직원들 모두 당사자가 나라는 걸 알고 있었다. 지점장이나 책임자로부터 질책을 당하는 동안은 뚱한 얼굴로 입을 다물었다가 자기들끼리 은밀하게 수군거렸을 테다. 현장을 목격한 직원이 억울한 표정으로 나를 의식하며 당시의 상황을 다른 직원들에게 설명할 거다. 그들에게도 누명을 벗어야 할 권리가 있었다. 한 사람을 꼭 짚어 비난하는 것이

잔인하다고 느껴졌었던 걸까? 민원인이 베푼 호의는 나를 더욱 깊은 수렁으로 밀어 넣었다.

왼쪽 관자놀이 부근에서 시작된 (오른쪽이었나?) 두통은 얼마가 지나자 좌우를 멋대로 옮겨 다녔다. 자리가 바뀔 때마다 통증의 정도가 심해졌다. 퇴근하면서 나아지는가 싶던 통증은 아침에 잠에서 깨어 시간을 확인하는 순간 다시 시작됐다. 나중에는 통증이 시계 역할을 대신하기에 이르렀다. 두통이 나를 깨우고 나에게 침대 안으로 기어들도록 했다. 두개골을 맴돌며 나를 괴롭히던 악마가 심장으로까지 내려와 숨을 가쁘게 하더니 급기야 생리의 리듬까지 흐트러뜨렸다. 동네 약국에서 의사 처방전 없이 구입할 수 있는 약들로 버텨내던, 나는 투항을 고려하기 시작했다. 병원을 찾지 않은 건 나 혼자의 힘으로 스스로 내 안의 악마를 쫓을 수 있다는 확신을 가졌기 때문이 아니었다. 나는 고통의 원인과 치료법을 이미 알고 있었다. 사직서, 그것이 모든 문제를 해결할 열쇠였다.

남편이 내게 프러포즈를 했던 때가 그 즈음이었다는 건 시기적으로 문제가 있었다는 걸 의미한다. 그것을 제외하면 그에게 거부감을 가질 이유는 없었다. 나는 그에 대해 알려 하지 않았고, 아는 것이 없었으니까. 당시의 그러한 정황에도 불구하고 내가 써놓았던 사직서를 쓰레기통에 던져버리게 한 사람이 다름

아닌 남편이었으니, 세상일은 알다가도 모를 일이다.

그와 스치듯 마주칠 때마다, 내게 퇴짜를 맞고 씁쓸한 표정으로 담배를 피워 물던 모습을 떠올리며 짧은 생각들을 하곤 했다. 나로 인해 자존심이 상했을지도 모르겠다는, 아무리 잘났어도 세상일이 제 뜻대로 될 수 없다는 사실을 가르쳐주었다는, 그리고 그는 왜 내게 관심을 보인 걸까, 등등. 그 이상의 일은 일어나지 않았다. 난 프러포즈를 거부하기 전과 다르지 않게 그를 대했다.

비록 그를 대하는 내 태도는 변한 것이 없었지만, 그와 관련된 얘기가 들려올 때마다 귀를 기울이게 되는 것까지 어떻게 할 수는 없었다. 미혼 여직원들끼리 모인 자리에서 누군가 그를 흠모하고 있다는 고백을 들으며 나도 모르게 우쭐해지는 기분을 만끽하고 있는 나를 발견하곤 했다.

좀처럼 나아질 기미를 보이지 않던 당시의 고단한 처지 때문이기도 했지만, 나는 여직원들끼리의 모임에 참석하고도, 대화에서 스스로를 소외시켜 대체로 듣는 입장을 취했다. 턱을 괴고 그들의 대화를 나누는 동안 나는 다른 방향을 응시한 채 그들의 얘기를 들었다. 어느새 남자가 화제에 오르고 - 여자들 간의 대화는 상당히 치밀한 방식을 취하고 있어서 시간이 갈수록 범위가 좁혀지기 마련이다. - 어느 시점에 이르면 남편 얘기가 나오게 되어있었다. 언제 어디서나 상상을 곧바로 현실로 소환하려 드는 급진주의자 하나쯤은 있기 마련이다. 한 여직원이 두 손을 턱 아래에 가지런히 모아 쥐고는, 남편을 '그 사람'이라고 칭하며 자신의 애정을 여과 없이 드러냈다. 그렇게 얼마간 대화가 진행되다 보면, 그들 중 누군가는 대화에서 나를 따돌린 것 같은 미안한 생각이 들어 내게 시선을 주거나 말을 걸어왔다. 그러면 나는 아무런 문제 될 것이 없다는 표정으로 기왕에 얘기를 꺼낸 이상 계속하는 것이 모두를 위해 당연하다는 듯이 "그래?"라며 되묻곤 했다.

나는 화제가 남편에게서 다른 곳으로 옮겨 갈 조짐이 보이기 시작하면 아랫입술을 내밀며 턱을 괴었던 팔을 풀어 기지개를 폈다. 나는 상상을 하곤 했다. '사실은 말이야, 네가 그 사람이라고 한 그 사람이 일전에 나한테 프러포즈를 했었어.'라고 말하는 나와 내 말을 듣고 변해가는 그녀들의 얼굴을.

나는 변화를 받아들이기로 했다. 그건 이유가 있는 결정이었고, 나를 바람직한 상태로 (당시에는 그렇게 믿었다.) 바꾸어 놓았다. 두통이 잦아들기 시작했다. 모든 이들로부터 인정받는 남자가 나를 선택했다는 사실은 가슴을 헤집던 울렁증을 설렘으로 바꾸어 놓았다. 생리마저 ─ 사실, 내 생리주기는 원래부터 규칙적이지 못했다. 초경을 치르고 얼마 뒤, 여성의 월경이 달과 관련이 있다는 애기를 들었다. 하지만 달과 여성 사이의 영구하고 신비로운 관계는 나에게까지 미치지 못한 듯했다. 남들에 비해 초경이 늦었던 나는 시간이 흐르면 달과 관계를 회복하게 되리라 여겼지만 달은 언제나 내 앞이나 뒤에 있었다. 나는 비로소 달과 연결된 거라 믿었다. 이 현상을 두고 진정한 여성성을 획득하게 된 거라고 말할 수 있을까? - 정상주기를 찾았다. 그 밖에도 내가 마음을 바꾼 이유는 차고 넘쳤다.

청첩장이 하나둘 도착하고 있었다. 친구들 사이에서 평생 한 남자에게 매여 사는 일 따위 - 정확하게 결혼을 염두에 두고 말했던 건지는 명확하지 않다. 하지만 그게 아니라면? - 는 없을 거라는 소리를 듣던 희원이마저 결혼 소식을 전해왔다. 대학시절 나와 단짝이었던 희원은 당시 남학생들 사이에서 최고의 주가를 올리며 - 물론 그녀에게 악담을 퍼붓는 무리도 있었지만, 그들 대부분이 희원에게 데이트 신청을 했다가 거절을 당했거나, 희원을 마음에 두고도 감정을 고백할 엄두조차 내지 못하던 소심병자들이었다. 그들은 그녀가 파트너를 바꾸어 나타날 때마다 하나같이 순결과 정조를 들먹이며 그녀를 헐뜯었다. - 많은 남자들을 섭렵했었다. (그녀와 관련해서는 많은 에피소드가 있지만 지금은 그녀와 연락이 닿지 않는 상황이라 생략하기로 한다.)

희원이 내게 전화를 걸어와 사무실 주소를 물었다. 청첩장을 보내겠다는 그녀가 "이젠 안정적인 삶을 살아야 할 때가 되었나

봐."라는 말을 했다. 그녀의 목소리에 어딘가 맥이 빠져 있는 듯했지만 자유를 안정과 맞바꾸겠다는 그녀의 결단은 삶을 진지하게 대하기 시작한 거라고 생각됐다. 그리고 나는 그녀의 결혼을, 새로운 삶을 맞기로 한 그녀의 결단을 축하해주었다. 진심으로.

　나는 그와 마주칠 때마다 조금씩 표정을 바꿔나갔다. 스치듯 지나치는 것이 아니라, 잠시 걸음을 멈추고 그의 헤어스타일이나 넥타이와 관련해 한마디를 던지며 미소를 지어 보였다. 어쩌다 당겨 받은 전화가 그를 찾으면 그의 자리로 전화를 연결하고 - 예전엔 여기까지 진행한 뒤 들었던 전화기를 내려놓았다. - 그의 목소리가 들려올 때까지 인내심을 발휘했다. 그리고 명랑한 목소리로 그를 찾는 전화가 걸려왔다는 사실을 확인시켜준 뒤 전화기를 내려놓았다.

　토요일 오후 명동에 나가 새 화장품을 샀다. 입사 선물로 형부에게서 받은 화장품이 절반 이상 남아있었다. 이제껏 사용했던 것에 비해 갑절이나 비싼 것을 골랐다. 강렬한 색채의 립스틱과 애초 계획에 넣지 않았던 향수까지. 향수를 고르는 동안 맡았던 갖가지 향수 냄새에 취해버렸는지도 모르겠다. 나는 내친김에 미니스커트와 가슴을 커 보이게 하는 브래지어도 구입했다.

지점회식이 있던 날, 나는 처음으로 끝까지 자리를 지켰다. 공식적인 회식자리가 파하고 젊은 직원 몇몇이 의기투합해 모인 호프집에서 나는 남편의 앞자리에 앉았다. 회식장소였던 고깃집을 나오기 직전 화장실에서 화장을 고치고 향수를 뿌렸다. 뽕 브래지어가 제 역할을 충실히 할 수 있도록 제 위치를 잡아주는 것도 빼먹지 않았다.

내 옆자리에 앉은 신입직원이 내게 요사이 무슨 일이 있냐고 물었다. 내가 왜 그런 질문을 하냐고 되받자 신입직원은 요사이 부쩍 예뻐진 것 같다며, 내 잔에 자신의 잔을 부딪혔다. 나는 선심을 쓰듯 남편에게도 잔을 내밀어 잔을 들도록 했다.

호프집을 나와 각자 흩어지기 직전 남편이 내게 주말에 만나 커피를 마시자고 했다. 나는 대수롭지 않다는 말투로 그러자고 했다. 우리는 그날 이후 채 일 년을 채우지 못하고 결혼식을 올렸다.

J, 그의 이름이다. J는 시간을 지난 금요일 밤으로 되돌리려 들었다. J는 먼저, 금요일 밤, 자신이 나를 남겨둔 채 가버린 일을 사과한다고 했다. J가 사과를 하겠다고 든 일은 사과가 필요치 않은 일에 속한다. 그냥 모른 채 해야 할 일이었다. 게다가 나는 이미 그로서는 그럴 수밖에 없었을 거라고 생각하고 있었

다. 이미 끝나버린 사건이었다. 나는 미안해하지 않아도 된다고 했다. 그럼에도 불구하고 J는 여전히 용서를 구하는 태도로 언제쯤 깨어나 어떻게 집에 들어갔는지, 그리고 그 뒤에 벌어진 일에 대해 물었다. J의 이야기를 들어보겠다고 한 건 사과를 받아내기 위해서나 그가 모텔방을 떠난 뒤 내게 일어난 일들을 들려주기 위해서가 아니었기 때문에 나는 가급적 짧게 답을 했다. 그러자 J는 지난 주말 동안 많은 생각을 했다며 조금 전까지 했던 얘기를 조금씩 바꾸어 되풀이했다. 모텔 방을 나서기 전 한참을 망설였어. 하지만 그럴 수밖에 없었어. 거기에 달린 갖가지 이유들……. 이미 그러리라고 짐작했던 얘기들이어서 사과나 용서가 불필요해진 이유들. 가정, 집, 아내, 아이들. 하지만 J는 나를 남겨둔 채 떠난 자신의 행위가 사건의 끝을 의미한 게 아니었다는 말을 하고 있었다.

모텔 방에서 깨어나 얼마간 유지할 수 있었던 의연함이 소진된 건 오래 전이었다. 내게 향한 눈이 모텔 방 거울 속에서 조우한 여자의 것만이 아니라는 걸 깨닫는 데는 특별한 노력이 필요하지 않았다. 담배꽁초로 채워진 참치 캔 덕분에 발휘되었던 뻔뻔함도 그때뿐이었다. 초조해지기 시작했고, 아주 조금씩 다른 빛깔의 두려움이 각각 다른 대상과 짝을 이루고 차례로 나를 찾아왔다. 검은빛의 두려움과 짝을 이룬 남편이 앞장을 서고, 다음 순서로 황갈색의 어머니가, 장미넝쿨 빛의 아버지, 잿빛의 직장 동료들이 대형을 이뤘다. 붉은빛 입술을 삐죽하게 앞으로 내민 아이까지 나타났다. 한번도 본 적이 없었던 낯선 사람들까지 각기 다른 색깔을 하고 내게 바싹 다가와 있었다. 그들은 모두 합쳐져 하나의 덩어리가 되었다. 덩어리는 새까만 벽으로 변해 나를 에워쌌다. 깊이를 알 수 없는 검은 벽 속엔 각자의 빛으로 나를 쏘아보는 눈들이 박혀있었다.

그냥 잊어버려, 라고 한 내 말이 타다 남은 불씨 앞에 쪼그리고 앉아 열심히 입바람을 불고 있는 그에게 물벼락을 끼얹기라도 한 것처럼, 그는 축축해진 눈으로 물끄러미 나를 쳐다봤다. 나로서는 그 말을 끝으로 자리를 박차고 커피숍을 나왔어야 했다. 내가 퉁명스러운 말투를 해 물었다.

"도대체 뭘 원해?"

내가 묻자 그는 앉았던 자세를 고치고 두 팔을 가지런히 해 테이블 위에 올려놓았다. 그는 손가락을 엇갈려 깍지를 만들고 팔꿈치를 지렛대 삼아 상체를 기울였다. 그의 몸 절반이 테이블 위로 올라왔다. J의 느릿한 움직임에도 불구하고 나는 그가 좁힌 거리만큼을 다시 늘려놓기 위해 반사적으로 상체를 뒤로 물렸다. 하지만 벽에 고정된 등받이는 내 등을 밀어냈다. J는 한층 진지해졌다. 그는 순간 자신이 최선을 다하고 있다는 걸 보여주

려 했다. 게다가 그건 결코 쉬운 일이 아니어서 그 대가로 겪는
고통까지 감수하고 있음을 내게서 인정받기를 원했다.

"사랑해."

평화롭게 허공을 배회하던 이름 모를 새 한 마리가 무리에서
이탈했다. 새는 양 날개를 한껏 펼치고, 구름이라도 뚫을 듯이
위로 치솟아 오르는가 싶더니 갑자기 방향을 바꿔 나를 향해 돌
진했다. 나와 새 사이를 가로지른 유리 벽을 새는 미처 발견하
지 못했다. 나는 놀랐고 새는 창에 부딪혔다. 새가 유리창에 부
딪히며 날카로운 소리를 냈다. 날카로운 소리는 내 목구멍으로
밀려들어와 심장 한 켠에 꽂혔다. 새는 바닥에 떨어지고 서늘한
기운이 나를 휘감았다. 부리 사이로 보이는 빨간 것이 새의 혀
인지 피인지 분간할 수 없었다.

양주의 대형 카페 2층에서 겪었던 일이다. 남편에게 막 의심
을 품기 시작했을 때였다. 내가 심각하지 않은 투로 당시의 불
안한 심경을 털어놓자 남편은 기분 전환이 필요하다며 나를 그
곳으로 데려갔다. 남편과 연애 시절 두어 번 갔었던 곳이었다.
남편과 아이가 넓은 카페 마당에서 공놀이를 하는 동안 나는 새
의 죽음을 목격했다. 카페 주인은 가끔 있는 일이라고 했다. 왜
순간 그 일이 떠올랐던 걸까?

정신을 가다듬었다. 나는 어이가 없다는 표정을 보여주어야

했다. 사랑은 그렇게 가벼운 게 아니며 그와 나 사이에서는 통용될 수 없다는 사실을 깨닫게 해야 했다. 더 더욱이 그와 나처럼 예기치 않았던 육체적 접촉이 있었던 경우에는 자칫 독이 될 수 있는 말이었다. 나는 J를 물끄러미 바라보며 천천히 고개를 가로저었다. 그는 동요했다. 그는 사랑이 아닌 다른 단어를 찾아내야 하는 절박함에 시달려야 했다. J는 좀처럼 실마리를 풀어내지 못하고 있었다.

"나하고 한 섹스가 좋았어?"

J로부터 또다시 사랑한다는 말을 들었다면 나는 J에게 그렇게 물었을 거다.

인적이 드문 골목 어귀의 작은 커피숍엔 J와 나 둘뿐이었다. 9시를 넘기자 시계의 초침은 육십 초 전에 지나온 지점을 향해 점점 빠른 속도로, 미끄러지듯 달려가고 또 달려갔다. 커피숍 아르바이트생이 폐점 시간이 가까워졌음을 알려주었다. J는 초조해하고 있었다. 사랑한다는 말을 하고도 나로부터 자신이 의도했던 답을 이끌어내지 못해서였다.

그는 스스로를 허물었다. 자신에게 무심해진 아내, 의무감에서 되살아나곤 하는 시들해진 아이들에 대한 애정……. J는 자신의 일상이 자신을 절망 속에 빠뜨린다고 했다. 내게 구해달라는 말을 하지는 않았다. 절망은 목숨이 붙어있는 사람이라면 누구나 한번쯤은 앓았었거나 앓고 있는, 앓게 될 유행병이다. 그걸 고질병이라고 해서는 안 된다.

J가 나를 향해 기울였던 상체를 세우고 머리를 들었다. 그는 천정을 바라보며 긴 한숨을 쉬었다. J의 모습은 깃털이 빠져가는 암탉이 하늘을 원망하는 장면을 연상케 했다. 그 순간 그가 소리를 냈다면 아마도 닭 울음소리와 분간할 수 없었을 테다.

그 이후 J가 늘어놓는 얘기들은 어떤 경로로든 한번쯤은 들었던 통속적인 것들이었다. 통속적이라는 건 한 묶음이나 집단을 가리켜 일컫는 말이다. 한 개인이 처한 상황을 두고 통속적이라고 하는 건 적절치 않다. 그는 홀로 내 앞에 앉아있었다. 그는 통속적이라고 불리기를 원지 않았다. J는 특별해지고 싶어 했다. 내게서.

한 여자를 앞에 앉혀두고 남자의 혀가 부리는 진부한 수작(酬酌)이 어떻게 시간에 채찍질을 할 수 있었을까? J나 나나 다르지 않은 삶을 살고 있다는 사실을 확인할 뿐이었다. 내 것이라고 믿는 내 삶 역시 누군가가 살았던 삶의 일부를 복사해 짜깁기한 것에 불과할지도 모른다. 그만 일어나자, 라는 스스로의 경고에도 불구하고 나는 내 앞에서 벌이는 J의 수작(秀作)을 지켜보고 있었다.

"너한테는 다른 여자들과는 다른 무엇이 있어."

순간, 남편의 여자가 그곳에 나타났다. 나보다 다섯 살이 어리고 남편과는 아홉 살 차이인 그녀. 그녀는 민낯이었다. 그녀는 예전에 입었던 보라색 티셔츠 대신 투명한 산호색 표피를 온몸에 둘렀다. 그녀가 두른 표피는 온전히 그녀의 것이었다. 표피 아래를 지나는 검푸른 혈관이 그녀의 실재를 증명하고 있었다. 뾰족한 코, 어미 닭을 좇는 병아리의 부리를 닮은 도톰한 입술, 검은 발광의 머리카락을 배경으로 선명하게 드러나는 귀밑에서 어깨까지 연결된 부드러운 곡선, 적당히 풍성한 가슴, 탄력 있는 엉덩이, 높은 굽이 떠받친 날렵한 종아리. 그녀는 그저 젊은 여자에 불과하다라고 할 수도 있다. (이런 얘기를 할 때는 비참한 심경이 된다.) 하지만, 그녀의 가슴. 그녀의 가슴은 나와 달랐다. 마치 나로부터 여러 단계의 진화과정을 거치며 완성된 현재의 모습이었다. 최신 버전의 가슴. 나에 비해 젊다는 것만으로도 그녀는 충분히 유혹적인데…….

새 모델이 출시되면 퇴물처럼 여겨진 이전 버전의 휴대폰을 팽개치고 기어이 새 모델을 손에 넣고야 마는 사람들, 마니아 - 자신의 삶을 최신버전으로 업그레이드하는 데 편집증적 증세를 보이는 정신이상자 - 처럼 새 것을 추구하는 남자들. 내 작은 가슴, (나는 아담하다고 표현하고 싶다.) 거무스레한 유두가 달린 진화를 멈추고 퇴화를 시작한 불행한 운명. 그것을 인력으로 되돌릴 수 있을까? 아마도 마음만 먹으면 그럴 수 있을 테다. 속에 실리콘을 채우고…….

나는 내 생각을 접기로 했다. 그건 남편을 위한 것일 뿐이다. 그녀가 남편이 매료된 자신의 가슴을 내 것과 바꾸겠다고 제안을 한다 해도, 나는 그녀의 제안을 거절해야 한다. 나는 그녀의 것을 달고 살아갈 수 없었다. 아이는 지금의 내 젖가슴을 좋아했다. 약간의 콤플렉스가 있기는 했지만 나는 내 것에 만족하며 살아왔다. J는 육체적인 진화, 그 이상의 무엇을 내게서 발견한 걸까?

그녀가 남편을 데려왔다. 남편의 손길이 닿자 그녀의 혈관은 팽창하고 더욱 푸르러졌다. 코와 입을 통해 동시에 터져 나온 그녀의 숨소리는 관능적인 상상을 동원하지 않고도 남편을 자극했다. 그녀는 한 팔을 하인을 자처한 남편의 뒤통수에 감아 키스를 허락한 뒤, 머리를 뒤로 젖혀 굴곡 없는 목이 완전히 드러나도록 머리칼을 아래로 떨어뜨린다. 그녀의 충직한 종은 자신의 욕망을 허락해준 보답으로, 어린 시절 막대 사탕을 떠올리며 그녀의 굴곡 없는 목선 위를 혀로 기어간다. 그 아래 그녀의 자랑거리인 신비로운 두 언덕이 나란히 있다. 에너지 충만한 언덕 사이의 깊고 좁은 협곡에서 내려오면 포유류의 흔적을 확인할 수 있다. 사랑스런 포유류. 그리고 그 배후에 다른 매혹을 간직한 탐스러운 둔부, 그리고 그가 그토록 갈망했던 최후의 목적지는……

나의 상상은 남편이 무기를 앞세우고 그녀의 은밀한 곳으로 진입하는 장면으로 확장된다. 섹스가 끝난 뒤에도 남편은 그녀에게서 떨어지려 하지 않을 것이다. 그녀의 볼륨 있는 가슴에서 손을 떼지 않을 테니까. 내가 가지지 못한 것.

순간 누군가 내 얼굴에 훅 하고 입 바람을 불기라도 한 것처럼 급작스레 든 수치심과 혐오감에 눈을 질끈 감으며 머리를 흔들었다. 내 모습이 J에게 어떤 위기의식을 느끼게 했던 듯하다.

"난, 너의 내면까지 사랑해."

J는 그렇게 말했다. 마치 내 안에 들어와 본 것처럼 – 그는 내 안에 들어왔었다. 모든 남자들이 자신들의 정체성이라고 믿는 그걸 이용해. 그가 입에 올린 내면이란, 그것 이상을 표현해내려는 것이었지만 그것을 넘어설 수는 없다. '제발 되도 않는 소리 하지 마.' (내가 알아들을 수 있도록 좀더 쉽게 설명해보라는 의미였을까?) 나는 속으로 그렇게 답을 하고 느슨하게 말아 쥐었던 손을 펴 이마를 짚었다. 마음 한구석에서는 한시바삐 그 자리를 벗어나라는 경고음이 계속해서 울리고 있었다. 경고음의 볼륨은 좀 전에 비해 턱없이 작아져 있었다.

J의 이야기는 모호했다. 내면과 사랑 같은, 그가 사용한 단어를 여자의 가슴과 음부 그리고 섹스로 바꿨다면 어땠을까? 뒤이어 그가 입에 올린 - 운명, 인연, 신과 계시, 필연. 본질을 따져 볼 겨를도 없이 우리의 내부로 흘러 들어와 어느새 계율로 자리 잡고 있었던 - 단어들은 그와 나를 좁고 어두운 막다른 골목길로 몰아가는 것만 같았다. 당장에 다리에 힘을 주어 몸을 일으키지 못하고 결국 아르바이트생에게 내쫓겨야 했던 건 그 때문이었다. 그리고 생겨난 일종의 반발심!

그가 유리 벽을 들이받는 새의 신세가 되도록 내버려둘 수는 없었다. 그도 같은 생각을 했을까?

●

이름

결론을 말하자면, 나는 J를 뿌리치지 못한 채 집으로 향해야
했다. J와 나는 기회가 되면 다시 이야기를 하기로 했다. - 무엇
을 의미하는가? 직장 동료인 그와 나는 원하면 언제든 대화의 기회를
가질 수 있었다. - 그리고 그 기회가 있기 전, 나는 부모님께 회사
일 때문에 퇴근이 늦어지는 일이 잦을지도 모르겠다는 얘기를
했다. 남편이 즐겨 쓰던 핑곗거리였으니, 남편이 내게 그랬듯
당당한 어조여야 했다. 하지만 내가 남편이 아니듯 부모님도 내
가 될 수 없는 이상, 회사 일이라는 핑계만으로 부모님을 납득
시킬 수 없으리라는 생각이 들었다. 도둑이 제 발 저린 격이 되
어 즉흥적으로 핑곗거리를 지어내 덧대야 했다. 어머니는 내 목
소리가 작아지자 아이와 당신들 걱정은 말라며 옆에서 잠든 아

이의 머리칼을 쓰다듬었다. 아이의 머리 결을 따라 움직이는 어머니의 주름진 손이 나를 조마조마하게 했다. 평소 입이 무거운 아버지가 이제 시대가 달라졌다며 어머니의 말에 동조하는 듯한 얘기를 해 내 죄책감을 덜어내는가 싶더니, 남녀구분 없이 무한 경쟁을 강요하는 세태가 여자들에게 헛바람을 불어넣는다며 못마땅한 표정으로 혀를 찼다. 아버지의 마지막 말은 커지려던 죄책감 대신 내 속에 반발을 불러오고 말았다.

어머니가 둘째에 대해 물었다. 내가 아직 모르겠다고 답을 하자 진우 아빠 생각은 어떠냐고 했다. 내가 우물쭈물하자 남편과 상의해서 늦기 전에 결정을 해야 한다며 어머니는 다시 한번 아이에게 눈길을 주었다. 어머니는 내게 엄마와 여자임을 잊지 말라는 당부를 잊지 않았다. 그걸 잊는다는 게 가능하기는 한 걸까? 그건 이 땅에서 태어나 대한민국 국민으로 살아가는 것과는 다른 얘기다. 어머니는 그 차이를 알지 못한다. 차이가 존재한다는 사실조차 인정하려 들지 않을 거다.

나는 대답 대신 미리 준비해둔 봉투를 내밀었다. 봉투 안에는 평소 부모님께 드렸던 용돈에 비해 갑절이 넘는 액수의 돈이 담겨있었다. 함께 넣어둔 편지 ─ 친정 가까이에서 살기로 한 신혼 초의 결정이 지금 내게 얼마나 큰 보탬이 되고 있는지 모른다는 내용이었다. 편지의 마지막에 부모님을 사랑한다고 썼다. ─ 는 부모님에게 건너가기 전에 뺐다. 내용도 내용이었지만 무엇보다 신경이 쓰였던 건 사랑한다는 말 아래에 적어놓은 날짜였다. 마치 범행의 시작을 예고하는 것처럼 느껴졌다.

어쨌든 나는 무사히 부모님의 협조를 얻어낼 수 있었다. 잠든 아이를 업고 집으로 돌아가는 길에 든 착잡한 심경은 결혼 후 경험해보지 못했던 해방감이 낯설었기 때문이라고 생각했다. 남편 역시 내가 속아주었을 때 비슷한 느낌이 들었을까?

화학약품을 발라 단정하게 세운 앞머리가 J의 자그마한 이목구비와 썩 어울려 보였다. 크지 않은 체구는 친근감 있게 느껴졌다. J는 도수 없는 안경을 즐겨 쓰곤 했는데 언젠가 회식 자리에서 그가 안경테의 가격을 공개한 적이 있었다. 나는 그를 허영심과 어설픈 나르시시즘에 젖어있다며 힐책했었다. 다시 생각해보니 개인적인 취향을 두고 왈가왈부하는 건 적절치 않은 듯싶다. 그의 오밀조밀한 이목구비에 안경테는 센스 있는 액세서리다.

부모님에게 그렇게 말을 하고도 처음 얼마간 J와 만나는 일에 소극적일 수밖에 없었다. 한동안 만나자며 먼저 제안을 해오는 건 J의 몫이었다. J는 저녁식사를 같이 하자든가, 그날따라 내가 우울해 보인다든가 하는 말로 얘기를 시작해 퇴근 후 만날 시간과 장소를 알려왔다. 만남이 거듭되면서 우리는 한시바삐 직장을 빠져나갈 궁리를 하는 데 한통속이 되었다.

때마침 내리는 비와 직장상사의 일방적인 의사결정과 거만하기 짝이 없는 고객이 우리를 한자리로 불러내는 구실이 되었다. 부모님 댁에서 잠드는 날이 잦아진 아이는 어린 나이에도 불구하고 넓은 이해심을 발휘했다. 퇴근 후 약속을 정하고도, 피치 못하게 야근을 하게 되는 날엔 J와 나는 야식을 마다하고 서둘러 일을 마치는 데 집중했다. 우리는 차례로 사무실을 빠져 나왔다. J와 내가 알고 있는 것과는 달리, 직장 사람들에게는 늘 엄마가 집으로 돌아오기만을 애타게 기다리는 어린 아들이, 심한 입덧 탓에 수발을 들어야 할 사람이 필요했던 - 당시 J의 아내는 셋째를 임신 중이었다. J는 이를 두고 계획에 없었던 일이라며, 실수라고 했다. - J의 아내가, 각각 나와 J의 이른 퇴근의 이유였다.

대체로 대화를 이끄는 건 J였다. 매사 앞에 나서기를 좋아하는 J는 - 그런 그의 성향은 종종 일부 직원들의 빈축을 사기도 했다. 물론 상급자에게는 여러모로 요긴한 직원이기도 할테다. - 사내들이 즐기는 이슈로부터 멀리벗어나는 법이 없었다. 일단 말문이 트이고 나면 그는 자신에게 꼬투리를 잡힌 타자들을 - 고리타분한 상사, 섣사리 속내를 털어놓으려 하지 않는 직장동료, 의심 병 환자처럼 꼬치꼬치 캐묻는 고객, 영업점 사정은 털끝만큼도 고려하지 않는 본부 부

서, 무기력한 노동조합 - 모질게 몰아붙였다. 태어난 이후 - 갓 태
어난 아기들의 얼굴은 대체로 균형 잡힌 비슷비슷한 얼굴을 하고 있지
않은가? - 어떤 계기로 인해 코를 향해 이동을 시작한 그의 두 눈
은 사춘기의 끝 무렵에야 지금의 자리를 잡은 듯했다. 다른 사
람들에 비해 눈과 코가 가까운 그의 얼굴은 (그건 내 편견이었을지
도 모른다. 그의 얼굴 골격이 서양 사람을 닮았기 때문일지도 모르고.) 얘
기하는 내내 수다쟁이 아줌마처럼 다양한 표정을 만들어냈다. J
는 가끔 자신의 아내를 언급하곤 했는데, 그에 따르면 그녀는
세상의 부조리에 맞선 투사의 고독한 분투를 목격하고도 침묵으
로 일관하는 방관자였다. 그는 그런 아내의 성향을 미처 깨닫지
못했었다고 했다. 나는 배우자의 성격 전부를 미리 파악하고 결
혼을 결심한 사람은 없을 거라는 말을 하곤 했었다. 그녀는 방
관자라기보다는 권태로움에 시달린 탓에 무력증을 앓고 있는 듯
느껴졌다. 내 말을 듣고 난 J는 불행한 일이라며 슬픈 표정을 지
어 보였다. 하지만 지금도 되풀이되고 있을 불행한 현실에 대처
할 방법을 찾아야 한다고 한 적은 없었던 듯하다. J와 나 모두.

　되돌아보면 그가 말하는 동안 나는 대체로 그의 말보다는 표
정에 관심을 두고 있었던 것 같다. 그가 했던 수많은 얘기 중에
기억하는 게 고작 그 정도에 불과하니 말이다. 그의 말과 태도
가 우리 사이에 존재하는 불안과 모호함을 설명해내지는 못했지

만 (설명해내려는 노력조차 하지 않았다는 걸 나중에야 깨달았지만, 그것이 그를 비난할 이유가 된다고 생각하지 않는다.) 당시로서는 그가 나와 함께 위태로운 상황을 인정하는 한 언젠가 그것과 맞설 만한 그럴 듯한 이유를 찾게 되리라 여겼다.

J는 내게 수시로 사랑한다는 말을 해주었고, 나는 그것을 귀로 듣고 기꺼이 그가 몸으로 실천 하도록 했다. J와 나는, 우리 사이에 가로놓인 불안과 모호함 대신 서로의 육체를 부둥켜안는 데 열중함으로써 그것들로부터 둔감해질 수 있었다. 감각은 최고의 선에 이르는 지름길이다.

"오늘 시간 돼?"

번호표를 뽑아 든 손님들은 물론이고 J와 나 사이에 끼어있는 세 명의 직원들 모르게 메시지가 오고 갔다. 이제 J와 나는 누가 먼저랄 것도 없이 서로를 불러냈고 이에 호응했다. 어느덧 시간의 구걸은 "오늘 하고 싶어."라는 구체적인 행위의 갈증으로 바뀌었다. 그럴 때마다 나는 J의 페니스를 상상했다. 내 메시지에 답을 한 J가 꼬았던 다리를 풀며 자세를 고쳐 앉는 모습을 곁눈질하며 나는 그의 페니스가 단단해지는 과정을 상상했고 나도 모르게 입가에 피어나는 짓궂은 미소로 인해 혀 끝으로 입술을 핥곤 했다. 그가 내게 보이는 힘과 용기는 거기로부터 유래했다. 내가 그를 응원한다는 건 그의 페니스가 단단해지도록 하는 걸 의미했다. J는 단단해진 자신의 페니스를 내가 자지라고 불러주기를 원했고, 그는 자신의 자지와 결합하는 내 것을 보지라고 불렀다. 성기에 붙여진 단순한 호칭이 어떤 내력을 지녔는지 미처 알지 못했지만, 그 노골적인 호칭은 서로의 성애를 자극하는 데 꽤나 효과를 봤던 것만은 분명하다. 내 부름을 받을 대상이 바로 내 앞에 존재한다는 것, 그리고 부르는 즉시 반응을 보인다는 것. 그것만큼 분명한 것이 있을까? 누구나 분명한 것을 원하기 마련이다.

●
갈매기

　사람들은 겨울을 견뎌낸 대가로 약속된 선물인 양 애타게 봄을 기다린다. 마치 겨울이 그들에게 몹쓸 짓이라도 한 것처럼. 그 해 겨울이 막바지에 이르렀다.

　가을에는 아이가 다니는 유치원의 건물 뒤편에 있는 앙증맞은 운동장 - 그 운동장은 뜰이나 정원이라고 불려야 마땅했다. - 에서 운동회가 열렸다. 그날 나와 남편은 나란히 서거나 앉아서 아이에게만 시선을 둔 채 서로 아무런 말도 주고받지 않았다. 그리고 주말을 이용해 아이와 함께 집에서 멀지 않은 유원지를 다녀온 게, 그 가을에 가족이란 이름으로 했던 전부였다.

　내 다이어리엔 J와 만난 날짜 옆에 표시한 체크 표시 외에 별다른 기록이 없었다. 6월 이후의 다이어리를 펼치면 양 날개의 길이가 다른 갈매기들이 제각기 다른 숫자 위를 날고 있는 것처럼 보인다.

해마다 겨울은 분주한 계절이었다. 12월에는 시아버지의 생신이 있었고, 아이와 가족들의 크리스마스 선물을 생각해두어야 한다. 참석해야 하는 몇몇 모임도 있었다. 연초에 회사와 약속한 실적의 분량을 채우지 못한 나를 비롯한 직원들은 이를 메우기 위해 지인들의 전화번호를 뒤져 철 지난 인연을 되살려내 읍소를 하며 야근을 해야 했다.

그 해 초여름부터 시작된 J와의 관계는 쉼 없이 진행 중이었다. 인류 역사에 비유하자면 내 섹스는 그를 만나는 시점을 전후에 산업혁명기를 맞았다고 할 수 있다. 겨울이라는 차가운 계절이 품었던 크리스마스, 해 바뀜의 기억마저 어렴풋하다. 아이의 선물을 제외하고 모두 현금으로 대체했고 연말 모임은 일찌감치 불참을 통보해두었다. 그 해 부족했던 업무 실적은 내년에 때우기로 했다. 당연히 인사고과가 엉망일 것을 감수해야 했다. 고등학교 시절 기말고사가 코앞인데도 무협지를 읽으며 밤을 새웠던 기억이 났다.

마치 세상과 격리되어 나만을 위해 따로 마련된 작은 방에서 겨울을 난 듯하다. 그곳에서 J와 뒤엉켜 보냈다. 겨울을 지배했던 칼바람 대신 그의 체온이, 구세군의 종소리 대신 그의 거친 숨소리가, 하늘에서 내리는 눈 대신 그의 사랑스런 막대 끝 작은 구멍에서 쏟아진 허여멀건 액체가 나의 서른다섯 번째 겨울을 지배했다.

한차례의 정사를 끝낸 뒤 갖는 잠시의 휴식은 - 휴식은 반복되는 같은 일과 일 사이의 짧은 순간을 의미한다. - 나나 J에게 필요한 순간이었다. 나는 거친 호흡이 가라앉기를 기다리며 천정을 향해 똑바로 누워있었다. J는 내 몸 어딘가에 입을 맞추고 만족스러웠다는 표시로 미소를 지어 보인 뒤 담배를 피웠다. 나는 내 머리 위에 놓인 사각형 모양의 평면을 바라보며 조금 전까지의 일을 떠올리곤 했다. J의 담배 연기를 서서히 빨아들이는 사각형의 작은 공간. 벌거벗은 나. 낭만이라고 부를 구석은 눈곱만큼도 없었다. 퇴폐적인 분위기로 인해 느껴지는, 나쁘다고만 할 수 없는 극적인 자극들을 하나하나 곱씹어보는 거다. 과장된 숨소리, 살갗끼리의 마찰, 몸에서 배어 나온 체액들, 중도에 멈출 수 없는 쾌락. 나는 그 쾌락의 마지막에 도달했을까? (그 순간 나 스스로에게 던진 질문들이 상투적이었던 걸까?) 그저 스치듯 지나가는 질문들.

내 몸을 얹은 침대에 대해서도 생각했다. 침대를 거쳐 간 많은 사람들도. 내가 알지 못하는 사람들, 나와 침대를 공유한 자들.

교대로 소유권이 허락되는 세계. 사람의 무게에 구겨지고 체액으로 더럽혀진 침대보를 걱정하지 않아도 무방한 장소. 한시적 소유로 인한 자유. 그들도 나처럼 쾌락을 향유했을까? 어째서 여기여야만 하는가?

　잠시 일상의 언어를 되찾은 J와 나는 정상적인 – J조차 그 순간의 대화를 그렇게 말했다. 우리는 조금 전까지 미쳐있었던 걸까? – 대화를 나누었다. 그와 나는 현실과 관련해 이야기를 나눌 때면 목소리가 낮아졌다. 일상에서 자취를 감췄던 것들이 우리가 알지 못하는 공간의 터널을 통해 거기에 와있는 것처럼. 자칫하면 그것들이 다시 달아나기라도 한다는 듯이. J는 삶의 의미, 활력, 기쁨, 환희, 성적 쾌락, 그리고 사랑이 모텔 방에 와있다고 했다. 그와 내가 방금 전 벌였던 행위의 이유이기도 했다. J는 그것들을 데리고 일상으로 돌아갈 수 없다고 했다. J는 그 순간 내가 무슨 얘기라도 해주기를 바랐다. 나는 그가 듣고자 하는 얘기를 들려주었다. 다음을 위한 기약이기도 한 얘기. 사랑한다는 류의. 하지만 그런 식의 대화로는 언제까지 J와의 관계를 이어나갈 수 없다는 것 역시 아주 조금씩 깨닫고 있었던 듯하다.

　J가 사랑한다고 했다. 언제나 빠지지 않고 주고받는 말. 다른 의미에서, 그 말이 그 순간만큼 서로에게 절실한 때는 없다. 그

말은 죄책감을 씻어냈다. 고해성사처럼. 그리고 모든 죄의 시작이 되는 말. 나는 그의 말을 되뇐다. "사랑해." 그와 나의 죄는 다시 시작된다. 그의 자지가 다시 섰다.

그는 내가 원하는 말을 내놓지 않았다. 나는 사랑이 아닌 다른 말을 원했던 듯했고 J는 그 사실을 인지했다. 그는 말을 하는 대신 내 몸을 뒤집었다. 후 배위, 사랑의 행위에는 어울리지 않는 어감, 나는 느낀다. 생각한다. 내 삶이 잘못된 선택으로 인해 불행해지고 있다면, 이제라도 다른 선택을 해야 하는 것이 아닐까? 하지만 누구와? 무엇을? 어떤 방식으로? 생각은 썩은 나뭇가지처럼 툭툭 끊어졌다. J가 묻기 때문이었다. 왜 그래? 그는 섹스를 하는 내내 내가 반응을 보이기를 원했다. 나는 신음소리를 냈다.

아무런 준비가 필요치 않은 행위. 사전 학습이나 매뉴얼, 오리엔테이션, 부차적인 액세서리가 없이도 즐길 수 있는 유희. 몸뚱어리가 준비물의 전부이며, 저절로 익혀지는 행위. 본능. 아찔한 유혹. 섹스의 매력.

커피 잔을 들고 아파트 발코니에서 산이 가을에서 겨울로 모습을 바꿔가는 과정을 바라보던 여유를 그 해에는 잊었다. 내 다이어리의 갈매기들이 수를 불리고 있었다.

●

수정

J는 매년 초 회사에서 진행하는 연수프로그램에 참가하느라 일주일을 수원에 있는 연수원에서 보내야 했다. J의 셋째 아이가 태어난 12월 첫째 주만이 예외였을 뿐, 평균 일주일에 두세 번 꼴로 그를 만났고, 생리 중이 아닌 한 - 사실 생리 중에도 섹스를 한 적이 있었다. - 그때마다 모텔을 찾았다.

일주일을 마치 무중력의 상태에서 보낸 듯했다. 뭐랄까, 허공 위로 던져 올린 공이 어느 지점에 도달해 잠시 멈춘 순간의 느낌과 한참 빠져든 10권짜리 시리즈 만화책의 9권째를 읽고 났는데 마지막 10권이 남의 손에 들려 있는 걸 발견했을 때의 기분을 섞어놓은 것 같다고나 할까?

그 즈음 대개의 금요일 저녁시간을 J와 보냈기 때문에 주말 아침은 늦게까지 잠을 자곤 했다. 그 토요일엔 새벽녘에 눈이 떠졌다. 오랜만에 엄마와 주말 아침을 맞은 아이는 이불 속을 빠져 나와 내 머리 위에서 잠들어있었다. 아이를 당겨 내 옆에 누이고 다시 잠을 청했다. 배출하지 못한 욕망 탓이었을까? 잠이 오질 않았다. 섹스 중독증이 아닌가 하는 생각이 들었다. 나는 조용히 이불 속을 빠져 나왔다. 건조해진 입안을 헹구기 위해 냉장고를 열어 냉수 한 컵을 단숨에 비웠다.

금요일 저녁 J는 연수를 끝내고 집으로 돌아가는 길이라는 문자를 보내왔다. 물론 연인임을 확인하는 애정표현과 이모티콘도 보태졌다. 그의 목소리가 듣고 싶었지만, 그만두었다. 그가 나와 통화를 하는 대신 문자를 보낸 건 그만한 이유가 있었을 테다. J는 정해진 목적지를 향해 서둘러 가고 있었다. 불현듯 J의 아내와 아이들이 떠올랐다. 아이들에게 아버지가 곧 집에 도착할 거라는 소식을 알린 뒤, J의 아내는 지난겨울 태어난 셋째가 칭얼거리도록 방치한 채 평소에 비해 긴 시간을 들여 화장을 했을 거다. 콧노래를 흥얼거렸을지도 모른다. 정성껏 요리를 준비하고 (그녀의 요리 솜씨는 어떨까?) 음식 냄새에 이끌려 식탁 근처를 어슬렁거리는 두 아이에게 엄한 어조로 아버지의 존재를 강조하며, 절대 손을 대서는 안 된다고 주의를 주었을 테다. 물론 가족

모두가 외식을 했을 가능성도 배제할 수는 없다. 그리고 아이들이 잠들 때를 기다리다 - 착한 어린이는 일찍 자고 일찍 일어난다는 대물림한 잠언을 써먹었을 거다. - 아내와 잠자리에 들었을 테다. 내 상상이 실제로 일어날 수 있음을 인정해야 하는 이유는 그의 목적지가 그의 집이었기 때문이다. 나 외의 여자와 섹스를 한다는 건 상상할 수 없다던, 침대 위에서 J가 내게 한 말을 반신반의했던 - 1/2만을 믿었다는 건 내게 묘한 여운을 남겼다. J는 자신의 아내를 나와 같은 여자로 여기고 있는가와 관련해 든 생각으로 나는 좀 혼란스러웠다. 내게 하듯, 요란한 애정표현과 함께 대담하고, 때론 폭력적이기도 한 성행위를 자신의 아내에게도 요구할 수 있을까? 그럴 수 없다면 그의 말은 진실이 되는 걸까? 아내와의 섹스는 (그렇다면 거짓?) 그가 내게 말했던 섹스와는 다른 걸까? (그렇다면 진실?) - 것 역시 그의 집과 관련이 있었다.

왕성하던 J의 성욕은 새벽 두 시가 가까워지면서 급격하게 시든다. 모텔 방 침대에서 잠이 드는 경우에도, 그는 귀가하는 데 소요될 시간을 정확히 계산해두었다가, 시각에 맞춰 깨어났다. 잠에서 깨어난 J는 제일 먼저 벗어두었던 손목시계를 챙기고 주섬주섬 옷을 입었다. 언젠가 그는 지나가는 투로 "그래도 두 시까지는 귀가해야지."라는 말을 했었다. 그에게 두 시는 재투성이 아가씨로 돌아가야 할 시간이다. J의 유리구두는 그의 아내

수중에 있었으니 당연한 일이었다. J와 나 누구도 두 번 다시 두 시에 관련해 언급하는 일은 없었다.

남자들이 의무방어전이라고 타이틀을 붙인 행사가 어젯밤 치러졌을 거다. 입안이 개운치 않아 방금 비운 잔에 다시 물을 채우면서도, 현실을 인정하는 나 스스로가 대견하다는 생각을 했다. 그것이 당장에 유일한 위안거리, 마스터베이션이다.

아이가 잠에서 깨어나려면 족히 두세 시간은 지나야 할 것 같았다. 남편은 새벽녘에야 집에 들어 온 모양이다. 지난 밤 잠들기 직전 확인했던 시간이 이미 자정을 넘었었다. 남편의 귀가시간을 감시하려 했던 건 아니었다. 습관적으로 잠들기 전의 시간을 확인하는 건, 내일에 대한 불안 때문일 거다. 살아남아 해야 할 일들을 차질 없이 수행하기 위해서 확보해야 하는 최소한의 수면시간.

남편의 일상사에 개의치 말자고 마음먹은 지 오래다. 마음먹은 대로 되지 않는 일들의 목록은 끝이 없다. 그걸 마음에 두고 산다는 건 삶을 포기하는 것과 다름없을 거다.

더운 물에 몸을 담그고 싶어졌다. 나는 그걸 즐긴다. 욕실에 놓인 커다란 욕조가 지금의 아파트에 세를 들기로 결정한 중요한 이유였다. 목욕탕에 다녀오기로 하고 세면도구를 챙겼다. 발에 신을 꿰고 아무렇게나 벗어놓은 남편의 구두를 구석으로 몰아 길을 텄다.

코로 들이킨 아침 공기가 머릿속을 떠돌았던 먼지를 몰아냈지만, 입에서는 허연 김이 나왔다. 귓불을 스친 바람이 옷깃을 세워 턱을 묻게 했다. 아파트 단지 내에 조성된 화단에서 개나리나무가 가지마다 푸른 점들을 돋우기 시작한 걸 보니 봄이 오기는 할 거다. 아파트 단지의 배후를 병풍처럼 둘러싼 산 정상 가까이에는 아직도 단단한 얼음이 남아있을 테다.

지금 사는 동네로 이사를 한 건 내 중학교 진학을 앞두고서였다. 그 이후 우리 가족은 줄곧 내가 향하는 목욕탕을 단골로 삼았었다. 주말이면 나와 언니 그리고 어머니가, 그리고 아버지와 남동생이 각각 짝을 이뤄 목욕을 하러 다녔다. 내 바로 밑 여동생은 가족과 어울려 목욕을 다니는 걸 마뜩잖아했다.

상경하고 얼마 되지 않아 변변한 말벗을 찾지 못했던 어머니는 당신보다 세 살이 아래인 목욕탕 주인아주머니와 고향이 동향이라는 이유만으로 안면을 튼 지 얼마 안 되어 친자매처럼 가까워졌다. 둘 간에 따로 어떤 거래가 오갔는지 여부는 알지 못했지만, 목욕탕 주인아주머니와 가까워진 뒤로 어머니는 목욕용품을 담는 작은 플라스틱 세숫대야도 없이, 그곳에 수시로 드나들었다. 점심상을 치우고 집을 나선 어머니가 해질 무렵까지 종적이 묘연한 날이면 어머니가 발견되는 곳은 어김없이 목욕탕이었다. 어머니는 목욕탕 탈의실 한가운데 놓아둔 나무 재질의 커다란 사각형 반상 위에서 양반다리를 한 채 젖가슴을 드러내고 앉아 아주머니와 수다를 떨고 있었다. 그때마다 어머니는 탈의실 벽에 걸린 큼지막한 원형 시계에도 불구하고, 빛이 들지 않도록 필름을 덧댄 창문 탓을 했다.

그리고 몇 년 전, 집에서 멀지 않은 곳에 지어진 새 아파트로 사람들이 입주를 시작했다. 이와 비슷한 시기에 완공된 새 아파트 길 건너의 9층짜리 대형 건물 지하와 1층에 찜질방과 최신 시설을 갖춘 사우나가 문을 열었다. 우리 동네와 약간 거리가 있었지만 많은 사람들이 목욕을 하러 새로 생긴 사우나로 옮겨갔다. 어머니가 더 이상 아주머니의 목욕탕을 찾지 않은 건 새로 생긴 사우나 때문만은 아니었다. 어머니 연세의 어르신들 대개가 그렇듯 어머니 역시 이미 익숙해진 것으로부터 멀어지기를 경계했다. 그들에게 삶이란 험난한 여정의 연속이며, 살아남는 과정의 집대성이다. 이를테면, 멀쩡한 삶의 터전을 떠나 한적한 외국 도시의 구석진 카페를 찾거나 느리게 거니는 젊은 시절의 낭만이 그들에게는 죄악과 다름없다. 그들은 자신들이 살아온 방식이 근본적으로 가장 유효하다고 믿는다. 자신들이 현존

하는 이상.

　일상을 접어 두고 떠난 이상, 그 이상의 것을 눈으로 확인해야 한다. 오늘은 에펠 탑과 베르사유 궁전, 내일은 국경을 너머 콜로세움과 팔라티노 언덕을 오른다. 그들은 익히 들어보지 못했던 낯선 장소로 자신들을 안내하려는 가이드를 수상하게 여긴다.

　어머니가 새로운 트렌드에 선뜻 마음을 내주지 않는 건 자존심과도 관련된 문제다. 어머니마저 아주머니의 구식 – 새 사우나가 문을 연 순간부터 아주머니네 목욕탕은 그렇게 불렸다. – **목욕탕**에 발길을 끊은 건 신식 사우나로 손님을 **빼앗긴** 아주머니가 어머니를 상대로 되풀이해 댄 넋두리 때문이었다. 어머니는 얼마 남지 않은 당신의 생을 남을 위해 소비하고 싶지 않았다. 삶의 애착은 나이와 상관없다.

　좁은 골목을 두고 목욕탕과 이웃한 7층짜리 학원 건물이 드리운 그림자가 골목을 채우고 목욕탕 입구에까지 닿아있었다. 그늘이 진 골목으로 들어서자 이른 봄바람을 마주하고 걷느라 좁아졌던 어깨가 더욱 좁아졌다. 두꺼운 겨울 파카를 양 어깨에 걸친 아주머니가 매표소를 지키고 있었다. 구형 24인치 TV 모니터에 정신을 팔던 아주머니는 내 인사말을 듣고 줄을 매어 가슴에 늘어뜨렸던 안경을 콧등에 얹었다.

"지수구나, 오랜만이네."

염색을 한 지가 얼마 안 되었는지 새까만 파마 머리는, 조각도로 새긴 듯 얼굴의 깊은 주름과 조화를 이루지 못했다. 삼사 년 전부터 매표소 일은 주로 아주머니의 큰아들이 맡아 했다.

"건강하시죠? 어떻게 아주머니께서 나와 계세요?"

곧 아들이 나올 거라고 한 아주머니는 매표소의 작은 창으로 내민 만 원짜리 지폐를 받아 쥐고 고개를 숙였다. 아주머니의 시선이 간 곳에 돈을 모아두는 작은 서랍이 있었다.

며느리가 매표소를 맡아달라는 시어머니의 청을 단번에 거절했다는 얘기를, 언젠가 어머니에게서 들었다. 머리를 치켜든 아주머니가 입장권과 거스름돈을 쥔 손을 작은 창의 턱에 올려놓았다. 아주머니는 손을 펴지 않은 채, 물값 대기에도 빠듯하다며 목욕탕 돌아가는 사정과 당뇨와 높은 혈압으로 약에 의지해 하루하루를 연명하다시피 하면서도 매일같이 동네친구들과 어울려 술자리를 전전하는 노인네 때문에 복장이 터질 지경이라고 했다. 나는 입장권과 잔돈을 재촉하지 못하고 아주머니의 말을 들어야 했다. 어머니는 재래 시장골목에서 거나하게 취한 노인들 무리에 섞여있던 아저씨를 봤다는 얘기도 했었다. 몇 해 전, 그러니까 새 사우나가 문을 열기 얼마 전, 아주머니의 큰아들이 다니고 있던 직장을 나와 용산에서 전자부품 판매사업에 손을 댔다가 퇴직금을 날렸다는 것도.

'그게 다 식구들 위해서 한 일인데.', 아주머니는 아들의 사업 실패가 친구를 잘못 사귄 탓이라고 했다. 착한 천성을 타고 난 아들 대신 각박한 세상인심을 원망했다. 그 일이 있은 뒤 며느리가 아들을 업신여긴단다. 아주머니가 며느리 얘기까지 꺼내려 들었다. 내가 아주머니의 넋두리를 끊어야겠다는 생각을 하던 차에, 고등학생쯤으로 되어 보이는 남자아이와 중년의 남자가 나타났다. 아주머니는 그제야 입장권과 거스름돈을 쥐었던 손을 풀었다.

목욕탕 실내로 들어서자 요란한 소리가 들렸다. 탈의실에서부터 들려온 윙윙대는 소리는 새로 물을 받기 위해 틀어놓은 대형 수도꼭지가 온수를 쏟아내며 낸 거였다. 물끼리 부딪힌 자리에서 퍼져 나온 수증기 사이로 욕탕 여기저기에 흩어져 앉은 나신들이 눈에 띄었다. 욕탕 안에 들어가려면 기다려야 했다. 나는 온탕 가까이에 자리를 잡았다.

목욕타월에 바디샴푸를 듬뿍 얹고 충분하다는 생각이 들 때까지 거품을 냈다. 그리고 거품이 풍성해진 수건으로 목에서 시작해 몸 구석구석을 부드럽고 꼼꼼한 손길로 오갔다. 피부를 덮은 하얀 비누 거품이 나를 지면으로부터 가볍게 들어올리는 상상을 했다. (기분이 그랬다는 거다.) 수건을 아무렇게나 곁에다 던져두고 온몸을 손바닥으로 쓸었다. 피부와 피부가 맞닿은 느낌이 중간에 낀 비눗기로 인해 새삼 감미롭다. J와 비슷한 놀이를 했던 기억도 났다. 그도 그것을 기억하고 있을까?

나는 모텔 방 샤워 실에 있었다. 잠시 뒤 J가 뒤따라 들어왔다. J는 약간 상기된 표정으로 나를 쳐다봤다. 새로운 체위를 생각해낸 J에게서 나타나는 징후였다. 설명이 필요 없는, 말이 선행되어서는 자칫 기대했던 효과를 거둘 수 없는 행위. J는 내 손에 들려있는 목욕타월을 넘겨받아 내 몸 여기저기를 오갔다. 대충 내 몸을 훑던 목욕타월은 내 가랑이 사이에 이르러 한참을 머물렀다. 이윽고 J는 타월을 내게 넘기고 내 앞에 섰다. 나는 그가 내게 했던 방식으로 그의 몸을 닦아주었다. J는 목욕타월을 든 내 손을 자신의 페니스로 유도했다. 그리고 얼마 뒤 비누거품을 잔뜩 뒤집어쓴 그것이 내 안으로 들어왔다. 얼굴이 달아올랐다. 주말을 보내고 나면 언제든 J를 만날 수 있을 것이다. 그러면……

거품이 꺼져갔다. 비눗기를 씻어내기 위해 수도꼭지를 향해 팔을 뻗자 가슴 부근에서 둔탁한 통증이 느껴졌다. 발소리를 죽인 채 조바심을 내며 다가온 누군가의 입술이 내 귀 가까이 와있는 것 같아 나도 모르게 주위를 두리번거렸다. 대각선 맞은편에서 내게 등을 보이고 앉아있는 여자를 제외하면 다들 나와 제법 거리를 두고 있었다. 대각선에 앉은 여자가 움직일 때마다 팔뚝과 옆구리, 허리에 붙은 그녀의 살들이 출렁였다. 그녀는 좀처럼 남의 몸에 관심을 둘 것 같지 않았다. 김이 서린 거울을 비눗기가 남은 타월로 닦아낸 뒤 샤워기를 틀어 물을 끼얹었다. 가슴이 커진 것도 같다. 유두는 확실히 부풀어있었다. 두 팔이 가슴을 부둥켜안고 두 무릎이 붙었다. 다시 한번 주위를 살폈다. 여전히 내게 관심을 두는 사람은 없었다. 슬그머니 한 팔을 풀어 가슴 뿌리에 손바닥을 대 유두 쪽으로 밀어냈다. 유두 끝에 찔끔하고 묽은 액체가 매달렸다. 가슴에 댔던 손이 배꼽 아래에 붙었던 손등 위로 떨어졌다. 그제야 나는 닦아놓은 거울을 쳐다봤다. 절반쯤 열려있는 입, 초점이 무너진 눈동자를 발견하고는 머리를 세차게 흔들었다. 배꼽 밑에서 손가락을 펴 생리를 거르기 시작한 때를 헤아렸다.

"애는 잘 크지?"

갑작스레 들려온 소리가 나를 얼어붙게 했다. 주인아주머니가 내 뒤에 와있었다. 그녀는 상의를 벗은 채 살이 비치는 통 넓은 고무줄 바지를 무릎 위까지 걷어붙이고, 바닥에 흩어진 세숫대야를 모아 차곡차곡 포갰다. 아주머니는 느릿느릿한 동작으로 세숫대야를 쌓아 올리는 일에 열중하고 있었고, 나는 방어적인

눈으로 아주머니를 바라볼 뿐이었다. 허리를 편 아주머니가 정
면으로 나를 향하고 섰다. 그녀의 상체는 한 번에 펴지지 못하
고, 중간에 멈추어 아주머니의 얼굴을 일그러뜨리고 나서야 완
전히 펴졌다. 바람 빠진 풍선을 거꾸로 달아 놓은 것 같은 아주
머니의 젖가슴이 흔들렸다.

"하나 더 낳아야지. 혼자 크려면 쓸쓸할 텐데."

몸은 거울을 향하도록 둔 채 길게 목을 빼 아주머니에게 어색
한 미소를 지어 보였다.

"아, 아직 모르겠어요."

"에구, 젊은 사람들은 세월이 얼마나 빠른지 모른다니까. 늦
으면 기력 떨어진다고. 요샌 나라에서도 더 낳으라고 성환데."

아주머니는 내 쪽은 쳐다보지도 않은 채 말을 이었다. 그리고
자신의 일로 돌아갔다. 쌓아 올린 탑의 꼭대기에서 대야 하나를
빼 들고 온탕 쪽으로 다가갔다. 욕탕 안에 대야를 던져 띄워놓
은 뒤 한 손으로 욕탕 턱을 짚고 남은 손을 욕탕 안으로 뻗었다.
물속에서 두어 번 원을 그린 아주머니는 욕탕 턱을 짚은 손을 지
지대 삼아 두 다리를 차례로 욕탕 안으로 들여 놓았다. 나는 아
주머니가 욕탕을 나오기 전에 목욕탕을 나왔다.

현관문을 열자 텔레비전 소리가 들렸다. 엄마? 아이가 소파

팔걸이에 기대 비스듬히 뉘였던 몸을 일으키며 잠이 덜 깬 목소리로 말했다. 내가 아이의 눈가에 남은 눈곱을 떼어내는 동안 아이는 또 다른 질문을 던진다. 어디 갔다 와? 왜 혼자 갔어? 아이에게 배가 고프냐고 묻고는 아이의 답을 기다리지 않고 아침 준비를 해야겠다며 아이로부터 벗어났다.

남편의 방문은 여전히 굳게 닫혀있었다. 숨을 죽이고 귀를 세웠지만 아무런 기척도 들려 오지 않았다. 어쩌면 잠에서 깬 남편 역시 방문에 귀를 바싹 가져다 대고 바깥 동정을 살피는 중인지도 모른다. 가급적 소리가 나지 않도록 주의를 기울이며 아침을 준비했다. 아침상을 차리고 아이에게 "아빠 식사하시라고 해."라고 이른 뒤 자리를 비켜주면 남편을 방에서 불러낼 수 있을 테다. 차려진 밥상과 마주한 남편은 내게 어떤 일이 생기고 있다고는 짐작조차 할 수 없을 거다.

'잠깐 나 좀 봐. 한 말이 있어.'

나는 밥상을 차려놓고 안방으로 들어와 J에게 문자를 넣었다. 방문과 마주 난 창문 아래서 벽을 기대고 쭈그려 앉았다. J의 답을 기다리는 사이 세운 무릎 위에서 핸드폰의 인터넷 창을 열었다. 지금 내게 벌어진 일을 수습할 만한 방법을 찾으려 했지만 검색 창에 써넣을 마땅한 단어의 조합이 도무지 떠오르질 않았다. 포털 사이트의 상단에 차기 대선후보들의 지지율이 게시되어 있었다. 독재자의 딸이 여전히 선두다. 타이거즈는 올해도 죽을 쑬 모양이다. 한동안 논란이 일었던 불법사찰 사건은 흐지부지되고 세인들의 관심에서 멀어졌다. 내 의지와 상관없이 세간의 일들은 제멋대로 되어갔다. 내 몸 안에서 벌어지고 있는 일을 의도한 건 누구일까?

내가 예상했던 대로 아침을 해결한 남편은 어느새 자신의 자리로 돌아갔다. 남편이 사용한 그릇과 수저가 싱크대 설거지통 안에 옮겨져 있었다. 조바심이 조금은 진정되는 듯하다. 아이는 밥그릇을 절반도 비우지 못하고 숟가락을 쥔 채 텔레비전에 한눈을 팔았다. 그제야 핸드폰이 문자가 도착했다는 신호를 보냈다. 아이가 밥그릇을 완전히 비울 때까지 기다릴 수 없어, 찬장 속에 숨겨놓았던 과자를 찾아 아이에게 건네며 숟가락을 놓게 했다.

'무슨 일 있어?'

무슨 일, 있냐는 J의 질문이 J와 나 사이의 경계를 되살아나게 했다. 그건 사라졌던 게 아니라 단지 잊고 있었던 것이었을까?

메시지로 미리 언질을 해둘까 하다 그만두기로 했다.

'만나서 얘기해. 바로 출발할게.'
'오후에 볼일이 있는데…….'
'오래 걸리지 않을 거야. 일단 만나.'

정오가 다 되어 J가 일러준 장소에 도착했다. 지하철을 타고 가는 내내 개운치 않은 기분이 들어 입술에 일어난 보푸라기를 물어뜯었다. 지난 일주일간의 공백 때문일 거라고, 얼굴을 보면 나아질 거라고 스스로를 다독거렸다.

지하철역에서 올라오자마자 보이는 고층 건물의 2층 커피숍이었다. J가 먼저 도착해있었다. 나를 맞이하는 J의 미소는 속내를 감추기엔 턱없이 얕았다. 전에 없이 주말에 들이닥친 나로 인해 여러 상상을 했을 테다. J는 오후에 볼일이 있다는 자신의 말을 내가 믿지 않는다고 생각했는지 정장 차림을 하고 있었다. 쥐색 양복에 에메랄드빛 셔츠, 그리고 남청색 바탕에 크고 작은 물방울무늬가 그려진 넥타이를 맸다. 낯익은 차림새였지만 그 순간엔 마치 출입제한구역을 표시하는 이정표처럼 보였다. 맑은 하늘에서 시작된 선명한 빛이 커피숍의 커다란 창으로 들어와 실내등을 제압하는, 막 오후가 시작되는 때에 그와 마주앉은 건 처음이었다. 섹스를 염두에 두지 않고 만나는 것 역시 둘 사이에 여간 해서는 없었던 경험인지라 한동안 어정쩡한 상태로 서로를 쳐다봐야 했다.

내가 손을 펴 손바닥이 천정을 향하도록 해 테이블 위에 올려놓았다. J는 자신의 손을 내 손바닥 위에 얹을 때까지 무슨 일이냐며 괜찮은 거냐고 연거푸 물었다. 대답 대신 싱거운 웃음을 지어 보이자 그가 걱정스러운 말투로 자신이 자리를 비웠던 일주일에 대해 묻고, 건강을 생각해 주말엔 푹 쉬어줘야 한다고 타이르듯이 말했다.

"나, 사랑해?"

J를 바라보며 물었다. J는 늘 그래왔듯이 반사적으로 답을 했다. '겨우 그거였어? 세 살 먹은 어린아이도 풀 수 있는 문제잖아?' 하는 표정이다.

"물론이지."

J는 표정을 바꾸고 있었다. 문제지를 받아보기 전까지 짓고 있었던 미소에 비해 자연스러웠고, 제법 훌륭해 보이기까지 했다. 하지만 그의 노력은 빛을 보지 못했다.

"나, 임신했어."

내가 지체 없이 다음 문제를 보여준 건 이기심 때문이 아니다. J는 첫 번째 관문을 간단히 통과함으로써 다음 문제에 도전

할 자격을 얻었다. 그 역시 서둘러 다음으로 넘어가기를 원했을 거다.

"우리 각자 정리하고 새로 시작하자."

녀석은 순식간에 굳어버렸다. 순간 숨까지 멈춰 내가 진작부터 그의 시선과 손을 잡고 있지 않았다면 그대로 쓰러졌을지도 모른다.

잠시 내가 손에서 힘을 풀자, J는 내게 맡겼던 손을 거두어 양복에 달린 호주머니들을 더듬기 시작했다. 그의 손, 나를 어루만지고 흥분시켰던 다섯 개 손가락의 주인이 커피숍 내부에 붙여 놓은 금연 스티커를 보지 못했을 리가 없었다. 나는 언제나 J가 원하는 대로 그의 페니스를 어루만지고 달래던 내 손을 거뒀다. 담배 갑을 찾아낸 J가 담배 갑으로 탁자 위를 두드리며 말했다.

"신중하게 생각해."

J의 시선은 이미 내게서 떨어져 탁자를 두드리는 담배 갑에 가 있었다. 그는 좀더 구체적인 답을 들려주었어야 했다. 그의 표정이 무거워 보였지만 내가 제시한 문제를 해결하기 위해서가 아니었다. 그는 급하게 든 흡연 욕을 해결하는 것과 그 자리를 모면할 궁리를 하는 중이다.

J가 내게 보여준 태도는 내 침샘을 자극했다. 어느새 입안에

침이 가득 고였다. 침을 삼키자 목구멍이 따가웠다. 정작 신중을 기해야 했던 순간은 이전에도 수없이 있었다. 좀 더 일찍 신중했다면 지금의 사태는 벌어지지 않았을 거다. 없었던 일로 할 수 있었던 걸 기어코 여기까지 끌고 온 건 J, 너였다.

"언제까지?"

내가 물었다.

"뭐?"

내 질문을 곧바로 이해하지 못한 J가 짧게 세운 앞머리를 쓸었다.

"신중하게 생각하는 것 말이야."

"그게……."

J에게 답을 기대하기란 불가능한 지경에 이르렀다. 그는 적어도 절반의 책임에 대해 말해야 했다. 잠시 나와 부딪힌 그의 시선은 일초도 견디지 못하고 달아났다. J는 자신에게 고정된 내 시선을 피해 고개를 뒤로 젖혀 천정을 바라봤다. 그는 손을 뒷목에 두고 두어 번 문질렀다. J가 고통스럽다는 듯 신음소리를 냈다. 그는 처음 나를 불러낸 자리에서도 암탉의 울음소리를 들려주기라도 할 것처럼 똑같은 자세를 했었다. 나로서도 더 이상 견딜 수 없었다.

"남편하고는, 아직도 각방 써?"

망연자실, 나는 내 귀를 의심했다. 순간 녀석도 내 표정을 봤을 거다.

  '나쁜 새끼! 내 몸을 들락거리다, 황홀경에 취해서 내 안에 사정을 하는 바람에 벌어진 일을 이제 와서 모르는 체하려는 거군. 그래, 아직 네 가정은 건재하니까. 내 가정은 기왕에 남편으로 시작해 나까지 맞바람을 피우는 지경에 이르고, 이젠 볼 장을 다 본 상태라고 여기겠지. 하지만, 네 잣대대로라면 내 가정 역시 건재하다고! 내가 네가 저지른 일을 네 아내에게 들려준다면 네가 평소에 원했던 대로 너는 네 아내라는, 매력이라곤 눈곱만큼도 남지 않은 여자로부터 해방될 거야! 네 펨 코벌트(Feme covert) 역시 생각을 고쳐먹어야 될 테지. 네가 그토록 자랑스럽게 여기던 날개죽지는 피를 흘리게 될 거야. 이제 그녀도 자신의 처지를 깨달아야 할 때가 온 거야. 오! 저런, 벌써부터 겁을 집어먹지는 마! 그리고 그것도 위태로운 지경에 이르겠군. 조심해! 네가 남자라는 걸 증명하는 유일한 것! 어때? 지금 여기서 불러볼까? '자지!' 그래 너는 항상 준비할 시간이 필요하지. 그곳에 피가 몰리도록. 그것이 단단해져야 그 이름으로 불릴 수 있지. 지금 그건 자지가 아니야. 분명 고양이를 만난 메추리새끼처럼 겁을 잔뜩 집어먹고 네 팬티 안에서 웅크린 채 떨고 있을 테니까. 이건 뭐지? 어디서 지린내 비슷한 역겨운 냄새가 나는데? 이런! 지레

겁먹지는 마! 내게서 네 얘기를 듣고 난 네 아내가 그것을 제거하기 위해 칼을 들었다가 그 모습을 보고 측은한 마음이 들어 혀를 찰지도 모르니까. 남자가 그래서는 쓰나?'

내 머리 속은 그런 얘기를 하고 있었다.

나를 힐끔거리던 녀석도 어떻게든 당장의 상황을 수습해야겠다고 생각을 한 모양이다. 하지만 놈의 입술이 다시 옴찔거렸을 때, 나는 이미 더 이상 시간을 낭비하지 않기로 했다. 경직된 몸을 일으켰다. J도 나를 따라 일어섰지만 적극적으로 나를 붙들지는 않았다.

기사에게 행선지를 밝히고, 시트 깊숙이 몸을 묻었다. 휴대전화 케이스에 얼굴을 비춰 보았다. J를 만나는 날이 잦아지면서 구입한, 거울 역할을 하도록 고안된 휴대폰 케이스였다. 모욕감, 수치심, 배신감 그리고 분노로 인해 광대뼈 부근에 홍조가 번져있었고, 입술이 연신 가늘게 떨렸다. J가 문자를 보내왔다. 나는 휴대폰 전원을 껐다. 잠시 숨을 고르고 다시는 녀석과 볼일이 없을 거라는 다짐을 하자, 사지에서 힘이 빠져나가며 몸이 축 늘어졌다. J를 향했던 분노와 원망은 서서히 힘을 잃고 있었다. 차창 밖을 보니 내가 탄 택시는 잠실대교를 건너고 있었다. 바람을 쐬고 싶었지만, 차창을 열면 새어들 바람을 이겨낼 자신이 없어 포기하고 말았다. 한강의 물결은 방금 얻어맞기라도 한 것처럼 퍼렇게 멍이 든 채로 물결치며 수많은 반사광들을 만들어냈다. 그 중 일부가 내게로 쏟아져 들어왔다. 나는 그것마저 감당할 자신이 없어 질끈 눈을 감고 말았다.

●

단독범행

  법과 관련해 진지하게 생각을 하게 된 건 그때가 처음이었다. 인류 문명화의 위대한 유산인 법을 피해 일을 해결해야 지경에 이르렀다.

  퇴근길에 피씨방을 찾았다. 집 근처 지하철역 건물 지하에 있는 피씨방이었다. 여자는 나 하나뿐이었다. 내 나이를 기준으로 삼아 나보다 어린 ‑ 교복을 입은 학생들도 있었다. ‑ 남자들은 출입구와 가까운 곳과 중앙을, 나와 나이가 엇비슷하거나 많아 보이는 남자들은 구석 자리를 차지하고 있었다. 금연 표시에도 불구하고 담배 연기가 모여 만들어진 구름에 가려 노래진 피씨방 천정이 일부만 보였다. 내가 피씨방 안으로 들어오는 것을 지켜보던 삼십 대 중반의 피씨방 주인은 나를 손님이라고 여기지 않았던 듯하다. 잡상인이 드나들기에는 늦은 시간이었고, 늦게까지 귀가하지 않는 아이를 찾으러 오기엔 젊다고 여겼는지도 모르겠다. 그는 눈으로 내게 용건을 묻고 있었다. 내 기준에 따르면 손님을 대하는 태도로는 낙제점이었다. 나는 잠깐만 쓸 거라고 했다.

법과 마주하자 현실은 나를 둘로 갈라놓았다. 현실도 둘로 나뉘져 갈라진 나를 절반씩 데려갔다. 불륜과 불법과 불신 등 '불' 자가 앞에 붙은 현실과 그와 반대로 분류되는 나머지의 현실. 하지만 나는 곧 이런 구분은 아무런 소용이 없다는 걸 깨달았다. 이쪽에서 보면 저쪽이 비정상이고 저쪽에서는 이쪽을 미쳤다고 할 테니까.

나는 불륜의 흔적을 제거하기 위해 불법의료행위의 힘을 빌리기로 했다. 일상생활은 계속되어야 했다. 불법에 의지해 지켜낸 일상의 연속성, 그 아이러니란! J의 의견 따위는 더 이상 듣지 않기로 했다. 일상은 내가 어떤 상황이든 상관없이 진행 중이었으니까. J는 시간이 필요하다는 문자를 내게 보냈고, 나는 그러라고 했다. J는 미안하다는 말 뒤로 숨어버렸다. 그는 겁에 질려 있을지도 몰랐다. 내가 그랬던 것처럼.

피씨방에서 찾아낸 산부인과로 전화를 걸었다. 회사와 집 사이에 중간쯤이라고 판단되는 지점에 있는 병원 두 곳의 전화번호를 적어두었다. 늦은 시간이었지만 신호음이 울리고 얼마 되지 않아 간호사인 듯한 여자가 무뚝뚝하게 전화를 받았다. 내가 산부인과임을 묻고 (그녀가 이미 병원임을 밝히지 않았던가?) 내가 잠시 머뭇거리는 사이 그녀는 내 계획을 정확히 꿰뚫었다. 그녀가 계획을 실행에 옮길 날짜와 시간을 물어왔다. 그녀는 그 외에도 많은 것을 알고 있었을 것이다. 하지만 그녀는 모른 척했다.

기껏해야 턱을 약간 까닥거리는 동작이 의사가 환자를 대하며 보이는 최대한의 환대라는 걸 알고 있었지만, 나는 진료실에 들어설 때마다 의사에게 예의를 차려 인사를 건넸다. 의사들이 환자에게 예의를 차리지 않는 건 그들이 입은 하얀 가운 때문일 거다. 신성한 선서를 마친 특권 계급의 상징. 그들은 환자의 몸을 뒤져 환자가 미처 알지 못했던 이상 징후를 찾아내고 원인을 추적한다. 몇 번의 심호흡, 청진기, 체온계. 그리고 이름을 알지 못하는 휘하의 거대한 백색 기계군단. 사람을 통째로 삼켰다 뱉어내기도 하고, 내 몸을 열고 들어가 내장 깊숙한 곳까지 염탐하고, 뼈 조각들을 찍어내기도 한다. 의사는 내 몸 안에서 일어나는 일을 정확하게 간파한 것일까?

나는 의사에게 예의를 차리지 않기로 마음 먹었다. 피차 법을 지키지 않는 걸 알게 되었으니까. 서로 사회에서 용인되지 않는 행위를 하는 셈이니 예의를 차렸다가는 나를 얕잡아보고 자신의 죄마저 내게 미루려 들 것이다.

간호사의 권유대로 심판대에 오르자 양 발목이 묶이고, 하얗고 길쭉한 가시광선을 발산하는 수술등과 나 사이에 마스크를 쓴 의사의 얼굴이 끼어들어 나를 내려다보는 순간 그에게 무례하게 군 걸 후회했다.

은밀한 곳에 쏠린 냉랭한 눈동자들, 그리고 내 안에 들어온 불법의 금속물질. 순간 최고조에 이른 수치심은 남편, J, 그리고 의사에게까지 적개심을 품도록 했다. 사건의 해결사로 나선, 내 무릎 사이에 버티고 앉은 무심한 남자 의사는 사건에 연루된 공범자에 관해 일절 묻지 않음으로써 내 적개심의 대상에 포함되었다. 그들에 대한 반감, 수치심을 덜어내려는 시도는 프로포폴에 의해 잠들었다. 아마도 눈가를 축축하게 적셨던 눈물은 마취 상태에 빠져들기 전부터 시작되었을 테다. 내 몸 안에 들어온 프로포폴은 눈물샘에까지 효력을 발휘하지 못한 모양이다. 은밀한 거래가 끝난 뒤에도 눈물샘은 계속해서 작동했다. 눈물이 흘렀던 눈꼬리 부근이 가려웠다. 나는 손등으로 눈가를 훔쳤다.

남편과, J 그리고 애꿎은 의사까지 끌어들여 일으킨 분노가 고작 눈물을 쏟는 거라니……. 어쨌든 문제는 해결되었다. 그런데 또 눈물이라니!

쉬익, 하고 스팀 난방기가 소리를 냈다. 텅 빈 회복실 안은 후덥지근했다. 회복실 문을 열자 흰색과, 에메랄드빛이라고 하기엔 너무 창백해 보이는 파란 칠을 한 좁다란 병원 복도가 보였다. 회복실 문턱을 넘자 몸이 떠오르려 했다. 의사는 내게 이런 증세가 있으리란 것을 예상했었나 보다. 그걸 대비해 내 발목에 무거운 추를 매어놓았던 것 같다. 얼마쯤 떠오르던 몸은 더 이상 떠오르지 않았다. 허공에서 몸이 갸우뚱했다. 실내라서 바람이 없는 게 다행이었다. 저만치서 젊은 여자 간호사가 - 그녀는 자신이 서있는 탈출구 가까이로 내가 혼자 힘으로 헤쳐 나오기를 기대했던 것 같다. - 좁은 병원 복도에서 위태롭게 떠오르고 가라앉기를 반복하는 나를 향해 반듯한 걸음걸이로 다가왔다.

병원 밖으로 나오자, 그녀는 내 겨드랑이 사이에 넣었던 팔을 거두고, 내게 작은 소리로 말했다. 그녀는 병원 복도에서 나를 부축해 이끄는 동안에도 두어 가지 질문을 던졌다. 그때와 마찬가지로 그녀의 말소리를 온전히 들을 수 없었지만, 나는 또 다시 고개를 끄덕였다. (그녀의 얼굴을 쳐다보고 지금 한 얘기를 알아듣지 못했으니 다시 한번 말해달라고 할 수 없었던 건 왜일까?) 그녀는 여기서부터는 혼자 가셔야 해요, 라고 했던 듯싶다. 그녀가 나를 부축해 병원 밖으로 안내하는 동안 그녀에게서 느꼈던 연대감은 그 순간 간단히 사라졌다. 그녀를 탓할 수는 없는 노릇이다. 나는 이미 고개를 끄덕여 그녀의 말을 받아주지 않았던가?

병원 문이 닫히고 층계참에 서서 주위를 둘러보니 어둠이 짙어져 있었다. 밤공기가 싸늘했다. 병원 앞으로 난 제법 널찍한 도로엔 적잖은 사람들이 늦은 밤 시간을 즐기며 오가고 있었다. 병원 정문 앞 길 건너 상점들에는 불이 밝게 켜져 있었고, 이따금 전조등을 켠 차가 나타나 검은 아스팔트의 가장자리로 사람들을 밀어내며 길을 텄다. 병원 좌측으로 좁은 골목길이 나있었다. 간호사가 마지막으로 내게 한 말이 혼자 가야 한다는 게 맞다면 그녀는 내가 병원을 들어오며 이용했던, 사람 하나가 겨우 지날 수 있는 좁은 골목길을 일깨워주려는 거였다.

곧 자정이었다. 나는 내가 사는 아파트 단지의 입구가 보이자, 택시 기사에게 목적지를 바꾸겠다고 말하고 부모님의 아파트 이름을 댔다. 택시기사는 아무런 문제가 되지 않는다는 듯 흔쾌히 그렇게 해주었다. 아이가 부모님 댁에서 잠들어있었다.

비밀번호를 눌러 문을 열고 부모님 댁 안에 발을 들이자 남동생이 보였다. 현관 앞에 선 그가 놀라움 반 경계심 반인 눈초리로 나를 위에서 아래로 천천히 훑었다. 순간 꺼져버린 센서 등은 남동생이 내게 다가서자 다시 켜졌다. 그가 나를 똑바로 쳐다보며, 낮지만 퉁명스런 목소리로 물었다.

"뭐야? 이 시간에?"

"진우는?"

"엄마 아빠랑 자."

"데리고 갈래. 진우 데려다 줘."

"누나 미쳤어? 지금 몇 신 줄 알아? 왜 안 하던 짓을 하고 지
랄이야!"

남동생이 눈을 부라렸다.

"미안해……."

남동생이 고개를 틀어 부모님과 아이가 잠들어 있는 안방 쪽
의 동정을 살폈다. 그리고는 내 소매를 이끌어 결혼 전까지 여
동생과 함께 사용했던, 지금은 손님방으로 이용하는 방문 앞으
로 나를 데려갔다. 그는 소리가 나지 않도록 방문을 연 뒤 나를
들어가도록 했다.

"잠깐 있어."

남동생은 손가락 굵기만큼의 틈을 두고 방문을 열어놓았다.
평소 불을 넣지 않았던 탓에 발이 시려왔다. 당장 주저앉고 싶
었지만 방바닥에서 올라오는 찬 기운과 자궁 안에 든 거즈의 이
물감 때문에 선 채로 남동생을 기다려야 했다. 잠시 후 남동생
이 이불을 안고 왔다. 그가 보일러 열었으니 곧 따뜻해질 거라
며 방바닥에 자리를 편 뒤 내게 물었다.

"무슨 일 있어?"

내가 억지웃음을 지어 보이며 고개를 흔들자 자연스럽게 침묵이 생겨난다. 모두들 그렇게 묻는다. 무슨 일 있어?

"누나 성격에 쉽게 털어놓을 것 같지는 않고, 털어놓는다고 해도 내가 도울 수 있을 것 같지는 않네. 너무 늦었어." 어깨를 으쓱해 보인 남동생이 다음 말을 이었다. "누나, 결혼도 했고 진우도 있잖아? 부모님이 괜한 걱정하게 하지 마. 오늘은 그냥 자고 진우는 아침에 봐. 내일 부모님한테는 누나가 알아서 둘러대."라고 말하고는 방을 나갔다. 남동생은 조심스럽게 문을 닫았다. 방문이 닫히는 것과 동시에 불을 끈 나는 곧장 이부자리 위로 쓰러졌다. 언제가 되었든 잊지 말고 남동생에게 고맙다는 말을 해야겠다고 마음먹었다. 손수 펴준 이부자리와 아이를 데려가겠다는 고집을 꺾어준 것에 대해.

영원히 내 곁에 머물 거라고 믿었던 모든 것으로부터 멀어지며 혼자가 되어가는 느낌과 함께 베개를 머리 밑에 괴는 대신 가슴에 품고 잠 속으로 빠져들었다. 그랬다. 남동생 말대로 너무 늦었다.

My man or men

2
부

●
곁눈질

비가 내린다는 걸 알게 된 건 출근을 하고 얼마 지나지 않아서였다. 며칠 전 새로 배치된 청원경찰이 직원들에게 우산받이의 행방을 물으며 1층과 2층의 물품 보관창고를 번갈아 오르락내리락 했다. 결국 1층 물품 창고 구석에서 우산받이를 찾아낸 사십대 초반의 청원경찰은 예전 근무지와 직전근무자를 입에 올리며 한동안 구시렁거렸다.

오후 들어 빗줄기는 더욱 굵어졌고 창구는 평소에 비해 한결 한산했다. 어서 비가 그치고 해가 나기를 바랐던 이유가 단지 우산을 챙기지 않아서가 아니었다.

내 몸에서 분리된 단백질 덩어리 - 집 근처 피씨방에서 병원을 검색하다 우연히 눈에 띈 표현이다. 윤리적인 논쟁을 피하기에 얼마나 적합한가! - 가 지하철의 임산부 전용석을 표시하는 도형의 조합, 진짜 임산부의 부푼 배, 버려진 신생아를 위한 후원광고와 마주할 적마다 모양을 바꾸며 나타나곤 했다. 이런 현시적 혼란은 나를 당혹스럽게 했다. 하지만 여기서 분명히 해두어야 할 점이 있다. 이런 곤혹스러운 현상이 생명의 존엄성과 관련된 죄의식과 궤를 같이 하는 게 아니라는 사실이다. 미처 언급하지 않았지만 - 수술을 결심하고 실행에 옮기는 과정에서 겪어야 했던 두려움 때문에 의도적으로 누락한 것일 수도 있다. - 나는 당시 내 몸 안에 자라고 있었을 괴물의 - 누구도 그가 세상에 모습을 드러내기를 원치 않았으므로 - 존재를 철저히 외면하기로 마음 먹었다. 어떤 형태를 하고, 숨은 쉬고 있는지, 고통을 느낄 만한 상태에 이르렀는가 하는 얘기는 하고 싶지도 듣고 싶지도 않았다. 그로 인해 비난을 받아도 어쩔 수 없다. 그것은 내 몸의 일부였을 뿐이다. 나는 내 몸의 일부를 잃어야 했다. 나를 구성한 것 중 일부를 제거해야 하는 순간을 앞두고 겪어야 하는 두려움, 신체적 훼손으로 인한 상실감이 나를 쥐락펴락했다. 나는 그것만을 기억하기로 했던 거다. 그건 일종의 거래였다. 나는 내 몸의 일부를 내놓는 대신 나를 괴롭히던 공포심을 함께 거두어 가기를 희망했다.

수술을 마친 뒤에도 가슴을 모아 쥘 때마다 (왜 그런 짓을 했을까?) 희멀건 액체가 유두 끝에 맺혔다. 이 현상이 의미하는 것은 무엇인가? 나는 깨달았다. 나를 움켜쥔 공포와 좌절은 내 내부가 아닌 나와 외부 사이에서 생겨난 문제라는 걸. 내 몸 속의 일부를 제거해 해결되는 것이 아니었다. 이미 오래 전부터 존재했음에도 미처 인식하지 못했던 것이 눈에 띄기 시작했다. 외부란 J도 남자 의사도 간호사도 아니다. 이 일에 대해 전혀 알지 못하는 사람들이었다. 평범하고 평소와 다르지 않게 나를 대하는 사람들. 그들은 왜, 어떻게, 언제부터 나의 은밀한 문제에 개입하게 되었을까?

정신이 산만해져 매사가 더뎌지고 뒤엉켰다. 여전히 내게 무심하게 구는 남편과 마주치는 일은 사소한 것이 되었다. 며칠이라도 좋으니 혼자 있고 싶었다. 여름휴가라도 당겨 쓰고 싶은 생각이 굴뚝같았지만, 5월 중순부터 여름휴가를 입에 올리는 직원은 없었고, 아이의 유치원 일정을 확인해두어야 했지만 이조차 엄두를 내지 못했다. 차라리 일상의 기계성이 나를 굴러가게 하도록 맡겨두는 편이 당시로서는 최악의 상황을 모면하는 유일한 길이었다. 이를 위해서는 고객들의 도움이 필요했다. 그들이 찾아와 내 앞에 마련된 의자에 앉아 주기를 원했던 적이 있었던가? 비가 그치고 해가 나기를 기다린 까닭이다.

J가 다시 연락을 해온 건 내가 수술대 위에서 의사에게 무릎을 열어야 했던 날로부터 보름가량이 지나서였다. 채 열 줄을 넘기지 못했던 이전까지의 메일과는 다르게 폰트 11크기의 글자로 두 페이지를 가득 채운 메일을 보내왔다. J는 조심스럽게 - 나를 배려해서라기보다는 자신의 글이 자칫 자신을 평가 절하하는 빌미를 제공하지 않도록 신경을 쓴 흔적이 역력했다. - 이제까지의 자신의 삶에 대해 지극히 평범했다는 소회를 밝혔다. 평범함은 자신을 무력하게 했다고 했다. (그는 그 평범함을 얻기 위해 분투하지 않았던가?) 이와 관련해 깊은 성찰의 시간을 갖게 되었다고 했다. 그는 나와의 사랑이 - 그가 예전의 메일에서 사랑과 함께 사용했던 자지나 보지, 섹스 같은 단어는 등장하지 않았다 - 마약과 같다며, 나를 볼 수 없는 상황이 심각한 금단 현상을 초래하기에 이르렀다고 했다. 내게 발생한 불행한 사건이 - J는 자신을 포함해 '우리'가 아닌 '나'를 특정하고 '불행한'이라고 썼다. - 자신의 삶을 되돌아보게 한다고 했다. 그리고 나머지 내용을 나를 만났던 시점으로부터 이번 일이 있기 직전까지의 이야기로 채웠다. J는 나를 감정적으로 자극하려 했던 것 같다. 자기 인생에서 가장 빛나는 시간을 그때로 꼽았다. 성찰이 집착과 같은 의미였던가?

J와 나는 같은 언어를 두고 다른 의미로 사용했다. 그가 언급한 "불행한 사건"이 대표적인 예였다. (J의 메일 원문 : '네게 일어

난 불행한 사건으로 인해……') 세상 일이 그렇듯 불행은 혼자서 일으킬 수 있는 사건이 아니다. 그와 내가 그나마 소통이 가능했던 건 사물과 대응하는 일반 명사들 덕분이었다. 사건이 있었을 뿐이다. 그것에 행복과 불행의 수식어를 선택하는 건 각자의 몫이다. '여자' 역시 마찬가지다. J에게 여자는 성행위가 가능한, 남자의 실존을 입증하기 위한 대상물에 지나지 않는다. 아름다운 여성은 성욕을 돋우는 여자를, 지적인 여성은 침대로 이끌기까지 많은 비용을 들여야 하는 여자일 테다. 녀석이 부르짖었던 보지 역시 그것만을 의미했다. 그는 자신이 세상 빛을 볼 수 있게 되기까지 지나온 과정조차 깡그리 잊었다. 그곳에는 빛이 들지 않았던 걸까?

나는 그와 논쟁이 벌어지는 것을 원치 않았다. 나 역시 J를 내 욕망에 충실한 남자에 불과하다고 여기기 시작했으니까. 나는 대체로 내 의도를 감추고, 시간과 공간을 무시한 채 녀석이 만들어낸 이미지를 인정하는 체하며 나머지 의사소통을 몸으로 때웠다. 물론 이것 역시 일정부분 감정을 공유했었기에 가능한 일일 테지만. 얄팍한 감정의 공유 역시 사랑의 일부에 포함되는가?

나는 그의 메일 내용을 믿지 않았다. 이 말은 내가 J라는 사람 자체를 신뢰하지 않는다는 것을 의미하는가?

그렇지만 당장 그를 내칠 수는 없었다. J의 메일은 적어도 갈팡질팡하던 당시 내 상황에서는 잠시나마 피신할 곳이 남아있다는 얄팍한 안도감을 느낄 수 있도록 하는 데 어느 정도 성공한 셈이다. 내가 선 자리는 라파엘의 나귀가죽처럼 줄고 있었고 내게 자리를 양보하거나 손을 내미는 이는 아무도 없었다. 나는 누군가에게 손을 내밀어 내 손을 이끌어 안전한 곳으로 데려다 달라는 부탁을 해야 했을까?

욕망은, 저절로 돌아가는 일상의 원심력을 유지하기 위한 마지막 안간힘이었다. 내 안의 송과선은 끊겨있었다. J는 내 비밀을 알고 있는 유일한 인물이었고, 그 점은 J와 나 사이에 작용하는 또 다른 인력인 셈이었다.

이제 J와 함께한 공간은 잠시 머무르는 휴게실에 불과했다. 일상을 팽개치고 J와 함께할 시간에 목을 맸던 과거와는 달리 이제 일상으로 돌아가는 길에 들러 시장기를 달래는 편의점 같은 거였다.

나는 스스로 옷을 벗고 침대 위로 뛰어 올랐고 녀석이 내 뒤를 따랐다. 무감각하게 흘려보낸 일상의 무심함을 순간의 쾌락으로 보상받고 나면 나는 즉시 몸을 일으켜 침대를 내려왔다. J 역시 마찬가지였다. 마치 오르가슴을 두고 벌이는 경주처럼, 오르가슴이라는 결승점을 먼저 터치한 사람은 이후의 상황이 어찌되었든 돌아갈 채비를 시작했다. 내가 모텔 방 한 켠에 구김이 가지 않도록 개어놓았던 옷을 입고 화장을 고치는 동안, 거울 모퉁이에 자신이 지불한 모텔 요금과 섹스의 횟수와 쾌락의 정도를 따지는 J를 볼 수 있었다.

무엇보다 J를 가장 곤욕스럽게 한 건 콘돔이었다. 예전과는 달리 콘돔 없는 섹스는 거부하겠다는 내 주장을 J로서는 받아들이지 않을 수 없었다. 사정 후 뒤처리도 이젠 그의 몫이 되었다.

J는 마치 곧 토악질이라도 할 듯한 얼굴로 정액이 담긴 고무 주머니를 기운 잃은 페니스에서 분리해냈다. 그는 고개를 돌린 채 엄지와 검지 끝을 사용해 그걸 집어 들고 화장실로 달려갔다. 얼마간 물소리가 요란하게 들려 온 뒤, 그가 손과 사타구니를 수건으로 벅벅 문지르며 개운치 않은 표정으로 화장실을 나왔다.

J와는 간간히 만남, 아니 섹스가 이어졌다.

손님이 뜸하자, 나는 회사에서 배부한 직원용 다이어리를 펼쳤다. 갈매기는 더 이상 그려 넣지 않기로 했다. 날짜 밑에 마련된 여백 안에 앞으로의 계획을 적기로 했다. 생각을 쥐어짰지만 내 목숨이 붙어 있는 한 저절로 진행될 일들뿐, 굳이 따로 기록해둘 만한 일이 떠오르지 않았다. 눈으로 하루하루를 지나 보냈다. 순식간에 두 달이 지났다. 마냥 흘려 보낼 수만은 없다는 생각에 다시 오늘로 되돌아왔다. 해도 그만 아니어도 그만인 일들을 날짜 아래 필사적으로 끄적였다. 출근길에 인터넷 외국어 강좌 듣기, 퇴근길에 지하철 한 정거장 이상 걷기, 한적한 커피숍에서의 독서. 주말에 아이와 동네 도서관 가기, 화장실 전등 갈아 끼우기 – 화장실 거울 위의 전구 두 개 중 하나가 수명을 다한 채로 일 년 가까이 방치되어 있었다.

"차장님이 보이지 않네요."

나는 선잠에서 깨어나듯 고개를 들었다. 막 정리를 하지 못하고 베란다에 방치된 문학전집을 떠올렸을 때였다. 내 앞에 중년의 남자가 서있었다. 나는 그에게 사무적인 시선을 주었다. 남자는 나와 눈이 마주치자 통장과 함께 미리 작성한 청구서와 해외송금 신청서를 창구 테이블 위에 내려놓고 고객용 의자에 앉았다. 그가 내 다이어리를 훔쳐보고 있었다는 생각이 들었다. 나는 펼쳤던 다이어리를 덮었다. 한 달 분량의 계획이 채워지고 있었다. 그는 한 달 동안 거기에 서있었던 걸까?

"오늘 연수세요."

그와 나의 시선이 차장의 빈자리로 함께 옮겨갔다가 서로에게로 되돌아왔다. 그가 고개를 끄덕이고 손에 든 책을 금방 포갠 다리의 허벅지 위로 옮겼다. 의자와 창구 테이블 사이가 좁았던 탓에 다리를 포개기 위해서는 의자를 틀어 공간을 내야 했다. 그와 나 간에 예리한 각이 생겼다. 객장을 훑어보니 내 앞 말고도 두 창구가 비어있었다.

그를 처음 봤던 건 그로부터 서너 달 전이었다. 창구가 북적거렸던 기억으로 짐작하건대 월말이었지 싶다. 은행은 자체적으로 정해놓은 기준에 따라 고객에게 등급을 부여한다. 고객들은 저마다 자신에게 주어진 등급을 확인하고 이에 맞는 창구를 이용해야 한다. 그날, 그는 자신이 속한 일반고객의 무리에서 벗어나 때마침 손님이 없었던 VIP창구로 갔다. VIP고객을 담당하는 여자 차장이 은행에서 운영하는 전담 창구 제도에 대해 설명했지만 그는 차장의 친절한 설명에 아랑곳하지 않고 넉살 좋은 얼굴로 '노력해볼게요, 브이아이피'라고 말했다고 한다. 그가 창구에서 처리하는 일이라곤 해외에 체류 중인 딸에게 소액을 송금하는 것이 전부였다. 그마저도 한 달에 한두 번에 불과했고 그의 통장 잔고는 백만 원을 넘는 일이 드물었다. 상사로부터 고객을 제대로 안내하지 않는다는 핀잔을 들은 VIP 담당차장은 알겠다고 답을 하고도, 그날 이후로도 이번만이라는 단서를 달며 그의 일을 봐주었다.

나는 모니터 너머로 그, Q – 송금신청서와 청구서, 통장에 그의 이름이 적혀있었다. – 의 옆모습을 곁눈질했다. 내가 추측했던 대로 그는 내가 다이어리에 적어 넣은 내용을 훔쳐봤을 거라는 생각을 했다. 한편으로 그가 무례하다는 생각을 하면서, 그걸 보고 난 그가 어떤 생각을 했을지 궁금하기도 했다. 그가 내놓은 서류와 통장을 보니 그의 삶이 나와 비교해 나아 보이지 않았다. 굳이 다이어리를 훔쳐보지 않아도 누구에게나 한번쯤은 일어날 법한 일들뿐이었으니, 그가 내 다이어리를 훔쳐봤다 한들 기분 나빠할 이유도 없었다. 불행한 사람들과 비교해 얻어내는 삶의 의미. 고통을 고통으로 불행을 불행으로 보상하는 방식. 나는 그것에 익숙해져 있었다.

Q가 입은 회색 티셔츠의 어깨 부분이 비에 젖어있었다. 이삼일 전에 한 면도가 가장 최근이었던 듯했다. 자라난 구레나룻과 턱수염 사이에서 모래알만 한 빛들이 하얗게 반짝였다. 검게 자란 거친 수염 사이로 희어진 수염이 실내등을 반사하고 있었다. 그의 시선은 내가 그의 일을 처리하는 내내 허벅지 위에 펼쳐놓은 책 위에 머물렀다.

일을 끝내고 통장과 서류를 그가 볼 수 있도록 해 창구테이블 위에 놓았다. 다리를 풀고 의자의 방향을 원래의 방향으로 튼 그가 내가 내놓은 서류를 간단히 훑고, 서류를 통장 크기로 접어 통장과 포개더니, 방금 전까지 읽었던 책 사이에 끼워 넣었다. 그는 짧게 고맙다는 말을 하며 몸을 일으켰다. 그는 곧장 자리를 뜨는 대신 창구에 비치된 내 명함을 향해 팔을 뻗었다.

"정지수 대리님, 사람을 곁눈질하는 건 옳지 않아요."

나는 얼굴이 붉어지는 걸 느꼈다. 나는 반사적으로 자리에서 일어났다. 나를 보고 있던 그가 웃고 있었다. 그가 말했다.

"아뇨. 제가 대리님께 미움을 살 일을 했는지 싶어서요. 사실 그게⋯⋯."

"괜찮아요."

Q는 자신의 말이 끊기자 웃느라 작아졌던 눈을 크게 뜨고는 말했다.

"정면으로 봐주시니 한결 낫군요."

왠지 기분이 나아지는 것 같았다. 그가 가고 난 뒤 선 채로 내 책상 위를 내려다보니 그가 섰던 곳에서 내 다이어리에 적힌 깨알 같은 글씨를 읽어낸다는 건 불가능한 일이었다. 그날의 비는 퇴근할 즈음에야 그쳤다.

비밀번호

휴대폰으로 전화가 걸려온 건 마감시간이 얼마 남지 않아서였
다. 객장은 시간의 경계에서 스릴을 즐기는 사람들로 북새통이
었다.

"대리님, 저 기억하시겠습니까?"

나는 남자의 목소리를 기억하지 못했다.

"죄송합니다만, 어디시죠?"

전화기가 들려있지 않은 손을 더 부지런히 움직였다. 눈앞의
고객에게 당신의 일을 게을리하고 있지 않다는 걸 증명해야 한
다. 동시에 직장이 부여한 대리님이라는 호칭을 사용해 걸려온
전화를 함부로 대할 수는 없는 노릇이다. 누구냐고 묻지 않고,
어디냐고 묻는 건 상대방에게 나와의 물리적인 거리를 두기 위

해 써먹는 전형적인 방식이다. 공사의 구분을 정확히 해야 한다는 세간의 충고에 충실하자는 거다. 내 물음은 그들의 충고에 과잉 충성하는 건지도 모른다. 하지만 충고는 곧 경고니까.

나를 대리님이라고 부르는 사람들 중에 목소리를 기억해두어야 할 만한 사람은 없었다.

"일전에 정 대리님이 곁눈질하던 사람입니다."

Q는 자신의 이름을 밝히는 대신 그렇게 말했다. 나는 목소리가 그의 것임을 금세 알 수 있었다. 그가 그렇게 말하는 대신 자신의 이름을 댔다면 그임을 알아채지 못했을 터다. 눈을 힘주어 감으면 아른대는 하얀 점들처럼 실내등 불빛을 반사하던 그의 흰 수염이 떠올랐다.

Q는 급히 송금할 일이 생겼다고 했다. 당장 은행에 들를 수가 없어 팩스로 송금 신청서를 보내고 계좌의 비밀번호를 알려주겠다며 처리를 부탁했다. 사정이 급하다는 Q의 목소리는 정작 당장 내 눈앞의 상황에 비하면 느긋하게만 들렸다. 내 상상력이 부족해서만은 아닐 거다. 상상은 현실의 궁핍함에서 기인한 것일 테니까. 난 당장 넘쳐나는 현실에 치여있었다.

"불가능합니다. 죄송합니다."

나는 반사적으로 답을 내놓았다. (그에게는 내가 자신을 말을 믿지 않는 것으로 들렸을까?)

"무슨 말씀이신지 압니다." (그는 내가 자신을 믿지 않는 걸 당연하다고 생각한 걸까?)

그렇게 말을 한 Q가 맥락 없이 자신의 계좌 비밀번호 네 자리를 스타카토 식으로 연거푸 언급하고는, 그제야 내 상황을 제대로 이해했다는 듯 몇 마디를 덧붙이고 전화를 끊었다.

'명함을 참으로 요긴하게 써먹는 사람이군.' 내 명함을 집어들던 Q의 모습을 떠올리며 속으로 중얼거렸다. 휴대전화를 내려놓고 내 앞의 고객과 눈을 맞추며 당장의 일을 마무리한 뒤, 다음 순서의 손님을 맞았다. 고객이 서류를 작성하는 사이 J가 사내 메신저로 연락을 해왔다. 그가 맡은 일은 공과금 마감일과 직장인의 급여일과 노인들의 생활보조금 지급일과 무관했다. 시답잖은 메시지들이 드문드문 이어졌다. J는 내 메시지에 즉시 답을 내놓았지만 나는 그럴 수 없었다. 내가 당치않은 부탁을 해온 고객에 대해 말했다. J의 의견을 듣고자 했던 건 아니었다. J가 퇴근 후의 스케줄을 물어와 이에 대한 답을 미루려는 의도였다.

'진상이구먼. 안 되는 건 안 된다고 딱 잘라 말을 했어야지.'

J가 메시지 뒤에 잔뜩 인상을 쓴 이모티콘을 추가로 보냈다.

이모티콘은 '내가 시키는 대로 해! 그게 네가 할 수 있는 전부라고!'라고 말하고 있었다. 그게 J의 정의고 순수다. J의 입은 음식물이 잔뜩 든 상태에서도 쉴 새 없이 소리를 내는 재주가 있다. 쉼 없이 소리를 내는 J의 입, 그는 나를 가르치려 드는 게 틀림없었다. 임신 사실을 알고 난 녀석이 내게 보였던 반응이 선명하게 오버랩 됐다. 그는 여전히 그 일이 내게, 여자에게 어떤 의미인지 알지도, 알려 들지도 않았다. 그는 여전히 평범하고 굴곡 없는 삶을 추구했다. 이 시대의 평범이란 안정을 최고의 모토로 삼는 POST - 부르주아의 이데올로기일 테다.

　나는 내 앞의 일로 돌아가려 했다. 녀석이 퇴근 후 이쪽으로 건너오겠다고 했지만 이 역시 답을 하지 않기로 했다. 버튼을 눌러 다음 손님을 불렀다. 해당 번호표의 고객이 내 앞에 앉았다. 메신저의 대화 방식도 개선할 필요가 있었다. 교대로 이야기를 할 수 있도록. 한 번 메시지를 보내면 상대방이 답을 하기 전까지 추가 메시지를 전송할 수 없도록. 새 메시지가 도착했다는 신호가 내 업무용 컴퓨터 모니터의 창 구석에서 계속 깜박거렸다. Q가 일러준 네 개의 숫자가 머릿속을 떠다녔다. 그리고 그가 마지막에 덧붙였던 '정지수 대리님, 능력을 발휘해보세요. 대리님이라면 방법을 찾을 수 있을 겁니다.'라는 말이 메아리처럼 떠돌았다. 급하게 뜨거운 물을 삼킨 것처럼 혓뿌리 너머가 얼얼해졌다. 목구멍 안으로 무언가가 넘어갔다. 배꼽 아래가 근질거리는가 싶더니 이내 뜨거워졌다. 목을 넘어간 것이 뱃속에 도달해 부글부글 끓고 있었다. 열은 고유의 특성대로 위로 올라왔다. 심장을 덥히고 머릿속에 모인다. 증기를 배출해야 할 순간이 다가온 압력 밥솥처럼 뇌가 팽팽하게 부풀어 올랐다. 더 이상 버틸 수가 없었다. 머릿속을 꽉 채운 열기를 배출할 길을 찾아야 했다. 출구의 비밀번호를 알고 있었다. Q가 알려준 네 개의 숫자. 나는 하던 일을 멈추고, 고객에게 "잠시만요."라고 선언조의 말을 던짐과 동시에 자리를 박차고 일어났다.

담배를 피우러 밖으로 나갔던 과장과 남자 직원 하나가 구시 렁거리며 사무실 안으로 들어왔다. 두 사람은 손으로 양복 상의 의 어깨를 털어내며 갑자기 비가 내리기 시작했다는 소식을 전 했다. 내 앞을 지나며 나와 눈길이 스친 과장이 의뭉한 표정을 지었다. 나는 당사자인 Q의 사인이 누락된 청구서를 노려보고 있었다. 동시에 입가에는 절로 생겨난 희미한 미소를 머금고 있 었다. 당시의 내 얼굴이 기괴해 보였을 수도 있다. 과장은 기괴 해진 내 얼굴을 본 모양이었다.

나는 낯선 고객의 바람과 내 의지를 가로막았던 회사의 규정 과 업무지침, 그리고 J의 훈계까지 한 방에 허물었다는 성취감으로 상당히 들뜬 상태였다. 뒤처리 걱정이 없지 않았지만, 상당한 대가를 지불할 용의가 있었다. 오랫동안 참았던 오줌을 누었을 때의 느낌, 아주 느리게 잦아드는 오르가슴의 여운과 견줄 만했다. 나의 일탈을 응원했던 유일한 사람인 Q에게 전화를 걸어 그가 부탁한 대로 일이 처리되었음을 알렸다. Q가 고맙다는 말을 하고, 이제 막 강남톨게이트에 도착했다며 함께 저녁식사를 할 수 있었으면 좋겠다고 했다. 나는 조심스레 – 들뜬 기분이 드러나지 않도록 목소리의 톤을 조절하는 데 신경을 써야 했다. – 그의 제안을 거절했다. 그리고 회사의 방침이라며 빠른 시일 내에 은행을 방문해 청구서에 누락된 본인의 사인 난을 메워야 한다는 사무적인 얘기를 했다. 나는 Q가 다시 한번 같은 제안을 해올 것이라는 것과 그 제안을 반복해 거절하는 일은 없을 거라는 걸 예견하고 있었다. 어찌 되었든 그날의 내 무용담을 반기며 들어줄 사람은 그였고, 나 역시 유사 오르가슴의 유희가 연장되기를 원했으니까.

고맙다는 그의 말은 진심으로 느껴졌고, 그는 내가 그 일을 해낼 거라고 믿고 있었던 듯한 말투였다. 그의 말투는 나를 한층 고무시켰다. 그는 내게서 무엇을, 본 것일까?

그리고 내 예상은 적중했다. – 사실, 그에게 사무적인 절차를 설명하는 사이 전화의 감이 멀어지더니 끊어졌었다. – 그가 영동대교를 건너고 있다며 다시 전화를 걸어왔다. 나는 청구서를 내세워 그의 초대에 응했다. 청구서가 저녁식사 초대장이 된 셈이다.

책임자가 거래처와 저녁식사 약속이 있다며 마감서류를 채근했다. 정리된 다른 전표들과 함께 Q의 사인이 빠진 청구서를 넘기며 자초지종을 설명했다. 책임자는 뾰로통한 표정으로 내 설명을 들었다. 책임자는 괜하게 성가신 일을 벌였다며 청구서와 나를 번갈아 보고는 "도대체 뭐 하는 사람이야?"라고 짜증 섞인 목소리를 냈다. 하지만 책임자는 정작 내게 대답할 틈은 주지 않고 – 책임자의 질문 속에 '사람'이 나와 Q, 둘 중 누구를 겨냥한 것인지 분간을 할 수 없었기 때문에, 내게 충분한 시간이 주어졌던들 책임자가 원했던 답을 내놓을 수는 없었을 거다. – 다음부터는 반드시 자신의 허락을 받아야 한다는 짧은 충고를 한 뒤, 귀찮다는 듯 Q의 청구서를 내게 건넸다. 책임자가 그 정도로 일을 마무리하기로 한 데는 청구서에 인쇄된 백만 원을 넘지 못한 금액이 근거가 되었을 테다. 내 기대에 미치지 못한 책임자의 질책이 조금은 나를 실망스럽게 했다. 어쨌든, 같은 일을 벌일 기회가 다시 있을지는 알 수 없지만, 허락이 전제된다면 – 그럴 리가 만무하겠지만 – 같은 감동은 요원할 거다.

나는 Q의 초대장을 챙겨 사무실을 나섰다. 두 남자가 요란을 떨며 말했던 비는 거의 그쳐가고 있었다.

　파출소에서 우회전을 하자 길이 좁아졌다. 길가에 늘어선 상점 몇 개를 지나 좌측으로 난 비탈길을 오르기 시작하면서 더욱 좁아진 길은 택시의 내비게이션이 목적지임을 알리자 아예 끊긴 듯했다. 나는 잔뜩 인상을 찌푸린 택시 기사에게 거스름돈은 되었다며 타협을 시도했다. 그럼에도 불구하고 기사는 끝내 구겼던 인상을 펴지 않았다. 나를 내려놓은 택시는 십여 차례 전진과 후진을 되풀이하고서야 왔던 방향으로 머리를 둘 수 있었다.

　길 안쪽으로 수리한 지 얼마 안 되어 보이는 한옥들이 있었다. 전통가옥의 외관을 띠고 있었지만 골격을 이룬 재료는 전체 형태와 어울리지 않는 구석이 있었다. 대문의 양쪽에 세운 목재 기둥에서는 플라스틱 재질의 광택이 났고, 담벼락에 그려진 학(두루미였는지도 모른다. 나중에야 같은 새의 다른 이름이라는 걸 알았다.)과 거북의 모자이크식 그림은 손톱 크기의 네모난 타일을 붙여 완성한 것이었다. 욕실 바닥이라면 더욱 어울릴 법한 타일.

　한옥집과 이웃한 한옥집 간 대문의 간격이 꽤 넓었고, 그 사이에 선 전봇대에 가로등이 달려 있었다. 비는 가늘어질 대로 가늘어져 불빛 가까이에서나 허공에서 털어낸 먼지 같은 모습을 드러냈다. 나는 먼지를 맞으면서 주변을 둘러봤다. 한옥집 맞은편은 가파른 절벽이었다. 안전을 위해 가장자리를 따라 난간이 세워져 있었다. 난간 가까이에 보이는 삼청동 거리는 양편으로 늘어선 상점들과 도로 위의 차들이 켠 불빛으로 노랬다. 저만치로 국무총리공관이 보였다. 내가 선 곳에서 삼청동 거리까지 바로 내려갈 수 있는 좁고 가파른 계단이 있었다.

Q가 알려준 주소에는 3층짜리 건물이 서있었다. 건물의 뒷면이 비탈과 등을 진 것처럼 맞닿아있었고 도로를 향한 벽 전체를 통유리로 창을 냈다. 1층의 커피숍 안을 살펴보기 위해 까치발을 딛고 목을 빼보았지만 내가 선 곳보다 지반이 1미터 이상 높아 사람 머리통 두어 개만 보였다.

커피숍 문을 밀자 풍경소리가 났다. 출입문에 풍경이 달려있었다. 풍경의 추에 매달린 물고기 한 마리가 생경했다. 커피숍 안에는 내가 까치발을 들어 확인했던 머리통의 주인인 두 사람이 전부였다. 종업원으로 보이는 젊은 여자를 발견하고 Q의 이름을 대자 내 어깨 너머를 가리키며 엄지를 제외한 네 손가락을 폈다. 그녀의 손가락이 가리키는 지점에 층계참이 보였다. 그녀가 명랑한 목소리로 3층이라고 했다. 나무 계단을 오르기 시작하자 물에 불린 버섯냄새가 났다.

2층은 갤러리를 흉내 내 꾸며져 있었다. 별도의 문을 달지 않고 칸막이를 해 공간을 나눠 놓았다. 2층이 어두웠던 건 전시효과를 내기 위해 갤러리 안쪽 천장에 단 여러 개의 LED등 외에 별도의 조명이 없었기 때문이었다. 액자 속에 든 내용을 알아보기에는 거리가 있었다. 3층 복도에는 불이 들어와 있었다. 철제 현관문이 보였다. 현관 앞에 이르자 센서등이 작동했다. 문 한가운데 난 네모난 자국은 얼마 전까지 간판이 붙었던 자리인 듯했다. 그제야 나는 Q에 대해 아는 것이 없다는 사실을 깨달았다. 그는 자신의 이름조차 알려주지 않았다. 내가 그의 이름을 알게 된 건 그가 내놓은 서류와 청구서를 통해서였다. 문 안쪽에서 사람들의 웃음소리가 들리는 것 같았다. 책임자는 분명 Q에 대해서 물었던 거였다. 하지만 일을 벌인 이상 그대로 물러날 수는 없는 노릇이었다. 나는 백 안에 든 청구서를 떠올렸다.

초인종을 누르자 곧 문이 열렸고 중년의 여인이 얼굴을 내민 것과 동시에 여러 사람의 목소리가 쏟아져 나왔다. Q 외에 다른 사람을 만나게 되리라는 예상을 하지 못했던 터라 절로 몸이 주춤했다. 내 모습을 본 중년의 여자는 부드러운 미소를 (나를 안심시키려는 듯 보였다.) 지어 보이며, 자신의 몸을 현관문에 바짝 붙여 내가 안으로 들어갈 수 있도록 길을 내주었다. 그럼에도 불구하고 나는 발을 떼지 못하고 그 자리에 서있어야 했다. 여러 켤레의 신발을 봤기 때문이었다. 나는 마치 집을 잘못 찾은 것처럼 기어들어가는 목소리로 다시 한번 Q의 이름을 댔다.

"네, 들어오세요."

고개를 끄덕인 그녀는 윗눈썹을 살짝 들어올리며 내가 움직이기를 기다렸다. 그녀는 자연스럽게 친근감을 보여주려하고 있었다. 나는 하는 수 없이 그녀가 터준 길을 따라 안으로 들어섰다. 현관문을 닫고 난 그녀가 Q의 이름을 큰소리로 불렀다. 그녀는 내가 신발을 벗기를 꺼린다는 걸 눈치챈 듯했다. 나는 그 사이 빠르게 내부를 훑었다. 제법 넉넉한 안쪽 공간에 놓인 책상과 작은 소파 - 그것이 간이침대로도 사용되는 접이식 침대라는 건 나중에 알았다. - 가 눈에 들어왔다. 통유리로 된 창가에 길게 놓인 좌식탁자를 중심으로 사람들이 모여 앉아있었다. Q의 사무실은 주거용 오피스텔을 연상케 했다. 출입문 옆으로는 간이 주방이 딸려있었다.

Q는 마치 9회 말 역전 홈런을 친 선수를 맞이하는 감독처럼 두 팔을 벌린 채, 나를 부둥켜안기라도 할 것처럼 내게로 다가왔다. 나는 조심스럽게 신발을 벗었다. 바닥에 닿은 발가락에 힘이 들어갔다.

Q에게 청구서를 보완하도록 한 뒤 그의 사무실을 나와 삼청동 근방의 고풍스런 음식점에서의 저녁식사와 몇 시간 전 내가 경험한 카타르시스와 (오르가슴이라는 단어를 입에 올리기엔 그와 나 사이의 친밀함이 부족하지 싶었다.) 관련한 대화를 기대했던 나 스스

로가 민망해졌다. 테이블 위에 놓인 빈 술병들과 먹다 남은 음식들, 각자 앞에 놓인 수저들이 불쾌하기까지 했다.

포옹을 할 것 같던 Q가 내게 손을 내밀어 악수를 청했다. 두 손을 모아 내 손을 잡은 Q는 내가 불편해하는 걸 눈치챘는지 친근함을 과시하는 듯한 태도를 정중하게 바꾸고 나를 자신이 앉았던 자리로 이끌었다. 그리고 재빨리 자신의 옆자리에 앉은 단발머리의 여자에게 귓속말을 했다. 여자는 당연하다는 듯 고개를 끄덕이며 자리를 내주었다. 나를 향해 눈웃음을 지어 보인 그녀는 바쁘게 구석 쪽으로 자리를 옮겼다. 그녀가 내어준 자리에 앉기가 무섭게 여러 개의 손들이 내 앞 테이블 위를 옮겨 다녔다. 순식간에 사용했던 수저가 치워지고 새 수저와 앞 접시, 술잔이 놓이고, 마치 내 몫으로 따로 보관해두기라도 했던 듯, 음식이 작은 접시에 담겨 새로 차려졌다. 불쾌했던 기분은 가시기 시작했고, Q가 사람들에게 나를 소개하면서 빠르게 해소되었다. 내게 문을 열어준 여자가 Q와 나 간에 선약이 있는 줄 모르고 모임을 가져 미안하다고 했다.

Q가 오른팔을 머리 위로 들어올려 사람들의 시선을 모았다. Q는 내 명함에 표시된 만큼만 나를 소개했다. 그에게로 향했던 눈들이 내게로 옮겨왔다. 저마다 내게 한마디씩 했다. 순서 없이 던져진 그들의 환영 인사에 일일이 알아듣고 대응할 수 없어 눈

인사로 대신했다. 마치 초등학교 동창회에 와있는 느낌이었다.

그들과 어울려 – 특히 인사동에서 음식점을 한다는 짙은 겉눈썹
을 한 사십 대 중반의 키 작고 통통한 여자의 입담은 재기가 차고 넘
쳤다. – 시간 가는 줄을 몰랐다. 그들과 어렵지 않게 어울렸던
건, Q가 아닌 나를 제외한 네 명의 여자들 때문이었다. Q를 포
함한 세 명의 남자는 대체로 이야기를 듣는 편이었다. 내게 현
관문을 열어준 P는 Q와 동갑이었다. 그녀는 나이에 비해 믿기
지 않을 만큼 고운 얼굴을 하고 있었다. 특히, 웃을 때면 반달
모양이 되는 눈은 눈가의 가는 주름과 정말이지 멋있게 어울렸
다. 오십 대 중반의 미술학원 원장과 나를 제외한 세 여자 모두
싱글이었다.

나는 그녀들의 대화에 쉽게 빠져들었다. 그저 지나온 얘기에
불과한 얘기들이었다. 생활고를 해결하기 위한 분투, 서로 알고
있는 남자에 대한 품평, 연애. 누구에게나 들을 수 있을 법한 얘
기가 왜 내 관심을 끌었을까? 독신인 그들의 처지가 부러워 그
랬던 건 아닌 듯싶다. 반대로 나는 그녀들의 삶이 나에 비해 불
안정하다고 생각했던 것 같다. 얘기하는 사이사이 장난스레 터
뜨리는 잦은 웃음은 불안정한 삶을 이겨내기 위해 그래왔던 것
이 어느덧 습관이 된 바람에 진지해지는 법을 잊었기 때문일 테
고. 그리고, 순간 나 역시 조금 가벼워지고 싶었던 것 같다.

물론 나도 내 얘기를 해야 했다. 남편과 아이에 대해. 그리고 돈을 다루는 직업에 대해서. 그들은 내 얘기를 들으며 무슨 생각을 했을까? 그들이 가지지 못한 남편과 항상 돈을 끼고 사는 직장을 가진 나를 부러워하면서도 속내를 감추고 있었을까? 어쨌든 어느덧 나는 그녀들과 비슷한 웃음 소리를 내고 있었다.

J가 종로3가에 도착했다는 메시지를 보내온 뒤에도 쉽게 자리를 뜰 기회를 잡지 못했다. Q는 이따금 내가 여자들과 어울리는 모습을 확인할 뿐이었다. 그는 대체로 만족스러워하는 (그가 만족해하는 이유를 알지 못했다.) 것처럼 보였고 나와 여자들 간의 대화에 끼어들지 않았다.

내가 아이 핑계를 대고 가봐야겠다고 했을 때에도, 그는 고개를 끄덕이며 초대에 응해주어 고맙다고 했다.

"다음 기회가 있었으면 좋겠어요. 사무실에 도착해보니 저 친구들이 저러고들 있더라고요."

그는 현관 앞에서 나를 보내며 아쉬운 투로 말했다.

나는 그가 언급한 기회라는 말이, 추후 일처리를 부탁하기 위해서일 거라고 추측했지만, 내 추측과 그가 현관문 앞에서 보인 태도 사이에는 어딘가 모를 간극이 있었다. 내 추측대로 사무적인 부탁을 할 요량이라면 그는 좀 더 정중한 태도를 보였어야 했다.

나는 빠른 걸음으로 택시를 타고 올랐던 비탈길을 내려왔다.

J는 피카디리 극장 근처의 호프집에 있었다. J가 종로3가에 도
착했다는 문자를 받고 한 시간 이상이 지난 뒤였다.

"너무하잖아."

내가 자리에 앉기가 무섭게 J의 볼멘소리가 터져 나왔다. 그는
한 시간의 인내와 알량한 포용력에 대한 보상을 기대하고 있었
을 테다. 일단 나로 인해 희생된 자신의 시간과 관련해 사과를
받아내고 다음 단계에서 주도권을 쥐려는 속셈이다. J는 노골적
으로 드러내지는 않았지만 내가 이기적으로 변했다면서 투덜거
리곤 했다. 콘돔, 성욕을 채우기엔 촉박한 시간, 성의 없는 나
의 애무…….

"너도 그런 적 있어."

나는 쏘아붙이듯 말을 하고는, 곧바로 후회를 했다. 전후 사
정이 어찌되었든 당장 내 책임을 묻고 있는 마당에 상대방의 과
거를 들춰내 책임을 경감받겠다는 식의 대응은 서로를 지루한
논쟁 속에 빠뜨릴 뿐이다. 본질은 증발하고 논쟁에 휘말린 당사
자들은 말라비틀어진 껍데기가 된다. 누구나 한번쯤은 겪어봤
을 흔한 깨달음이지만, 일상은 언제나 깨닫는 것과는 다르게 진

행된다.

"그땐 회사일 때문에 어쩔 수 없었잖아?"

아니나 다를까, J는 자신의 과거사에 방어막을 둘렀다. 여차하면 반격을 해올 태세였다. 나는 잠시 숨을 고르고, 되었다며 손을 내저었다.

"누구? 아까 말했던 그 진상?"

J가 물었다.

J와의 관계는 이미 느슨해질 대로 느슨해져 당장 끊어진다 한들 피차간에 감정적인 충격으로 고통을 겪는 일은 없을 상태였다. 아니 적어도 나는 그렇게 믿고 있었다. 더 이상 꺼내 입을 일이 없을 거라는 걸 알면서도 옷장 구석에 방치해둔, 유행이 한참 지났음에도 상태가 멀쩡한 옷 같은 존재. 다른 이유로 옷장을 열었다가 그게 거기 있었다는 걸 어쩌다 확인하게 될 뿐이다. 그날 J는 옷장을 열어볼 마음이 들었나 보다. 내가 자신이 기억해둔 자리에 있는지 확인하려 들 거다. 한시바삐 자리를 벗어나고 싶었다.

"진상 아니야. 그렇지 않아."

잠시 나를 뚫어지게 쳐다보던 J가 고개를 갸웃해 보이고는 생맥주 잔을 들었다. 술을 권하는 거였다.

"아니야, 가봐야 해."

"어딜?"

"어디긴 어디야? 집이지."

J는 황당하다는 표정이었다. 무료입장 가능한 공연 티켓을 비싼 돈을 주고 샀다는 걸 알고 난 뒤의 표정이라고나 할까? 곧 분노로 바뀔 거다. J가 사무실 앞으로 오겠다고 했을 때, 막지 않았던 걸 후회했다. 이래도 그만, 저래도 그만이라는 생각에서 답을 하지 않았다. J를 만나 여느 때처럼 술 몇 잔과 시답잖은 얘기를 적당히 나누다 보면 마음이 동해 모텔을 찾게 될 수도 있을 거라고 생각했다. Q의 사무실로 가기 위해 회사를 나서면서 오늘은 시간을 낼 수 없다고 했어야 했다. 들뜬 기분에 그만 잊고 말았다.

"잠시만 같이 있다가 가."

"안 돼."

난 단호하게 말했다. 어정쩡한 태도를 보였다간 상황을 더욱 꼬이게 할 거라는 판단이 섰다. 미안하다는 말도 자제해야 했다. 잘못을 시인하는 꼴이 된다. J는 섹스를 기대하고 한강을 건넜다는 사실을 명심해야 했다. J는 섹스가 목적인 남자였고 나는 J에게 익숙한 섹스 파트너였을 뿐이다.

"한두 시간도 안 돼?"

내가 망설임 없이 고개를 젓고 그를 노려봤다. 잠시 할 말을 찾던 J가 입을 열었다.

"진우 때문에 그래?"

"아니, 내가 그러고 싶지 않아. 컨디션이 별로야."

아이 핑계를 대는 것이 그 자리를 빠져나오기 위해서 더 나은 방법이었을 테지만 나는 그렇게 대답했다. J가 술잔에 대었던 입을 떼고 한숨을 쉬었다. 시간이 느려졌다. 그가 상체를 기울여 내 눈을 응시했다. 상대의 진실을 읽어내기 위한 시도였지만, 그건 아무 때나 효과를 볼 수 있는 게 아니다. 특히 자신이 원하는 답을 이미 따로 정해 놓은 경우에는.

"지수야."

그의 부름에 답을 했다면 시간이 멈춰버렸을 거다.

"너, 내가 싫어졌니?

그의 몸에 흡수된 알코올은 중추신경을 무디게 하고, 아세테이트가 분비되면서 빈약한 근육의 J를 슈퍼맨으로 만들어줄 거다. 모르긴 몰라도 J가 그렇게 묻는 데는 내가 부정적인 답을 내놓지는 못할 거라는 나름대로의 확신 때문이었다. 자칫 슈퍼맨의 자존심을 짓뭉갰다가는 볼썽사나운 일을 벌이고 말 거다.

"아냐, 오늘은 너무 피곤해서 그래. 다음에 봐."

나는 어조를 누그러뜨리고 손가락으로 두 눈을 지그시 누르며 피곤한 시늉을 해야 했다. 하지만 J는 이를 무시한 채 목청을 돋워 생맥주를 추가로 주문했다. 나는 자리에서 일어났다.

"그만 마셔. 가!"

J는 입을 다문 채 자기 앞에 놓인 빈 생맥주 잔을 내려다보며 시위를 했다. 나는 카운터로 가 J가 주문한 생맥주를 취소하고 술값을 계산했다. 치킨 반 마리에 생맥주 네 잔 값이면 한 시간을 기다린 대가로는 충분했다. 지갑을 도로 넣기 위해 가방을 여니 Q의 청구서가 보였다. Q에게 보완하도록 하는 걸 깜빡 잊고 말았다. 조금 전까지 괜찮았던 기분을 J가 망쳐 놓은 것 같았다.

다시 자리로 돌아와 선 채로 재촉했지만 J는 꿈적도 않았다.

"그러지 말고 잠깐 있다 가."

더는 J와 함께 있을 수 없었다. 나는 몸을 돌려 넓은 보폭으로 호프집을 나왔다. 그리고 평소 이용하는 종로3가가 아닌 종각역을 향해 빠르게 걸었다. 종각역 지하도 입구에 도착하자 녀석이 전화를 걸어왔다. J가 가쁜 숨소리를 내며 물었다.

"어디야?"

나는 재빨리 손으로 전화기를 감쌌다. 거짓말을 했다.

"택시 탔어."

"정말 이러기야?"

"나중에 얘기해."

"젠장!"

전화는 끊어졌다. J와의 사이에서는 처음 겪는 일이었다. 남편이 일방적으로 전화를 끊었을 때와는 달랐다. 심리적 동요 같은 건 없었다. 전화기를 백에 넣었다. J는 방언을 쏟아내고 있을 거다. 좆같은, 좆도 아닌 게 따위의 말로 시작하는. 남자들은 감정을 주체하지 못하는 순간조차 성기에 집착한다.

부모님 댁으로 올라가기 위해 엘리베이터를 기다리는 동안 녀석에게서 문자가 왔다. 나는 며칠 후에나 연락을 해올 거라고 생각했었다.

'오늘은 미안했어. 지수야 사랑해. 너도 나 사랑하지?'

한바탕 방언을 쏟아낸 녀석은 급하게 뒤처리를 하기 위해 근처 공용 화장실로 뛰어 들었을 거다. 마스터베이션이 마음을 진정시키는 데 어느 정도 효과를 보기는 했을 거다. 아니면 근처 사창가를 배회하다 운 좋게 자신의 문제를 해결해줄 상대를 찾아냈을지도 모른다. 하지만 어느 쪽이든 불편함과 허무가 남았을 거다. 페니스나 사창가에서 만난 그녀를 상대로 사랑을 고백할 수는 없었을 테니까. 어찌되었든 급한 불을 끈 J는 다음 기회를 위해서라도 나와의 관계를 유지해두는 편이 낫다는 계산이

섰을 거다.

엘리베이터 문이 열리기가 무섭게 젊은 여자 하나가 엘리베이터 밖으로 튀어 나왔다. 비닐장갑을 낀 여자의 손에 음식물 쓰레기가 가득 담긴 비닐봉투가 들려있었다. 그녀 뒤로 비닐봉투에서 떨어진 오물 자국이 점점이 남았다. 엘리베이터 문이 열리면서 풍기기 시작한 악취가 엘리베이터 안으로 들어서자 더욱 심해졌다. 숨을 멈췄다. 녀석은 즉시 원하는 답을 내놓지 않으면 통화를 하려 들 거다.

'그래. 나도 사랑해. 집에 도착했어. 다음에 보자.'

서둘러 답을 하는 사이 엘리베이터 문이 닫혔다. 부모님 댁인 9층 버튼을 누르고 숨을 참은 채로 엘리베이터 벽에 몸을 기대고 눈을 감았다. 한때 사랑이라고 여겼던 J와의 관계가 악취를 풍기기 시작한 건 아닐까 하는 생각이 들었다. J는 나를 사랑한 걸까? 남편에게도 같은 질문을 던졌다. J도 남편도 나를 사랑을 했었노라고 자신에 찬 답을 내놓고 나면, 이제 내가 답을 해야 할 차례가 될 테다. 나는 쉽게 답을 할 수 없을 거다. 망설임. 왜?

극단적인 회의를 하게 된 건 숨을 참았기 때문일 거다. 산소가 부족했다. 생존을 담보하며, 생명의 흔적을 지우는 야누스의 숨결. 사랑 없이 섹스를 하고, 아이까지 가지다니, 돌팔매질을 자초할 위태로운 생각이었다.

엘리베이터가 멈추며 신호음이 들려온 것과 동시에 다시 문자가 왔다. J가 아닌 남편이었다.

'문자가 잘못 왔어.'

목덜미에서 느껴진 오한이 척추까지를 훑고 내려가, 이내 다리가 풀렸다. 나는 가까스로 엘리베이터를 빠져 나왔다. 내 안에 부족한 공기를 공급하며 한동안 부모님 댁 문 앞에 우두커니 서있었다.

● 반격

남편은 여전히 침묵을 최고의 미덕으로 삼고 있었다. 하지만 그날 이후의 침묵은 예전과 다른 무게를 지녔다. 남편과 마주칠 때마다 내가 발을 딛고 선 곳이 푹하고 꺼져버리는 아찔함을 경험하곤 했다. 태연해 보이려 애를 썼지만, 한번 내려앉은 오장육부가 제자리를 찾기란 쉽지 않았다. 남편도 내 불안증을 눈치 챘는지 내 앞에 모습을 드러내는 일이 잦아졌다. 식사나 대소변 같은 생리현상을 해결하기 위해서가 아니고는 좀처럼 방에서 나오는 일이 없었던 남편이 텔레비전을 시청하며 거실 소파에서 한참을 머물고, 부엌으로 가 냉장고에서 간식거리를 꺼내 식탁에 앉아 신문을 읽기도 했다.

남편이 방에서 나와있는 동안 나는 스스로를 방안에 가두어야 했다. 그렇게 남편이 예전의 영토를 회복해가는 동안, 나는 허리를 쥔 채 부푸는 방광을 달랬다.

언제고 남편이 문자에 대해 물어오는 날이 있을 거다. 잘못 배달된 문자가 제 주인을 찾았냐고 물어오면 아니라고 잡아떼야 할 거다. 그래야 미수에 그치고 만 게 될 테니까. 같은 질문을 세 번이나 하지는 않겠지. 세 번을 연속해 부인하는 건 힘겨운 일이다. 문자의 원래 주인에 대해 물어온다면? 그리고 그와의 사랑에 대해서도. 섹스를 했는지도 알고 싶어 할 거다. 예전에 남편이 그랬듯이 전부를 부인할 수는 없을 거다. 사랑과 섹스, 어느 쪽을 인정하는 편이 나을까? 사랑은 했지만 섹스는 없었다고 한다면 믿을까? 남편이 플라토닉 러브와 관련해 어떤 생각을 가졌는지 들은 바가 없었다. 내가 아는 한 남편은 물질론자에 가깝다. 남녀 간에 섹스 없이 사랑한다는 말이 오간다는 걸 믿으려 들지 않을 것이다. 그러면 섹스는 가능했지만 마음을 준 건 아니라고 한다면? 나와 섹스를 하고 난 J가 늘 내게 던졌던 '좋았어?'라는 질문을 남편에게서 듣게 될지도 모른다. 어떤 변명을 하느니, 대수롭지 않은 일이었다는 듯, 담담한 표정을 지어 보이고, 다 지난 일이라며 훌훌 털어버리자는 의미로 손을 내밀어 악수를 청해볼까? 남편이 태도를 바꿔, 침묵을 지키면서도 내 눈앞을 오가며 시위를 벌이는 이유가 화해를 염두에 두었기 때문이라는 가능성 희박한 기대를 해보기도 했다.

최후에는, 피차 같은 죄를 저지른 셈이니 이제 서로 간에 공평해진 거라고 따지고 들자는 각오를 했다. 하지만 이로 인해 남편이 제3자의 심판에 맡기겠다고 나오면, 결국 비난의 손가락은 나를 향하고, 나는 고개를 떨군 채 발치를 바라보며 그대로 땅이 갈라져 나를 삼켜주기만을 바라게 될 거라는, 절망적인 상상으로 귀결되고 말았다.

……난, 다른 남자의 아이를 가졌었다.

● 립스틱

J가 여름의 끝 무렵에 휴가를 내 일본으로 가족여행을 다녀왔다. 지난겨울에 태어난 셋째 아이를 맡아주기로 한 J의 처제와 일정을 조율하느라 휴가가 늦어졌다고 했다.

J는 휴가를 이틀 남겨두고 나를 찾아왔다. J에게 보냈어야 할 문자가 남편에게 갔다는 사실을 J에게도 알렸다. 이후 J는 한동안 가급적 연락을 자제했고, 따라서 만나는 일도 없었다. 내가 가끔 그를 떠올렸던 건 혹시나 남편이 J를 찾아내지 않았을까 하는 걱정이 든 때가 전부였다. J는 같은 이유로 나를 멀리했던 것일 테고. 하지만 나와 J가 염려했던 일은 발생하지 않았다. J를 다시 만난 건 두 달이 넘어서였다.

평일임에도 불구하고 이튿날 출근 걱정으로부터 해방된 J가

소주와 맥주를 섞어 마시며 자신의 여행담을 풀어 놓았다. 도대체 영어가 통하지 않더라니까, 눈치 안 보고 마음껏 담배를 피울 수 있어서 좋더라, 역시 오리지널이어서 그런지 일본에서 먹는 회는 차원이 다르더라. 대개의 사람들이 그렇듯 여행 후기는 애국심이 충만해진 상태로 마무리됐다. 그의 이야기를 듣는 중에 방사능과 관련된 얘기를 꺼내려다 그만두었다. 그런 얘기를 하지 않아도 그가 그곳을 다시 찾는 일이 없을 건 뻔했다. 그는 그곳에 아무것도 남기지 않은 채, 3박 4일의 시간과 추억을 고스란히 이곳으로 가지고 왔다. 그는 그저 그곳에 다녀왔을 뿐이다. 여행 전과 똑같은 생각과 같은 태도로 예전의 일과를 되풀이할 것이다. 그는 그것이 당연하다고 여길 테다. 휴대폰에 저장된 몇 장의 여행사진으로 그에게 그곳과 3박 4일은 영원히 잊힐 거다. 삶의 잉여, 그는 그것을 축복으로 여겼다.

J가 나를 위해 준비했다며 일제 립스틱을 내놓았다. 어머니가 전화를 해 저녁식사 여부를 묻고는 남편이 퇴근길에 아이를 데리고 갔다는 소식을 전해주었다. 남편이 일찍 귀가해 아이를 데려가는 건 하도 오랜만의 일이어서 잠시 고개를 갸우뚱해야 했지만, 아이 문제가 저절로 해결되었고, 무엇보다 귀가를 해 남편과 마주칠 생각을 하니, 때마침 내 앞에 앉은 J가 기특하게 여겨졌다. 한두 잔 마시다 보니 어깨에 짊어졌던 짐의 일부

를 덜어낸 기분이 되었다. J에게 나도 여행을 떠나고 싶다는 얘기를 했다. 그가 그러자며 지키지도 않을 말을 했다. 내가 고개를 저으며 혼자가 좋겠다고 하자 J는 안타까운 표정을 지어 보였다. J의 말과 표정 모두가 쇼일 뿐이라는 걸 알고 있었다. 취기가 돌자 나도 쇼를 하기로 했다. J가 선물한 립스틱을 입술에 발랐다. 결혼 이후로는 기피했던 로즈 계열 중에서도 가장 화려한 축에 속하는 컬러였다. 립스틱을 바른 입술을 삐죽이 앞으로 내밀고, 혀를 꺼내 입술을 더듬었다. 나를 지켜보며 J가 흡족해했다. 제법 값이 나가는 선물이기도 했지만, 립스틱을 아내 모르게 숨겨 오느라 들였을 J의 노고가 새삼 가상했다. 아마도 J가 아내를 위해 내게 선물했던 것과 똑같은 립스틱을 준비하는 일은 없을 거다.

예전처럼 긴 시간은 아니었지만 오래간만에 서로가 만족해하는 섹스를 했다.

아이는 거실 소파에서 잠들어있었다. 아이 곁에서 텔레비전을 보고 있었던 남편은 현관문을 열고 들어오는 나를 발견하자 텔레비전을 전원을 끄고 소파에서 일어났다. 남편은 자신의 방을 향해 걸었다. 나는 남편의 모습이 방 안으로 사라질 때까지 현관문 앞 거실 끝자락에 서있기로 했다. 방을 향하던 남편의 걸음이 잠시 멈췄다.

"요새도 많이 바쁜 모양이지?"

내게 말을 건넨 남편은 아이가 자고 있는 소파를 2, 3초간 애처로운 눈길로 바라봤다. 그러곤 방으로 들어가 버렸다. 아이를 안아 방으로 옮겨 누이고, 양치질을 하러 화장실로 갔다. 남편의 비꼬는 투의 말과 아이를 바라보던 비틀어진 시선은 계속해서 나를 따라왔다. 교활한 의중을 품은 말과 시선이었다. 생각할수록 아무런 대응도 하지 못한 내가 한심하기만 했다. 나도 모르게 어금니가 칫솔을 깨물어 열 번도 넘게 양치질이 중단됐다. 입안을 헹구며 뱉어낸 거품에 칫솔 모 여러 가닥 섞여있었다.

● 서열

    토요일 아침, 전날 밤 일찌감치 잠이 들었는데도 아침 9시가 다 되어서야 잠을 깼다. 잔뜩 흐린 날씨 탓도 있었겠지만 J 때문이기도 했다.

    휴가에서 복귀한 J가 연락을 해오는 일이 부쩍 잦아졌다. J는 내게 시간을 내 만나자고 했지만, 그가 복귀하고 며칠 뒤 내가 휴가를 썼고 이어서 남편이 휴가를 냈다. 나와 남편의 휴가를 이유로 J의 요구를 미룰 수 있었다.

    남편과 나는 연달아 일주일씩 휴가를 냈다. 남편과 내 휴가 사이의 주말을 이용해 양평의 개인 펜션으로 가족여행을 다녀왔다. 이전과 비교하면 턱없이 짧은 가족여행이었다. 아이에게는 미안했지만 남편과 나는 그 정도에서 타협을 봤다. 남편은 펜션에 도착하자마자 숙소에 처박혀 낮잠을 자기 시작했다. 나는 여름 내내 변변한 물놀이를 즐기지 못한 아이와 함께 펜션 마당의 조악한 수영장에서 때늦은 물놀이를 했다. 여름의 끝 무렵 계곡의 해는 일찌감치 떨어졌고, 오후 들어 가을을 예고하는 스산한 휘파람 소리가 들려왔다. 두어 시간의 물놀이가 성에 차지 않았는지 아이는 퍼런 입술을 하고도 물에서 나오려 하지 않았다. 그제야 남편이 푸석한 얼굴로 나타나 삼겹살을 굽기 위해 불을 피웠다.

J는 날짜를 세고 있었던 듯했다. 남편의 휴가가 끝나자마자 다시 연락을 해왔다. 아이 때문에 어렵다고 했지만 J는 막무가내였다. 나는 금요일 오후 퇴근 직전에 전화기 전원을 꺼두었다. 그 때문에 핸드폰 알람이 울리지 않았다.

아이가 곁에 없었다. 거실은 비었고 남편의 방에서도 인기척은 느껴지지 않았다. 아이가 잠자리에서 입는 하늘색 티셔츠와 바지가 소파 위에 아무렇게나 벗겨져 있었다. 아이가 즐겨 신는 만화영화 캐릭터가 새겨진 청색 운동화가 보이지 않는 것으로 미루어 남편이 아이를 데리고 산책을 나갔지 싶었다. 마른세수를 하고 소파에 앉았다. 아이의 옷을 개키며 주말 아침 남편과 대면하는 일을 모면했다는 것에 안도했다. 소파 깊숙이 몸을 묻고 뒤통수를 등받이 위에 얹었다. 한동안 꼼짝도 하고 싶지 않았다. 눈을 감고 조지 윈스턴이나 이루마의 피아노 연주곡이 흘러나온다면, 이라는 생각을 했다. 그러면 달콤한 잠을 잘 수 있었을 텐데. 혼자라는 상황이 나쁜 것만은 아니다.

피아노 선율 대신 작은 날개가 공기를 휘저으며 내는 성가신 소리에 반사적으로 눈이 떠졌다. 파리 한 마리가 집안을 배회했다. 나와 사물을 구분하지 못했던 미물이 내 시선을 느끼고 도망쳤다. 어디론가 사라졌던 놈은 탁자 위의 머그잔의 몸통에서 다시 발견되었다. 신혼 초에 남편과 함께 팬시점에서 구입한 커플용 머그잔이었다. 하얀 머그잔 한가운데 전형적인 빨간 색 하트 무늬 반쪽이 그려져 있었다. 머그잔 두 개를 나란히 놓으면 완성된 하트를 볼 수 있었다. 구입한 지 육 개월을 넘기지 못하고 하나가 깨졌고, ― 그때 컵을 깨뜨린 남편이 똑같은 것을 구해 오겠다고 했던 기억이 난다. 남편은 빈말을 했는지도 모른다. 나 또한 대수롭지 않게 여겼으니까. ― 남은 하나를 파리가 차지하고 있었다. 하지만 이제 그건 볼펜꽂이 대용이었다. 도드라진 검고 혐오스런 몸통이 밉살스럽게 흔들렸다.

마냥 무기력한 상태로 늘어져 있을 수만은 없는 노릇이었다. 나는 허리와 다리에 힘을 주어 몸을 일으켰다. 기지개를 편 뒤, 곧장 현관을 향해 걸어가 현관문을 개방하고 남편 방을 제외한 모든 방문과 창문들, 그리고 이사를 온 뒤로 한번도 손을 대지 않았던 베란다 구석의 창문까지 열어젖혔다. 베란다 구석 창문은 날카로운 금속성의 소리를 내며 오랫동안 가지 않았던 길을 가지 않으려 버텼지만, 나는 기어코 밀어붙였다. 손바닥이 패이고 검은 때가 묻어났다. 나는 두 손을 베란다 밖으로 내부딪혀 털었다. 저만치서 낮게 형성된 먹구름이 아파트 단지 뒤의 산을 넘어 내 머리 위로 몰려오고 있었다. 남편도 같은 하늘을 보고 있을 테니 머지않아 아이와 함께 돌아올 것이다. 베란다 한 켠에 배달된 상태 그대로 방치된 고전 문학 전집도 ─ 남편이 내게 꼬리를 잡히기 직전까지, 남편에게 의심병 환자 취급을 당했던 시절에 주문한 민음사판 고전문학 전집 150권이 포장된 상태로 베란다에 있었다. ─ 거실 책장을 정리해 자리를 마련하겠노라 마음먹었다.

내가 계획한 일들을 실행에 옮기는 동안은 남편도 쉽사리 거실을 차지하려 들 수는 없을 테다. 내가 손을 걷어붙이고 집안일을 하는 날이면 남편은 마치 주인 없는 집에 남겨진 손님처럼 뻘쭘한 상태로 거실 구석 벽에 붙어 있다시피 하곤 했다.

베란다 정리를 마치고, 빨래 통에 모여 있는 빨래를 (그것을 보는 순간 울컥해지기까지 했다. 완벽하지는 않았지만 아이나 남편이 입었던 옷가지를 스스로 빨래 통에 넣도록 습관을 들이는 데 투자한 시간이 얼마던가?) 다용도실 바닥에 쏟았다. 종류별로 분리한 다음 먼저 속옷과 타월을 세탁기 안에 넣었다. 세탁기에서 나올 비눗물로 베란다 바닥 청소를 할 생각이었다. 집안을 헤집던 파리는 더 이상 보이지 않았다. 그게 뭐라고 (그 미천한 생물이 집안을 헤집다니?) 기분이 나아졌다. 잠시 숨을 돌릴 겸 다용도실 문턱에 엉덩이를 내려놓고 세탁기 안에서 돌고 있는 빨래들을 지켜봤다. 남편과 나와 아이의 속옷이 뒤엉키며 돌고 있었다. 잠시 후 프로그램된 순서에 따라 세탁기가 다른 소리를 냈다. 그렇게 세탁기 앞에서 시간을 허비할 생각은 아니었는데. 기계음에 섞여 아이와 남편의 웃음소리가 들리는 것 같았다.

  어느새 돌아온 아이가 뒤에서 내 목을 끌어안았다. 아이의 손에 검은 비닐이 들려 있었다. 나는 몸을 틀어 아이를 가슴에 품고 엉덩이를 토닥였다. 아이가 내민 검은 비닐봉투 안에 김밥 두 줄이 들어있었다. 고맙다는 말과 함께 건네받은 비닐봉투를 한쪽으로 밀어두고 아이의 주말 아침 얘기를 들었다. 아빠와 아파트 단지 둘레로 난 산책로를 걷고 근처 분식집에서 김밥을 먹었다고 했다. 아이를 부르는 남편의 목소리가 들렸다. 아빠에게 달려갔던 아이는 남편의 옷가지를 한아름 안고 다시 나타났다. 아이는 그것을 다용도실 안에 던지듯 쏟아놓았다. 재미있다는 듯 웃음소리를 낸 아이는 도망치듯 사라졌다. 아이가 가져온 옷가지 중에 드로즈가 내 눈길을 끌었다. 남편의 속옷 취향이 근래에 들어 바뀌었다. 흰 삼각팬티를 다양한 색과 무늬가 있는 삼각팬티와 트렁크팬티로 바꾸어준 건 나였다. 남편은 그때 이렇게 말했다. '누구한테 보여줄 일이 있다고 속옷까지 신경을 써?' 드로즈는 내게는 낯설었다. 허리 부분이 두터운 고무밴드로 되어있고 신축성 좋은 섬유질의 속옷. 누구에게 보여줄 일이 있어 속옷의 스타일을 바꾸었을까?

　세탁기가 멈추고 옅은 회색의 비눗물이 흘러나오기 시작했다. 바닥에 흩어진 옷가지에 비눗물이 닿지 않도록 하기 위해 몸을 일으키자 현기증이 들며 무릎이 뻐근하다. 벽을 짚고 잠시 눈을 감았다. 현기증은 소소했다. 불 꺼진 성냥의 연기처럼 사라졌다. 가늘게 열린 시야로 내가 열어 놓은 현관문을 통해 빠져나가는 남편의 뒷모습이 보였다. 소파에서 장난감 놀이를 하고 있던 아이가 아빠 오늘 약속 있대, 라고 남편을 대신해 외출 이유를 알려주었다. 나는 아이에게 당장 현관문을 닫으라고 일렀다. 아이는 순순히 내 말을 따랐다. 나도 모르게 거칠어진 말투에 아이에게 미안해졌다. 내 앞에 돌돌 말린 남편의 양말 하나가 떨어져있었다. 아이가 아빠의 옷가지를 옮기며 흘렸을 거다. 예전 같으면 구시렁거리기는 했겠지만 기꺼이 손을 써 그걸 풀었을 테다. 나는 발가락을 구부려 양말을 집었다. 아이가 호기심 어린 눈으로 나를 지켜봤다. 나는 몸의 균형을 잡은 뒤 셋을 세었다. 셋! 하는 소리와 함께 다용도실 쪽을 향해 구부렸던 무릎을 폈다. 양말은 그대로 솟구쳐 내 머리 바로 위 천정에 닿은 뒤 내 발치에 떨어졌다. 아이가 까르르 웃음을 터뜨렸다. 나도 덩달아 웃음이 났다. 아이에게 진 빚을 갚은 셈 쳤다. 식탁 위에 모아두었던 각종 청구서 사이에서 자동차 할부금 고지서를 찾아 아이에게 건네며 아빠 책상 위에다 가져다 놓으라고 했다. 아이가 고지서를 받아 들고 날쌔게 남편의 방으로 향했다. 나는 속옷 빨래가 끝난 뒤, 남편의 옷가지를 아무렇게나 세탁기 안에 한꺼번에 우겨 넣고 독한 세제를 왕창 풀었다.

빨래를 널고, 아이 곁에서 아이가 퍼즐조각을 맞추는 걸 지켜봤다. 점심때가 다 되어가는데 날은 초저녁마냥 어두컴컴했다. 고전문학 전집을 정리하려던 계획은 다음으로 미뤄졌다. 연거푸 퍼즐을 완성한 아이가 내 앞에 퍼즐조각들을 쏟아 놓고는 내 차례라고 했다. 나는 별 생각 없이 차례로 그림을 완성했다. 지켜보던 아이의 표정이 뾰로통해졌다. 그제야 아이에게 끼어들 수 있도록 기회를 주지 않았다는 걸 깨달았다. 퍼즐판을 뒤집으며 아이에게 다시 하자고 했다.

"치, 이런 거 잘하면 뭐해? 엄마는 영어도 못하잖아?"

아이가 유치원에서 익힌 영어 솜씨를 자랑하려는 거라고 생각했다. 가끔 유치원에서 배운 영어로 인사를 하거나 영어 동요를 들려주곤 했으니까.

"우리보다 계급도 낮은 주제에!"

아이가 예상치 않았던 말을 했다.

"아빠는 회사에서도 대장이고 집에서도 대장이야. 그 다음은 나고, 엄마는 어디서나 제일 졸병이야."

"누가 그런 말을 해?"

"그런 건 저절로 알아. 뭐."

"졸병이 밥하고 빨래하고 청소하는 거니까. 아빠하고 나는 그런 일은 안 해."

나도 모르게 아이의 엉덩이를 겨냥해 손을 휘둘렀다. 휘청한 허리를 가까스로 수습한 아이가 놀란 눈을 하더니 이내 분으로 가득 차 나를 노려봤다.

아이에게서 잘못했다는 얘기를 받아냈지만 한번 심란해진 마음은 좀처럼 추슬러지지 않았다. 아이는 눈물범벅이 되어 텔레비전 앞에 앉았다. 예전 같았으면 기꺼이 졸병임을 인정했을 텐데. 더 이상은 용납할 수 없을 것 같았다. 남편을 대신해 아이를 상대로 괜한 심술을 부렸던 걸까? 아이는 스스로 깨달았다는 서열관계가 잘못되었음을 진심으로 인정한 걸까? 아이와 함께 외

출을 하기로 했다. 내 결정은 아이의 기분을 반전시키는 데도
효과를 봤다.

'숨겨진 능력을 찾아보세요.'라는 말이 귓전에 맴돌며 나를 밖
으로 불러냈다. 그가 말했던 다음 기회를 써먹을 때였다.

●

얼레리 꼴레리

종로3가에서 내려 인사동 길로 들어섰다. 앞으로 나아가기 위해서는 맞은 편에서 다가오는 팔짱을 낀 연인들과 덩치가 크거나 단단히 어깨동무를 한 사람들에게 길을 비켜주거나 물러나고 멈추기를 반복해야 했다. 찌푸린 하늘에도 불구하고 가을 초입의 거리는 사람들로 넘쳐났다.

상인들 – 길가에 가판대를 펼쳐놓은 – 은 저마다 아이디어를 내 사람들을 유인했다. 춤을 추듯 과장되고 우스꽝스러운 몸짓, 제멋대로 만들어낸 리듬에 맞춰 목청 돋우며 내는 주문 같은 소리, 물감으로 치장한 눈두덩과 입을 이용해 짓는 해괴한 표정. 아이가 그들의 유혹에 이끌려 자꾸만 내 손을 놓았다. Q의 사무실을 마음에 두고 집을 나섰지만 곧장 그리로 달려갈 수는 없었다. 내세울 만한 특별한 친분을 쌓은 것도 아닌데다 그의 사무실을 들렀던 건 벌써 석 달이 지난 일이었다. 주말인지라 초대장을 챙겨 올 수도 없었다. 사실 그의 초대장은 더 이상 유효하지 않았다. 그의 예전 서류를 찾아 내 청구서의 빈칸에 그의 사인을 베껴 넣었다.

예상했던 것보다 혼잡했지만 으레 주말엔 인사동이 혼잡하다는 사실을 알면서도 인사동 길을 지나야만 하는 이유가 거기에 있었다. 미처 발견하지 못했던 나의 진가를 (과대 포장이라도 상관없었다.) 그라면 알고 있을지도 모른다는 생각이 불현듯 스쳤다. 내 생각이 맞는다면 아이와 함께 그것을 듣게 되리라는 충동적기대가 나를 불러냈다. 남편의 은사나 직장 상사가 내게 들려준남편의 특별함처럼. – 남편은 겉으론 겸손한 척하며 그 순간을 즐겼다. – 남자들은 종종 여자를 윗사람에게 데려 간다. 자신의 짧은삶을 빛나게 해줄 연장자들. 세월을 통해 얻은 그들의 권위에기대 자신의 존재감을 과시하는 것. 그들은 남편의 남다른 총명함이나 원만한 성정, 현재를 위해 들였던 노력에 대해 말한다. 내게 했던 예쁘거나 여자답다는 말조차 남편을 위한 것이었다. 남편의 노력이 얻어낸 성과물. 덕담이라며 했던 잘 어울린다는말도 남편을 중심으로 한 말이었다. 난 잘 선택된 액세서리. 다짜고짜 Q를 찾아가 내가 단순한 액세서리가 아니라는 설명을 해내라고 한다면 바보취급을 당할 터였다.

낮아진 하늘은 짙은 회색빛을 띤 채로 물꼬를 트지 않고 버티는 중이다. 남편을 피해 방에서 오줌을 참아내던 내 방광은 그때의 구름 모양이었을 거다. 하늘을 원망할 수 있을까?

아이는 초승달과 별 무늬가 그려진 빨간 두건을 머리에 두른 외국인 앞에 서있었다. 조금만 늦었다면 사람들이 에워싸는 바람에 아이는 보이지 않았을 테다. 그러면 나는 사색이 되어 큰 소리로 아이 이름을 부르며 주변을 두리번거려야 했을 거다.

아이는 돈두르마 가게 앞에서 정성스레 다듬은 검은 구레나룻과 콧수염을 한 외국인이 익살스런 얼굴로 긴 막대 끝에 붙은 콘 과자를 이용해 사람들을 상대로 장난을 거는 장면을 지켜봤다. 나는 빠른 걸음으로 아이에게 다가갔다. 아이스크림을 주문하며 진지한 표정으로 나, 무척 바빠요, 라고 말했다. 외국인은 순순히 아이스크림을 아이의 손에 쥐어주었다. 나는 아이의 남은 손을 야무지게 잡았다. 엄마 손 놓으면 안 돼. 나는 하늘과 아이를 번갈아 보며 삼청동을 향해 난 길을 재촉했다.

전화를 끊고 채 1분이 안 되어 Q가 1층 커피숍에 모습을 드러냈다. 작업을 하고 있었는지 녹색 반팔티셔츠 차림을 한 그의 손에 먼지가 묻은 목장갑이 들려 있었다. 아이를 발견한 Q가 아이의 머리를 쓰다듬으며 이름을 물었다. 아이는 내 허벅지에 팔을 감으며 눈만 끔벅거렸다.

아이와 나는 창가 쪽에 자리를 잡았다. Q가 커피를 내왔다. 아이 몫으로는 아이스티가 준비되었다. 가벼운 미소를 띠며 나와 아이 앞에 각각 커피와 아이스티를 배분한 Q가 내 앞자리에 앉았다. 나는 주말을 이용해 삼청동을 나온 건 이번이 처음이라는 둥, 생각보다 사람이 많다는 둥, 비가 올 것 같다는 둥 두서없는 얘기를 했다. Q는 내게 자신을 찾은 이유를 묻지 않았다. 그가 그것을 물으면, 아이와 나들이를 나왔는데 근처에 도착하니 갑자기 비가 내리더라고, 그리고 문득 여기에 커피숍이 있다는 게 (Q가 아니라) 생각나더라는 핑계를 대려 했었다. 종로3가 지하철역에서 삼청동 Q의 건물이 나타날 때까지 하늘을 바라본 게 족히 백 번은 넘을 거다. 끝내 하늘이 내 의중을 눈치채지 못하는 바람에 준비했던 대사를 써먹을 수 없었다.

Q는 눈꼬리를 내리고 광대뼈와 눈 사이에 완만한 곡선의 주름이 희미하게 나타나는 부드러운 표정으로 내 얘기를 들었다. 간혹 짧게 맞장구를 치고 고갯짓을 했다. 그게 전부였다. 아이는 분위기를 익히자 테이블을 벗어나 1층과 2층 사이를 오르내렸다. 계단을 디딜 때마다 통통, 하는 아이의 발소리 소리가 들려왔다. 내가 아이에게 주의를 주며 내 옆으로 불러오려 하자

그가 괜찮다며 놓아두라고 했다.

Q가 남편의 행방을 물었다. 마음 같아선 '글쎄요, 그런 게 있었나요?'라고 되묻고 싶었다. 그래야 Q에게 어떤 자극을 주어, 이제까지 내 두서없는 말이 무가치하다는 걸 깨닫고 시선을 고쳐 나를 진지하게 바라보도록 할 수 있지 않을까? 그러면 내가 듣고자 했던 말을 이끌어낼 수 있을 거라는 생각이 들었다. 하지만 엄연한 현실을 두고 거짓말을 할 수는 없었다. 찰나에 그친 생각은 이쑤시개처럼 부러졌다.

"출근했어요."

Q는 마치 새로운 사실을 알게 되었다는 듯한 표정을 지었다. 나를 위로하기 위한 건 아니었다. 그는 요사이 대한민국의 젊은 남자들과 노동 시간, 생활비, 교육비를 언급하며 남편을 두둔했다. 남편이 출근한다고는 했지만 정작 어디로 갔는지, 실제 무슨 짓을 하고 있는지는 알 수 없는 일이라며 내가 자신을 찾아온 이유를 밝힌다면 그는 어떤 반응을 했을까? 그는 나 역시 직장생활을 하고 있다는 사실조차 잊었던 걸까? "곁눈질하지 말고 똑바로 바라보세요."나 "당신의 숨겨진 능력은 여기에 있습니다." 같은 얘기를 듣기는 영 글렀지 싶었다. 그건 오히려 내가 Q에게 해주어야 할 말처럼 느껴졌다. 그는 자신이 말했던 다음 기회를 기억하지 못했다. Q는 내가 자신의 말을 흘려 듣고 있다

는 걸 눈치챘다.

그가 아이가 엄마와 아빠 중 누굴 닮았는지 물었다. 아마도 화
제를 돌리기 위해 급히 꺼낸 말이었지 싶다.

"보는 사람마다 달라요. 그게 뭐 아무렴 어때요?"

내 퉁명스런 말투가 그를 당황케 했음이 틀림없었다. 낭패감
이 들었다. 그의 눈동자가 흔들리는 것을 확인한 나는 그만 일
어나야겠다고 생각했다. 주위를 둘러봤지만 아이가 보이지 않
았다.

아이는 2층에 있었다. 몇몇 액자가 갤러리 바닥에 내려와 있
었다. 칸막이를 해 세 개의 공간으로 나누어진 갤러리 내부는
나무 마감재를 사용해 고풍스러운 분위기를 연출하고 있었다.
공을 들인 흔적이 엿보였다. 어쩌면 물에 불린 버섯냄새도 갤러
리로부터 흘러 나왔던 것인지 모른다. 가장 깊숙한 방의 벽 한
면이 통째로 비어있는 것으로 보아 바닥에 내려진 액자들이 걸
렸던 자리인 듯싶었다. 한쪽에 액자가 한 무더기 쌓여 있었다.
전시 내용물을 교체하는 작업을 하고 있다는 걸 알게 했다. Q의
손에 들려 있던 목장갑의 용처를 알고 나자, 때를 잘못 택했다
는 또 다른 낭패감이 더해졌다. 갤러리 안을 오가던 아이가 내
게 다가오며 얄궂은 표정으로 말했다.

"엄마, 어른들이 빨개 벗었어."

한번쯤은 봤을 누드 사진은 갤러리의 동선을 따라 안쪽으로 이동하면서 수위가 한층 높아지도록 전시되었다. 따로 등장하던 알몸의 남자와 여자가 여전히 알몸인 채로 한 공간에 들어있었다. 당혹스러워한 건 나뿐이었다. (무엇 때문에? 아이의 솔직함 때문에? 제대로 된 대화 한번 나누지 않은 남자와 함께 누드를 감상하고 있었기 때문에? 눈 앞의 두 남녀가 보여주는 것보다 백배는 노골적인 장면을 수없이 연출하지 않았던가!) 아이는 사진들 앞을 지나치며 연신 킥킥거렸다. 이윽고 아이가 얼레리 꼴레리를 외쳤다. Q는 앞서가는 아이를 좇는 내 뒤를 따라왔다.

다시 빈 벽에 도착하자 Q가 아이에게 다가가 말했다.

"어른들만이 아니란다."

Q가 아이를 데려간 곳은 작업 중인 빈 벽의 뒤쪽이었다. 아이가 미처 발견하지 못했던 통로였다. 아이들의 사진이 걸려있다. 막 태어난 갓난아이부터 진우 또래의 남자아이와 여자아이가 알몸으로 비둘기를 좇는 것도 있었다. 스무 장 정도의 사진 속에서 아이들은 조금씩 성장하고 있었다. 성기를 자연스럽게 내놓은 채로. 자연스럽다니? 자연스럽다면서 나는 그곳을 벗어날 궁리만 하고 있었다. 아이들은 사춘기 즈음에 이르자 더 이상 자라지 않았다. 다행스럽게도.

아이가 엄마 쟤 고추 좀 봐, 라며 다시 얼레리 꼴레리를 했다.

잠시 후 아이가 사진 속의 여자아이를 손가락을 가리키며 물었다. "저걸 뭐라고 불러?" 아이의 손가락이 사진 속 여자아이의 둔부를 향해 있었다. 나는 할 말을 잃은 채 아이를 내 쪽으로 잡아 끌어 그만 집에 가자고 했다.

"처음이시군요."

Q가 어느새 내 곁에 와있었다. 처음이라니, 그 정도 수위의 누드는 도처에 널려있었다. 할 말을 잃고 있는 내게 Q가 말을 이었다.

"평소 감출 수밖에 없었던 것을 스스로 밖으로 내놓는 순간 더 많은 걸 보게 되죠."

나는 그와 눈이 마주치는 걸 피해 아이를 앞세워 갤러리 밖을 향해 걸었다. 내게 떠밀려 앞장을 선 아이의 발에 채여 차곡차곡 바닥에 쌓아 두었던 액자들이 쓰러졌다. 바닥에 내려진 액자 속 사진들이 보였다. 벽에 걸린 것들에 비해 한층 수위가 높은 것들이었다. 일부는 성행위를 연상하게 했다. Q가 괜찮다며 흩어진 액자들을 주우며 내게 말했다.

"아직 세상에 내놓기엔 이른 것 같아 거둬들이는 중이에요. 언제가 다시 걸릴 날이 있을 테니 오늘은 못 본 걸로 해주세요."

아이와 함께 밖으로 나온 나를 그가 배웅했다. 비가 내리고 있었다. 건물을 나서기 직전 Q가 나와 아이에게 기다리라고 하고는 커피숍 안으로 들어갔다. Q가 지름이 넓은 우산을 가져왔다. Q가 건넨 우산을 받아 들 때까지도 얼굴이 화끈거려 그의 눈을 마주 볼 수가 없었다. 간신히 고맙다는 말을 했을 뿐이다. 내가 우산을 펴자 그가 말했다.

"일전에 은행에 들렀더니 휴가 중이라고 하더라고요. 스위스에 있는 딸아이가 일을 시작해서 더 이상 송금할 일은 없을 듯해요. 저로서는 잘 된 일이죠. 청구서 때문이라도 한 번 더 봐야겠네요. 다음 주는 제가 시간이 안 되고 그 다음 주 정도에 은행으로 찾아뵙든가 하겠습니다."

나는 그의 청구서 문제가 이미 해결되었다는 사실을 말해주지 않았다. 네, 라고 답을 하고 우산을 폈다. 그가 밝은 목소리로 말했다.

"주말이라 사람들이 많아요. 바닥만 쳐다봐서는 길을 찾을 수 없어요."

빗방울 + 빗방울

여느 아침과는 다르게 회사 분위기가 어수선했다. 그날 나는
가까스로 예정된 회의 시간을 지켰다. 숨이 턱까지 차올라 회사
출입문을 통과한 나를 직원들 모두가 자기 자리에서 쳐다봤다.
회의를 위해 객장에 모여 앉은 직원들의 눈초리가 한꺼번에 내
게로 쏠리는 장면을 상상했었던 나는 안도의 한숨을 쉬며 재빨
리 갱의실로 향했다. 언제나 예정된 시각을 지켜 회의가 시작되
는 것은 아니었으니까.

몇 주 전부터 풍문으로 떠돌던 명예퇴직 애기가 사내 인터넷
게시판을 통해 공식 발표되었다. 명예퇴직을 희망하는 직원들
은 회사가 정한 기간 내에 희망퇴직신청서를 제출해야 했다. 퇴
직을 희망하는 직원의 수가 회사에서 계획한 만큼에 미치지 못

할 경우 별도의 조치가 취해질 거라고 했다. 명예퇴직 이야기가
흘러나오기 시작했을 때부터 이를 용납하지 않겠다며 강경한 반
대 입장을 고수했던 노동조합 - 형식적인 임원실 항의방문, 고리타
분한 성명서 몇 장이 전부였다. - 의 말을 믿었던 직원은 거의 없었
다. 직원들의 신뢰를 잃어 노동조합이 힘을 잃은 걸까? 노동조
합의 무능이 먼저였을까?

지난해 경영 성과 점수가 엉망이었던 우리 지점에서는, 내년
이면 쉰 살인 지점장과 마흔여덟 먹은 차장이 명예퇴직 대상자
명단에 이름을 올렸을 테다. 두 사람은 의기소침해있었다. 회의
가 취소된 건 그런 이유 때문이었다. 회사가 작성한 데스노트에
이름이 올랐는데도 눈치 없이 버텼다가는 어떤 불이익을 감당해
야 할지 모른다. 이와 다른 고민에 빠진 직원들도 존재했다. 직
장일과 함께 온갖 허드렛일을 떠맡아야 하는 여직원, 건강상의
문제로 직원들과의 관계가 소원해진 이들, 뒤늦게야 잠재되었
던 재능을 깨달은 자칭 낭만적 자유주의자, 퇴직금을 밑천 삼아
한몫 잡을 만한 사업을 궁리 중인 사십 대 중반의 한탕주의자.
모두들 저마다의 생각으로 갈등을 겪겠지만 결국은 잠시의 꿈일
뿐, 지금의 자리에 주저앉게 된다. 나처럼 말이다.

"청구서는 제가 처리했어요."

Q가 물어 오기 전에 말했다. 나는 아이와 그를 방문했던 다음 주 금요일 무작정 Q의 사무실을 찾았다.

"잘했어요."

잘했다는 말을 들었던 게 언제였던가? 비록 규율을 어기고 직장 상사를 속인 일이었지만, 가벼운 흥분이 느껴질 만큼 그의 말이 듣기 좋았다. 부모가 100점짜리 성적표나 개근상을 받아온 아이에게 하는 칭찬과는 다른 것임이 분명하다.

"그대 덕에 오늘은 다른 얘기를 할 수 있겠네요."

'그대'라는 호칭이 상장처럼 느껴졌다. Q는 자신이 직접 담갔다는 막걸리와 함께 두부와 소시지를 곁들인 요리를 내놓았다. 마치 내가 방문할 것을 알고 있기라도 했다는 듯. (사실 그건 매우 간단한 요리였다.)

나는 처음 그의 사무실을 찾았을 때 앉았던 자리에서 우윳빛의 막걸리를 조금씩 마셨다. 그의 희어진 머리칼과 수염은 막걸리를 빚는 데 도움이 되었을 거다. Q가 자신의 요리에 대한 내 의견을 물었다. 막걸리를 비롯해 요리라고까지 하기에는 민망한 그의 노력에 후한 점수를 주기로 한 나는 그런대로 괜찮다고 말했다. 그는 마치 대단한 찬사를 듣기라도 한 것처럼 소리를 내 웃었다. 잠시 음식과 관련한 얘기가 오갔다.

또 비가 내렸다. Q는 내가 비와 인연이 깊다고 했다. 그러고 보니 내가 Q의 사무실을 찾았던 두 차례 모두 비가 왔었다. Q가 비가 내리기 때문이라며 창가가 마주 보이는 내 옆 자리로 옮겨 앉았다.

창에 부딪힌 빗방울이 부딪힌 자리에 머물러 잠시 꿈틀거리더니 형태를 바꾸며 유리 표면을 미끄러졌다. 구불구불 길을 내며 흘러내린 그것이 다른 빗방울과 만나며 또 한 번 모양을 바꾸고는 속도를 내 아래로 미끄러졌다. 그 너머 Q와 내가 있었다. 창밖의 검은 도화지에는 흰색 상의를 입은 두 사람의 모습을 그려 넣는 중이었다. 두 사람은 한밤중에 개울을 건너는 것처럼 보였다. 그림은 아직 완성되지 않았다. 문득, 2층 갤러리에서 본 사진들이 떠올랐다.

"그 사진들 말이에요……."

Q는 당혹스러워하던 당시의 내 모습을 떠올리는 듯했다. 가벼운 미소가 그의 입가를 스쳤다.

"예전부터 갖고 있었던 것들이에요."

"그런데……. 왜?"

내가 온전한 문장을 만들지 못하고 뜸을 들이자 그가 조금은 짓궂은 표정을 지으며 말했다.

"왜 하나같이 옷을 벗고 있는지가 궁금한 거죠?"

Q가 잠시의 사이를 두고 말했다.

"생각과 감정은 몸을 통해 드러나니까요."

Q는 말을 아꼈다.

"노출증이나 관음증 환자는 아니니까 괜한 걱정은 접어두세요. 사진 얘기는 여기까지만 하죠. 전에도 말했듯이 철수한 작품들은 다시 걸릴 때까지 안 본 걸로 해둬요. 카메라 앞에 섰던 사람이든 뒤에 있었던 사람이든 준비가 필요했듯이 그걸 보고자 하는 사람들에게도 준비할 시간이 필요할 테니까요."

나는 사진과 관련해 더 이상 묻지 않기로 했다. 그의 말대로 그날처럼 얼굴이 붉어지는 나 같은 사람에게는 준비가 필요할지도 모르겠다는 생각을 했다. 하지만 준비가 되었다는 건 어떻게 알 수 있지?

Q에게 카타르시스를 경험했던 – 오르가슴이라는 표현은 여전히 자제했다. – 순간의 얘기를 들려주었다. 그는 그 일이 그토록 어려운 일인지 미처 몰랐다며 – 내가 실행한 일 처리를 두고 한 말이었을까? 아니면 카타르시스를 느끼는 것을 두고? – 미안하다는 말을 하고 그 일을 해낸 나를 치켜세웠다. 그날의 얘기가 한동안 계속되었다. 어느새 그가 말을 놓았다.

Q의 손이 내 어깨 위에 올라와 있었다. 그가 어떻게 한 건지 모르겠지만 그의 손을 짊어진 내 어깨는 아무런 무게도 느끼지 못했다. 나는 고개를 들어 Q를 올려다보았다. Q의 시선은 창

가를 향해 있었다. 그의 시선이 닿아있는 곳을 따라가니 창가에 닿은 빗방울과 다시 만났다. 빗방울의 궤적을 따라가다 보니 목이 기울어 머리가 그의 어깨에 닿았다. 더 이상 빗방울을 좇지 않기로 했다. Q의 팔이 내 허리에 둘러졌다. 옆구리에 닿은 그의 손을 잡자 그가 몸을 틀었다. 그의 다른 손이 내 머리카락 끝이 닿아있는 쇄골을 짚었다. Q는 접골사처럼 검지 손가락 끝으로 쇄골을 따라 오갔다. 그러곤 잠시 턱으로 옮겨갔던 그의 손이 아래로 내려갔다. 옷 위를 더듬던 그의 손이 방금 유리창을 미끄러진 물방울의 궤적을 흉내 내 더 아래로 향했다. Q 역시 나와 같은 것을 봤던 걸까? 그의 손이 내 허벅지 사이에 닿았을 때 나는 그를 돕기 위해 몸을 틀었다.

"풋!"

나는 그만 웃음이 터지고 말았다. 내 귀에 바짝 다가온 그의 입술이 속삭이듯 이렇게 물었기 때문이다.

"준비됐어?"

터져버린 웃음보는 한동안 그칠 줄을 몰랐다. Q는 난처해진 표정으로 옆구리를 쥐고 웃음을 주체하지 못하는 나를 지켜봤다. 옆구리가 결려오고, 일 분 정도를 웃고 나자 매운 눈물까지 났다.

"뭐가 그렇게 우스워?"

"준비라뇨? 무슨 준비요? 따로 준비 운동이라도 해줘야 하나요?"

"미안해. 나는 그저……."

나는 다시 킥킥댔다. Q가 난감해진 표정으로 막걸리 잔을 들었다. 그도 웃음이 나는 모양이었다. 막걸리 잔을 대었다가 급하게 떨어진 그의 입술이 실룩거렸다. 남편이나 J였다면 단숨에 잔을 비웠을 거다.

"선생님은 준비됐나요?"

Q의 혀가 입술을 훑었다.

"물론이지."

정말 그런 것 같았다. 아니, 그랬다. 그 역시 남자였으니까.

"어떤 준비요?"

"……."

"사랑이요? 섹스요?"

Q가 잠시 물끄러미 나를 바라봤다.

"후자네."

왠지 Q의 말에 힘이 빠져있는 듯했다.

"네. 저도 그쯤은 알아요. 남자들은 감추는 법을 모르잖아요?"

내 말을 들은 Q가 물끄러미 나를 쳐다봤다. 그가 고개를 끄덕여 내 말에 동의를 하는 듯한 모습을 보였다. 그의 짧은 고갯짓 때문일까? 아니면, 그가 사랑이 아닌 섹스를 택했기 때문이었을까? 잠시 감정의 기복이 생겼다. 가슴 아래 가라앉았었던 무엇이 서서히 떠오를 준비를 하고 있었다. 하지만 그것이 저절로 떠오르는 일은 절대로 없을 거다.

Q가 내게 머쓱한 표정을 지어 보이며 자리에서 일어났다. 그는 화장실로 갔다. 나로 인해 흐름이 끊겼다는 걸 인정해야 했다. 하지만 내가 원했던 상황은 아니었다. 나는 천천히 몸을 일으켜 창가로 다가갔다.

불빛이 환하게 켜진 삼청동 거리와 내가 선 곳 사이에 두터운 검은 테가 둘러져 있었다. 어둠은 마치 단단한 장벽처럼 두 곳을 갈라놓았다. 어둠 너머의 거리에선 많은 사람들이 하루가 끝나가는 것을 즐기고 있었다. 그들의 모습을 볼 수도 소리를 들을 수도 없었지만 알 수 있었다. 하지만 그들은 내가 Q와 함께 이곳에 있다는 사실을 알지 못했다. 그들은 각자의 삶을 만끽하고 있을 테다. 그들이 행복했으면 좋겠다는 생각이 들었고, 그렇게 되기를 빌었다. 그들도 나의 행복을 바랄까? 모든 사람이 내가 행복하기를 빌어줄 수는 없을 거라는 생각이 들었다. 손바닥을 펴 유리창 표면을 짚으니 서늘한 기운이 내게로 옮겨왔다.

화장실을 나온 Q가 헛기침을 하고 내게 물었다.

"커피 한잔 할 텐가?"

나는 고개를 좌우로 과장되게 흔들었다.

"난 한잔 해야겠어."

그가 주방으로 향해 가려 했다.

"괜찮으시면 하던 거 계속할 수 없을까요?

나는 재빨리 물었다.

"본인이 망쳐 놓고는?"

Q는 선 자리에서 움직이지 않은 채 장난스럽게 내 말을 받았다.

"아니야, 정작 준비가 필요한 건 나인지도 모르겠어. 마치 축구선수가 슛을 하려고 골대 위치를 확인하는 순간 거길 걷어차인 느낌인 걸."

"진정한 골잡이는 슛을 하는 순간 골문을 바라보지 않아요."

Q는 창을 등지고 선 나를 바라보고 있었다. 나는 창에 몸을 뉘였다.

"설마 무너지는 건 아니겠죠?"

그의 눈이 그럴 일은 없을 거라고 자신 있게 답을 했다.

등에 고루 퍼진 서늘한 기운이 나쁘지 않았다. 양 손바닥을 엉덩이 옆 창에 붙였다.

"저는 골 문지기가 아니에요. 모델 역할을 하기 위해 카메라 앞에 선 것도 아니고, 당장 당신의 작품을 감상할 마음도 없어요. 난 좀 전까지 우리가 하려고 했던 걸 계속하고 싶어요."

나는 먼저 바지를 벗었다. 다음으로 블라우스의 단추를 아래에서부터 위로 하나씩 차곡차곡 풀어 나갔다. 나는 나의 손들을 격려했다. 나는 골 문지기도, 카메라 앞에 선 모델도, 사진 평론가도 아니었다. 블라우스 단추를 전부 해체하고 난 손을 등 뒤로 해 브래지어의 후크를 풀었다. 나의 두 손은 조금도 떨지 않았다. 나는 내 손이 내 의지를 충실히 따르는 동안 그에게서 눈을 떼지 않았다. 그와 섹스를 하고 싶었다. 나와 같은 생각을 하고 있을 Q가 진지한 표정으로 나를 지켜보고 있었다.

"문제될 게 있나요?"

"음, 끝까지 멈추지 않았으면 좋겠어."

그의 말대로 나는 의도했던 일을 계속했다. 그가 말한 끝이 무엇을 의미하는지 몰랐지만 나는 계속 나아갔다. 내 안에 가라앉은 것을 수면 위로 끌어내기 위해. 그러면 끝도 모습을 드러내겠지.

그가 다가왔다. 나의 나신은 뜨거워진 그의 몸을 식혀줄 만큼 충분히 식어있었고, 그는 식은 내 몸을 덥힐 수 있을 만큼 충분한 온기를 품고 있었다.

● 맥가이버

기회가 있을 때마다 삼청동을 찾았다. 그날 서로의 체온을 나 눠 가졌다는 사실이 무작정 나를 그리로 이끈 건 아니다.

Q는 자주 사무실을 비웠다. 아무런 사전 연락도 없이 무작정 그의 사무실을 방문한 적도 꽤 여러 번이었다. J가 이따금 연락 을 해왔지만 그와의 만남은 부담스러웠다. J와 만나는 횟수는 줄어 갔다.

Q와 나 사이에는 넉넉한 여백이 있었다. 당시로는 그것이 내 게 필요했던 것 같다. 그런 현상을 어떻게 설명해야 할까? 실체 와 실체 사이의 공간. 무의 상태에 0이라는 기호를 채워 넣어 수 의 세계를 완성하기 이전의 상태. Q와 나는 그것이 누군가에 의 해 만들어낸 기호로 채워지기를 재촉하지 않았다. 그건 정의하 지 않은 채로 놓아둔 공간적 개념이라고 해두는 편이 맞을 듯하

다. 사물 간의 뚜렷한 경계 없이 채색된 파스텔 톤의 풍경화 같은 느낌. 그림 속의 사물일 수도 있었고 배경이기도 했고 단지 하나의 색일 수도 있었다. 어떤 고정되지 않은 역할, 그런 넉넉함이 나를 그의 사무실로 이끌었다.

그를 만나지 못하고 왔던 길을 되돌아가야 했던 날, 그와 전화 통화를 하며 삼청동과 종로 일대를 걸었다. 어떤 때는 세 개의 지하철역을 걸은 적도 있다. Q는 자신이 사무실을 비운 까닭을 내게 설명해주지 않았다. 그것에 대해 미안해하지도 않았다. 그의 사과를 요구할 수도 없었다. 그가 나를 초청한 게 아닌 이상. 그가 하는 일에 대해선 삼청동 사무실에 머무르는 동안 사무실을 찾아온 사람들과의 Q의 대화를 통해 들은 것이 내가 아는 전부였다.

Q를 만나러 오는 사람들은 대개가 무명의, 예술가 - 붓과 물감을 사용하지 않고 그림을 그리는 화가, 용접공 같은 조각가, 유리나 호박에 기하학적 무늬를 새기는 세공업자, 거기에 특별한 기법으로 술을 빚는다는 주정업자까지 - 행세를 하는 사람들이었다. 내가 이해하기에 그들이 주장하는 예술의 범주는 너무 넓고 다양했다. 그들은 가끔, 아니 자주 예술가와 혁명가를 혼동하는 것 같았다. 그들은 마치 곧 새로운 시대가 열리고 새 시대의 주인공은 현재 탄압을 받고 있는 자신들이어야 한다고 믿는 듯했다.

Q의 사무실에 혼자 남아있었던 적도 있었다. 그는 내가 미안해하지 않을 만큼 미안해하는 표정을 지어 보이고는 사무실을 떠났다. 나는 그가 방금 전까지 앉았던 책상 앞 의자에 앉아 있곤 했다. 손때 묻은 책들, 엑셀로 작업 중이었던 사람들의 목록과 주소, 연락처. 책상에 펼쳐 놓은 무제노트에 쓰여 있는 뜻 모를 숫자들을 포함한 명사들. 15,300, 후원, 시간, 21-3, 추가?, 반려, 담당자……. 내게는 연결되지 않은 무기력한 단어들.

그의 책상 서랍은 항상 열려있었다. 인근 건물인 듯한 B4용지 크기의 사진들, 동전 - 동전은 좀 많았다. - 명함첩, 사무용 도구들. 한 뼘 정도 깊이의 맨 아래 서랍엔 뜯은 흔적이 없는 담배갑 - 겉면에 THIS라고 인쇄되어 있었다. - 하나, 안에는 서류가 담겨있을 듯한 두툼한 서류봉투, 그리고 일기장임이 분명한 스프링노트 여러 권. 노트의 겉면에 검정색 사인펜으로 연도가 적혀 있었다. 나는 그것을 펼쳐보지 않았다. 용기가 나지 않았기 때문도 허락 없이 타인의 일기장을 훔쳐보는 행위가 죄악이라고 느껴져서도 아니었다. 그건 그의 것이다.

대면을 하든 그렇지 않든 일단 서로의 대화가 시작되고 나면 Q는 언제나 내 얘기를 진지하게 들었고 대화 중간중간 추임새를 넣는 걸 잊지 않았다. 특별한 얘기가 오가거나 하지는 않았다.

직장에서 일어난 사소한 사건들과 아이와 관련된 일상사가 대부분이었다. 가끔 위태로운 지경이라고 생각되지 않을 만큼의 수준에서 남편에 대한 불평을 늘어놓기도 했던 듯싶다. 그와 헤어진 뒤나 통화를 마치고 나면 그가 나로부터 더 많은 얘기를 듣고 싶어 한다는 느낌이 들었다. 그러나, 그는 자제하고 있었다. 정작 중요하다고 생각되는 얘기들은 내 안에서조차 완전히 정리되지 않은 채 뒤엉켜 있었다. Q는 나 스스로 엉킨 매듭을 풀어내기를 바라고 있었는지도 모르겠다. Q가 자신의 속내를 드러내지 않는 이유 역시 나와 다르지 않을 거라는 생각도 했다. 기다린다는 건 서로를 인정하며 지켜봐 주는 걸 의미하는지도 모른다. 너무 멀지도 가깝지도 않은 곳에서.

크리스마스가 일주일 앞으로 다가왔다. 더 이상 크리스마스나 새해를 앞두고 백화점이나 대형마트에서 선심을 쓰듯 벌이는 세일행사에 참여하지 않았다. 해가 갈수록 선물 목록은 빈약해졌다. 이제 부모님과 시부모님, 형제자매, 그리고 남편까지 선물 대상자 목록에서 제외했다. 아이의 장난감을 주문한 인터넷 쇼핑몰에서 Q의 목도리를 샀을 뿐이다. 작년에는 J에게도 같은 선물을 했었다. 남자들을 위한 선물은 선택의 폭이 좁았다. 물론, 예산이 충분하다면 다른 얘기겠지만.

Q가 전화를 걸어와 갑작스럽게 송년회를 하게 되었다는 소식

을 전했다. 그는 내가 아는 사람들이 있다는 말과 함께 애매하게 내게 참석이 가능한지를 물었다. 나는 내가 아는 사람도 있다는 그의 말을 낯선 사람들이 있다는 의미로 이해했어야 했는지도 모른다. Q는 내가 낯가림이 심하다는 걸 알고 있었다. 그의 어조가 마치 처음 프러포즈를 하는 사람처럼 서툴렀다. 나이에 어울리지 않게.

그날 송년회에는 스무 명이 넘는 사람들이 모였다. 모임 장소인 인사동 주점에는 스무 명이 한꺼번에 모여 앉을 만한 자리가 없었기 때문에 그들은 낮은 칸막이를 두고 두 그룹으로 나뉘어 자리를 잡았다.

나는 자연스럽게 Q의 옆자리를 차지할 수 있었다. 내가 별 어려움 없이 그의 옆자리에 앉았다는 사실을 자리에 앉고 나서야 깨달았다. Q는 평소 어울렸던 삼청동 사람들과 이웃해 자리를 잡고 있었다. Q는 그와 친한 사람 몇몇과 이웃해 자리를 잡아 다른 낯선 이들과 – 개중에는 Q의 사무실에서 한번쯤은 본 듯한, 예술가 행세를 하는 사람도 여럿이 있었다. – 보호막을 치고 있었다. 대화 중간중간 칸막이 너머로 얼굴을 보인 건너편 사람들이 사업과 관련해 말을 걸어왔다. 그럴 때마다 Q는 잔을 치켜들거나, 한 해가 저물었다는 – 그건 당연히 새해가 온다는 의미였지만 – 말로 그들의 말을 다시 칸막이 너머로 넘겨버렸다.

Q가 헤어지기 직전, 만화경 두 개가 든 종이봉투를 주었다. 그는 사람들에 이끌려 2차를 가야 했다. 사람들이 그를 대하는 태도로 보아 그가 그들과 함께 진행하는 일에 중요한 역할을 맡고 있음을 짐작할 수 있었다. 크리스마스 선물이라며 하나는 아이의 것이라고 했다. 그는 내게 2차에 동행하겠냐는 말을 하지 않았다. 그의 표정이 그다지 밝아 보이지 않았던 건 그에게 맡겨진 일 때문에 느껴진 책임감 탓이라는 생각이 들었다.

다행히 마지막 지하철을 탈 수 있었다. 연말을 맞아 지하철이 추가로 배차되었을까? 나는 백에 넣어 두었던 만화경을 꺼냈다. 지하철이 흔들릴 때마다 만화경 안에서 다른 모양이 나타났다. "요새 내 머리 속 같아." Q가 만화경을 건네며 했던 말이다. 나는 일에 대한 부담감 때문에 한 말이라고 이해했지만, 만화경이 보여주는 현란한 세상은 내가 그의 말을 제대로 이해하지 못했다는 걸 암시했다. 술 기운 때문이었을까? 크리스마스 선물을 건네고 난 그의 손이 내 손을 감싸고 있는 동안 전해진 온기가 여전히 남아있었다.

집 안으로 들어서자 알파벳의 브이 자로 벗어놓은 남편의 구두가 제일 먼저 눈에 들어왔다. 아이는 친정집에서 잠이 들었다.

남편은 바바리코트 앞 단추 전부를 열어 놓은 채 코트 주머니에 손을 꽂고 거실 한가운데 서있었다. 실내에서도 여전한 한기는 남편 때문이었다. 남편의 몸이 흔들려 보이는 건 한기 때문은 아니었다.

출근하며 닫아 놓았던 내 방의 문이 열려있었다. 나는 밖으로 나가는 사람처럼 코트 주머니에 손을 꽂고 양 어깨 사이에 턱을 묻은 채 방을 향해 발을 뗐다.

"그래, 잘 되어가냐?"

남편은 코트 주머니에 손을 찌른 채로 상체를 뒤로 젖혀 나를 노려봤다. 시비가 붙는 걸 피해 자리를 뜨려는 상대방을 자극하려는 듯한 말투였다. 그 말에 발목을 붙들린 나는 대꾸 없이 남편의 시선을 맞받았다. 내가 좀처럼 입을 뗄 기색을 보이지 않자 남편이 무거운 걸음으로 자리를 옮겨 나와의 거리를 좁혔다. 남편의 굵은 허벅지에 코트 자락이 스치며 서걱거리는 소리를 냈다. 남편의 움직임이 주변의 공기를 더욱 냉랭하게 했다. 나는 발꿈치에 힘을 주었다. 코앞까지 다가온 남편이 코트 주머니에서 손을 꺼냈다. 남편의 손과 함께 휴대전화가 딸려 나왔다.

내 휴대폰의 문자메시지가 복사되어 남편의 휴대폰으로 고스란히 옮겨져 있었다. 남편은 침묵을 조장하고 - 일어나는 사건 없이 흐르는 시간은 인간의 감각을 마비시킨다. 사람들은 감각이 마비되는 과정을 익숙해지는 거라고 하지만, 그건 제 발로 덫을 향해 걸어가는 것과 다름없다. - 내가 방심하는 순간을 노려 휴대폰을 뒤졌던 거다. 남편은 이미 승리를 약속 받기라도 듯 한껏 상기된 얼굴로 나와 문자를 주고받은 상대방, 자신의 연적에 대해 물었다. 핸드폰의 방어막이 뚫렸다는 것보다 남편이 입에 올린 (내)연적의 정체가 Q라는 사실로 인해 잠시 내 마음에 동요가 일었다. 긴 시간 공을 들인 남편에게는 실망스러웠겠지만, 겉으로 드러난 내 모습은 태연하게 보였을 거다. J가 거론되지 않았다는 건 남편이 거머쥔 증거가 그다지 결정적이지 못하다는 걸 의미했다.

내 앞을 버티고 선 차갑고 커다란 바위 덩어리는 좀처럼 움직일 기미를 보이지 않는다. 나는 남편의 시선을 거부하고, 길 내기를 시도했다. 막 지면에서 발을 뗀 순간 내 앞섶은 남편의 손아귀에 붙들렸다. 발을 원했던 지점에 옮겨 놓지 못한 채, 붙었던 입술이 순식간에 떨어지며 탄식 같은 비명이 흘러나왔다.

"이러지 마!"

"네 얘기를 들어야겠어."

남편은 내 멱살을 움켜쥐고 자신의 방을 향해 움직였다. 손 쓸 틈도 없이 몸의 중심이 무너지고 아찔한 현기증이 몰려왔다. 내 몸이 남편의 힘에 밀려 문지방을 넘었다. 발꿈치가 침대 가장자리에 닿자 상반신은 맥없이 기울었다. 앞섶을 쥐었던 남편의 손이 풀렸다. 내 몸이 침대 위로 떨어지자, 문이 닫히고 방문을 잠그는 소리가 들렸다. 똑 하는 소리, 신경을 곤두서게 하는 불길한 징조. 반사적으로 상반신을 일으켜, 침대 가장자리에 자리를 잡고 앉았다. 불이 켜졌다. 방문을 가로 막고 선 짐승이 격양된 소리를 냈다.

"오늘이 마지막 기회야. 다 때려치우고 집안 살림이나 해!"

"싫어."

"싫다고? 무릎 꿇고 두 손이 닳도록 빌어도 시원찮은 마당에 싫다고?"

"내가 왜 당신한테 용서를 빌어야 하는데?"

"이유를 몰라서 묻는 거야?"

순식간에 거친 음성에 실린 말들이 오갔다. 반사적으로 뱉어 낸 비명 같은 말들. 침착할 필요가 있었다.

"당신이 주장하는 이유가 내가 생각하고 있는 게 맞다면 먼저 무릎을 꿇어야 하는 건 당신 아냐?"

남편이 잠시 주춤했다. 그가 평정심을 되찾을 거라는 기대를 품게 하는 반응이었다. 하지만 그건 찰나에 불과했다. 표정을 일그러뜨린 남편이 몸을 돌려 책상 서랍을 열었다. 서랍 여닫히는 소리와 서랍 안에 든 것들이 헤집어졌다. 물체들이 부딪히며 내는 소리들, 주인의 목적에 의해 함부로 다뤄지는 객체들. 그 소음이 나를 괴롭혔다. 소리가 그치고 남편이 다시 나를 향해 버티고 섰을 때 남편의 손에서 희미한 반사광이 나타났다 사라졌다. 멀티 툴에서 편 칼이 어느새 내 턱 아래서 날을 세우고 있었다. 칼과 함께 깡통따개와 드라이버 앙증맞은 소형 가위까지 달린 여행용 소품, 손잡이에 하얀 십자가 로고가 그려진 것. 가족여행 중에 과일이나 통조림을 앞에 두고 마땅한 도구를 찾지 못해 허둥거리는 순간마다 남편이 자신의 주머니에서 자랑스럽게 꺼내 들곤 했었던 그것. 남편은 그걸 맥가이버라고 불렀다.

"말해. 잘못했다고, 이제부턴 무조건 내 말을 따르겠다고!"

남편의 눈이 들짐승의 것처럼 파란 빛을 띠고 있었다. 나는 코앞까지 들이닥친 파란 눈동자를 똑바로 쳐다봤다. 한동안 그 상태가 유지되었다. 좀처럼 열리지 않을 것 같던 남편의 입이 열렸다. 남편은 모진 고문에 신음 소리를 흘리는 사람의 입 모양을 하고 있었다. 예상치 못한 내 도발적인 태도가 그를 그토록 아프게 했는가?

"네가 남자에 미쳐서 진우한테 저지른 짓을 생각해서라도……."

"그만둬!"

목을 겨눈 칼날만큼이나 날카로운 소리가 내 안에서 튀어나왔다. 남편의 눈동자를 태우는 파란 불꽃이 흔들렸다.

"내가 진우한테 잘못한 게 있다면 언제가 되었든 내가 직접 사과할 거야. 나한테 이래라 저래라 하지 말라고!"

내 턱 밑에 칼을 겨눈 남편은 내 몸에 체중을 얹은 채 거친 숨소리를 내고 있었다. 남편이 뱉은 숨이 내 뺨에 닿았다 떨어지기를 거듭했다. 남편의 호흡은 리듬을 잃으며 조금씩 잦아드는 중이었다. 남편의 무게가 따라서 줄고 있었다. 남편도 그 사실을 눈치채고 있었다. 그대로 내버려둘 수 없는 노릇이었다. 당장 내 위에서 할 수 있는 일이라곤 숨소리를 들려주는 것 외에 아무것도 없었다. 남편은 눈앞의 상황을 인정할 수 없었다. 내게서 항복을 받아내지 못하다니. 승리를 포기한다면 그로서는 잃을 것이 너무 많았다. 남편, 가장, 한 여자의 소유권, 가정의 우두머리, 남자. 그 상태로 시간을 지체한다면 남편은 남김없이 증발하고 말 거였다. 자기 안에서 일어날 또 다른 불길에 의해. 그러나 그는 순순히 내려올 수 없었다. 그는 내게, 여자에게 이기는 것 외에 상상해본 적이 없었다. 그는 위기에 직면했다. 위기감이 팽창하면 파국을 자초하고 만다.

"우리, 그만 정리해."

나는 남편이 내 위에서 내려올 수 있도록, 목소리에 힘을 실어 또박또박 말했다. 남편의 눈에서 파란빛이 꺼져간다. 그 빛은 눈속임에 불과할지도 모른다. 이미 존재하지 않는 별이 남긴 자취. 이제 남편은 자신의 무게를, 자신의 존재를 보존할 수 있었다. 남편이 몸을 일으켰다. 칼이 방바닥에 뒹굴었다. 남편의 시선은 나를 떠나있었다. 남편의 시선이 나를 떠난 건 훨씬 전의 얘기다.

"나가!"

일찍이 들어본 적이 없었던, 절망에 찬 목소리. 내가 몸을 일으키자마자 남편은 내가 쓰러졌던 자리로 몸을 던졌다. 삶의 의미를 잃고 물로 뛰어드는 것처럼. 덩달아 맥이 풀렸다. 잠시 침대 위에 엎드린 남편의 뒷모습을 지켜봤다. 수면 위에 떠 있는 시체처럼 보였다. 당신은 왜 이런 모습을 내게 보여주는 거야? 그렇게 묻게 될 것만 같아 불을 끄고 방을 나왔다. 방문을 닫고 방문 곁에 서서 귀를 세웠지만 더 이상의 기척은 없었다. 남편이 그대로 잠들기를 빌며 안방으로 향했다. 남편을 위해 빈 건 정말이지 오랜만이었던 듯싶다.

옷장을 열어, 입었던 외투를 벗어 걸었다. 옷장 안에서도 한기가 새어 나왔다. 언제부턴가 이 집은 빙하다. 누구를 탓하겠는가?

다시 거실로 나왔다. 남편이 코를 고는 소리가 들렸다. 소망은 이루어졌지만 덜 익은 감을 베어 문 것처럼 혀뿌리가 텁텁했다. 한차례의 폭풍이 지나간 뒤에 들려오는 소리는 갓 베어낸 나무가 불 속에 던져져 내는 소리처럼 음침하다. 들이킴만을 거듭하는 숨소리. 내 수면욕은 날아가 버렸다. 나는 화장실로 피했다.

평소보다 높게 온도를 맞추고 샤워기를 틀었다. 한기 때문이기도 했지만, 이대로 잠이 들기는 글렀다는 생각에 샤워를 하기로 했다. 샤워기가 쏟아낸 물이 만들어내는 소리가 다른 소리와 찬 공기를 제압해 나갔다. 곧 내 몸도 덥혀주리라.

남편이 찾아낸 증거 안에 J와, J와 관련된 일들이 빠져있다는 사실에 대해 생각했다. J에게 보내야 할 문자를 남편에게 보내는 실수를 저지른 뒤부터, J와 주고받은 문자는 빼놓지 않고 지웠었다. 그것이 남편을 의식해서였던가? 아마도 그즈음 J와의 끝을 진지하게 염두에 두기 시작했다는 게 맞는 설명일 거다. Q와 문자를 교환하는 일은 드물었고, 드물게 주고받는 문자의 내용에 특별한 관계임을 의심케 하는 내용은 없었다. 그러고 보니 Q와의 사이에서 사랑한다거나 보고 싶다는 식의, 연인 간에 흔하게 오가는, 의무감에서라도 끼워 넣을 법한 살가운 얘기들이 오간 적이 없었다. 그 때문이었을까? Q의 존재가 드러났다는 사실을 접하고도 심각한 상황이라는 생각이 들지 않았다. 남편은 나와 다르겠지만.

남편은 아이를 꼬드겨 휴대폰 비밀번호를 알아냈을 거다. 그리고 틈틈이 내 핸드폰을 뒤졌을 테고. 최근 Q를 알아내고, 자신에게 전달된 문자의 주인이 Q라고 확신했을 테다. 남편은 누군가가 필요했다.

그간 J와 주고받은 메일이 생각났다. 고스란히 내 메일계정에 보존되어 있었다. 선정적이고 노골적인 표현이 - 놈은 마치 성인 소설을 쓰듯 나와의 섹스 장면을 생생하게 묘사하기도 했다. 당시엔 나 역시 J의 메일 내용을 즐겼다. - 넘쳐났다. 당장이라도 컴퓨터 앞으로 달려가 J와 주고받은 메일을 지워야 하는 건 아닐까? 그러기엔 몸이 너무 무거웠다. 욕조 바닥에 엉덩이를 붙였다. 무릎 사이에 머리를 묻었다. 물이 뒤통수와 목덜미에 부딪히며 어깨를 타고 흘러내렸다. 눈을 감고 한시바삐 날이 밝았으면 하는 생각을 했다. 잠들지 못하고 날을 지새우는 것만큼 고달픈 일은 없을 테다. 두 시가 조금 넘은 시각이었으니 네 시간 정도는 잘 수 있을 텐데, 시간을 확인할 때마다 줄어드는 수면시간은 사람을 초조하게 한다. 멀어졌던 시간의 발소리가 다시 가까워지면 곧 내일이 오늘로 변해있다는 걸 알고 있었으니까. 무방비 상태로 내일을 맞아야 하는 순간의 불안함. 현재에 충실해야 하는 이유다.

갑자기 물줄기가 세지며 정수리 부근을 맞혔다. 고르지 못한 수압 탓이다. 가름하게 눈을 뜨니 물이 배수구로 흘러나가고 있었다. 욕조의 배수구를 막는 걸 깜빡했다. 수면 위에 떠있는 듯한 남편의 뒷모습이 생각났다. 여전히 그 자세를 하고 잠이 든 건 아니겠지. 그리고 절망하는 얼굴과 탄식하듯 토해낸 음성도. 그 모든 것이 가장의 책임감 때문만은 아닐 거다. 그는 내게 칼을 겨누었다.

남편은 J를 대신해 문자를 받은 순간, 자신의 승리를 자신했다. 그 이후로 내가 보인 위축된 태도 또한 남편의 오판을 방조한 셈이다. 그리고 문자의 주인을 알아낸 이상, 나를 굴복시키는 건 시간문제라고 여겼을 거다.

이 지경에 이른 것을 내 탓으로 돌리고 가정을 유지한다면 나머지 문제들이 저절로 해결될까? 그는 아내의 부정이 외부로 새어나가지 않도록 손을 써야 한다. 내 여자가 다른 남자와 섹스를 하고 오르가슴을 느꼈다는 건 남자로선 목숨을 담보로 한 치욕이다. 오쟁이 진 남자, '쿠콜드'라는 조롱이라도 당하기라도 하는 날엔 살아있는 것 전부를 파괴하려 들 거다. 그걸 막기 위해서라도 나를 완벽하게 제압해야 한다. 그래야 모든 걸 덮을 수 있다. 남편의 일그러진 얼굴이 내가 그려내는 갖가지 상념들을 곁눈질하고 있었다. 어쩌면 남편은 내게 구걸을 했던 걸지도 모른다. 자신의 방식대로. 자신의 명예, 남자의 자존심을 지키기 위해. 그가 자존심과 명예를 위해 칼을 휘두를 수 있는 건 이 집안에서, 나를 상대로 했을 때뿐이다. 남편을 위해 그걸 받아주었어야 했는가?

만일, 내가 남편이 내놓은 빈약한 증거를 인정하고, 남편의 처분에 고개를 끄덕이며 참회의 눈물을 흘렸다면, 남편은 자신의 옷소매에서 먼지를 털어내고 내 눈가를 훔쳐주었을까? 허점투성인 상상이었다. 남편은 자신이 거머쥔 내 일탈의 증거가 일부에 불과하다는 모를 리가 없었다. 일단 나를 굴복시키는 데 성공하고 나면 나머지를 알아내려 들 거다. 판도라의 상자, 니벨룽겐의 반지.

내게는 남편에게, 남편이 알고 있는 것 그 이상을 보태줄 용기와 의지는 물론 의무도 없다. 어떤 동기가 작동해 그의 호기심을 받아들이고 내 메일 계정을 열어주었다면……. 남편의 손을 떠난 칼은 방바닥이 아니라 내 몸 어딘가에 박혀있을 거다.

포화상태에 이르러 더 이상의 공간을 찾지 못한 수증기가 나를 향해 몰려들었다. 제대로 숨을 쉴 수가 없었다. 이대로 끝나지 않을 거라는 생각이 들었다. 남편은 잠시 잠이 들었을 뿐이었다. 다시 눈을 뜰 것이고 실패를 만회하려 들 건 불을 보듯 뻔했다. 이미 잠에서 깨어나 방바닥에 던져 놓았던 칼을 집어 들고 욕실 문 앞을 지켜 선 남편의 성난 모습이 보이는 듯했다. 남편의 코골이 소리가 들려오지 않는 건 물소리 때문이 아닌지도 모른다. 싸늘한 옷장 속에 걸린 옷들이 보였다. 처녀 때부터 지금까지의 내가 거기에 나란히 매달려 있었다. 내게로 몰려든 수증기가 내 뒷덜미를 쥐었다. 욕조의 배수구를 막지 않아 몸은 완전히 덥혀지지 않고 있었다. 언제까지 물을 틀어놓을 수는 없는 노릇이었다. 옷걸이를 대신할 것이 눈에 띄었다.

  찬란한 빛으로 수놓은 만화경 속의 세계가 차례로 내 눈앞을 지나갔다. 잠시 후 빛이 잦아들고 나지막한 피리소리가 들렸다. 나는 피리소리를 따라가기로 했다.

백마 탄 왕자

　희미했지만 내 눈에 비친 영상이 어머니와 아버지라는 건 금세 알 수 있었다. 하지만 정작 내가 여전히 현실에 속해있다는 걸 깨닫게 해준 건, 희미한 두 분의 실루엣이 아니라 후각을 자극한 포르말린 입자였다. 오래된 환자의 냄새가 마중을 나온 현실은 비참한 기분이 들게 한다.

　어머니 뒤로 아버지가 서있었다. 어머니의 눈가에 남은 소금기가 보이기 시작했을 때 아버지는 다른 곳을 보고 있었다. 아버지는 내가 눈을 뜰 기미를 보이자 고개를 돌렸을 거다. 내게 보이는 아버지의 마른 옆얼굴에서 단단하게 뭉친 턱 근육이 어금니를 세게 물고 있다는 걸 알 수 있었다. 내게서 거둔 시선을 둘 곳 몰라 하던 아버지가 상체를 기울여 어머니에게 귓속말을 했다. 게슴츠레한 눈으로 병실을 빠져나가는 아버지의 뒷모습을 따랐다. 아버지의 뒷모습은 식구들 몰래 애지중지하던 물건을 들고 나와 헐값에 넘기고 황급히 자리를 뜨는 빚쟁이의 그것처럼 보였다.

아버지가 병실을 나가고, 잠시 생각을 가다듬는 듯하던 어머니가 두어 번 헛기침을 했다. 아버지가 어머니의 귀에 대고 어떤 얘기를 했는지 곧 알게 될 거였다.

"진우 아비 말이 사실이냐?"

정작 어머니가 꺼내려던 말이었을까? 어머니 역시 초점이 흐려진 눈으로 천장을 응시하고 있는 딸에게 건네는 첫마디로 자신의 말이 적절했는지를 따지고 있었다. 어머니의 눈동자가 잠시 흔들렸다. 그러나 어머니는 마음을 다잡아 엄격해지기로 마음을 굳힌 듯했다. 왜 순간 어머니에게 연민이 느껴졌을까?

어머니는 새벽녘에 벌어진 '소동'에 대해 들려주었다. 말의 속도가 빨라지기 시작했다. 가정, 나이 든 남자, 바람, 아이, 남편, 아이엄마, 아내, 여자, 그래서 새벽녘에 모두가 그 난리를 쳤어. 내가 목숨을 부지할 수 있었던 건 남편이 빠르게 손을 쓴 덕분이라고 했다. 남편이 피리 부는 사나이를 쫓아낸 걸까? 아니면 남편은 그와 또 다른 거래를 했던 걸까?

어머니의 이야기를 들으며 간밤의 코골이 소리가 환청에 불과했다는 생각을 했다. 어머니가 내게 들려준 이야기의 출처는 남편이었다. 등장인물은 주인공인 나와 Q, 그리고 막판에 등장한 남편이 전부였다. 등산용 칼과 남편의 여자는 애초부터 남편의 설명에는 존재하지 않았던 걸까? 아니면 어머니에 의해 지워진 걸까? 어머니의 의도가 반영된 거라면 어머니는 지금처럼 단호한 태도를 유지하지 못했을 테다. '소동'이나 '난리'라는 단어도 남편의 것일 거다. 앞뒤가 조금 바뀌어있었지만, 어머니 스스로 정리한 내용이라고 믿기엔 주인공에게 편파적으로 가혹했다.

얘기를 이어나가던 어머니가 나와 비슷한 감상을 갖게 되었는지, 아니면 당신의 혈육이 주인공이 되어 진행되는 스토리가 비현실적이라고 – 어머니로서는 아침 드라마에서나 나올 법한 이야기였으니까 – 생각됐는지, 어머니의 말은 내게 변명할 기회를 주기라도 하려는 듯 몇 차례 끊어졌고, 그때마다 어머니는 두세 차례의 호흡을 고르며 내 반응을 살핀 뒤에야 끊긴 부분을 더듬어 이야기를 이어나갔다. 결국, 너를 살려 놓은 건 김 서방이야, 라고 했다. 어머니의 마지막 말은 참담하게만 들리던 스토리를 막판에 이르러 우습게 만들었다. 백마 탄 왕자님이라니!

"네가 이혼 얘기를 꺼냈다던데, 도대체 어쩔 심산이냐?"

어머니는 같은 질문을 서너 번 되풀이했다. 하지만 그제야 갑자기 죽기를 작정했던 자식에게 측은지심이 발동했던 걸까? 아니면 그 정도면 어머니로서는 자신의 역할을 다했다고 생각했던 것일까? 다시 한번 깊은 한숨을 몰아 쉬는 걸 끝으로 어머니는 더 이상 입을 열지 않았다. 스스로 목숨을 끊으려 했던 자식이 뜻을 이루지 못하고 살아남아 환자복 차림으로 부모를 외면하는 모습을 지켜봐야 하는 건 어머니로서 견디기 힘든 일이었을 거다. 정작 어머니는 다른 얘기를 하고 싶었을지도 모른다.

어머니가 집엘 다녀오겠다고 했다. 진우 아비가 일찍 퇴근해 병원에 들르기로 했다며 침대 곁에 놓인 쇼핑백을 가리켰다. 퇴원하며 입을 옷가지를 챙겨 놓았다고 했다. 나는 내가 벌거벗은 채 목을 매는 순간을 되살려 냈다.

●

망각

혼자 남게 되자 Q가 생각났다. 어머니의 이야기 속에 등장했던 Q가 아닌 내가 알고 있는, 전날 밤 헤어진 이후 미처 고려하지 않았던 Q. 두 Q는 어떻게 다른 걸까? 찢어 발겨진 종잇장이 되어버린 Q. 쇼핑백을 뒤져 휴대폰을 찾아냈다. Q에게 전화를 걸었다.

병원 정문 앞에서 나를 기다리던 Q를 만났다. 영문을 모르는 Q가, 초췌한 몰골을 한 나를 발견하고 어리둥절해져 나를 맞았다. 전날의 과음 탓인지 그의 얼굴도 푸석했다. 약간의 어지럼증과 목과 등, 어깨 그리고 허리까지 몸 곳곳에 통증이 느껴졌지만 견딜 만했다. 남편에게 내 모습을 보이고 싶지 않았다.

Q의 부축을 받아 택시를 탔다. 택시 뒷좌석에 Q와 나란히 앉

았다. 삼청동으로 가자는 내 말에 Q는 아무 말을 하지 않은 채 나를 2, 3초 간 물끄러미 쳐다봤다. 그는 내 목에 남은 흔적을 발견했다. 내 시선을 눈치 챈 Q는 담담하게 표정을 바꾸고 고개를 끄덕였다. 그는 몸을 낮춰 내가 기댈 수 있도록 어깨를 내주었다.

삼청동 Q의 사무실에 도착하자마자 엄마에게 병원을 나왔다는 문자를 보냈다. 엄마의 걱정을 덜어줄 만한 수사를 덧붙이지는 않았다. 그리고 채 10분이 못되어 남편에게서 행방을 묻는 짧은 문자가 왔다. 나는 걱정하지 말라고 답을 했다.

'다신 요 하지 마.
넌 살린 건 죗값을 치르도록 하기 위해서였으니까.'

남편이 마치 반발력이 뛰어난 고무공을 튕겨내듯 곧바로 답을 보내왔다. 이유가 거창하기도 했다.

"남편이 당신을 알아요."

Q는 내 말을 듣기 전과 같은 표정으로 나를 쳐다봤다. 그의 표정을 보며 속으로 헛웃음을 웃었다. 그의 덤덤한 표정 때문이 아니었다. 남편이 Q를 알았다고 해서 문제가 될 게 뭐란 말인

가? 남편은 나와 Q의 관계를 알고 있는 것처럼 굴었지만 그건 당사자인 Q와 나조차 정의하지 못한 채였다. 사람들은 죽음을 목전에 앞두게 되면 소중한 무엇인가가 눈앞을 파노라마처럼 스쳐간다고 하지 않는가? 그날 새벽 Q가 내 눈앞에 등장하지 않았던 것도 그런 이유 때문이 아닐까? 아직은 뭣도 아닌 Q와 나.

Q가 무엇인가를 묻는다면 그가 물어온 것 이상을 털어놓자고 마음먹었다. 남편과 불화가 시작된 순간부터 J와의 사이에서 생겼던 일까지 포함해서. 그런 뒤엔 Q와 나 간의 관계가 형태를 드러낼지도 모른다. 그건 분명 남편이 상상하는 것과는 다를 것이다.

내가 그런 생각에 잠겨 있는 동안, Q는 연고를 묻힌 손가락으로 내 목에 테를 두른 멍울자국을 따라가고 있을 뿐이었다.

"시간이 좀 필요하겠는걸."

Q는 평상시의 눈빛을 유지한 채 딴 소리를 했다. 그가 내 예상을 벗어난 말을 했다는 의미다. 내가 그에게 할 말을 정해줄 수는 없다. Q가 약 상자를 챙겨 들고 일어났다. Q가 내 곁을 떴다. 창을 통해 들어온 볕은 그가 조금 전 앉았던 자리까지 닿아있었다. Q의 간이침대가 조금 더 창가 가까이 있었으면 좋았을 거라는 생각을 했다. 그는 창가에서 외풍이 새어 든다고 했었다. 그의 발소리가 들렸다. 그리고 작은 소음, 그가 움직이며

내는 소리들. 그는 내 곁에 없었지만 나를 위해 무언가를 준비하고 있었다. 그걸 아는 이상 혼자여도 외롭지 않을 것이다. Q는 얼마간의 시간이 지나서야 내게로 돌아왔다.

"더운 물 받아놨어. 기분이 나아질 거야."

Q의 손이 조심스레 허리 아래로 들어왔다. 그의 손이 시키는 대로 허리를 들고, 몸을 뒤집었다. 알몸이 된 내가 팔로 그의 목을 감자 그가 나를 안아 올렸다. 순간 가까워진 그의 얼굴이 조금 우울해 보인 걸 제외하면, 그가 나를 다루는 동작은 부드럽고 자연스러웠다. 그는 물을 받아 놓은 욕조 안에 나를 뉘였다. 적당한 온도였고, 편히 기댈 수 있도록 목 뒤에 수건을 괴어주는 것도 잊지 않았다. 어쩌면 시간이 필요하다는 그의 말이 그 순간을 위해 필요한 말이라는 생각이 들었다. 우리는 항상 시간을 필요로 한다. 자신을 위해서든 타인을 위해서든. 아니, 삶과 죽음과 관계없이 우리 모두를 위해.

나는 벌거벗은 상태로 그의 시선에 노출되어 있었지만, 어떤 수치심도 느끼지 않았고 그에겐 어떤 관능적인 분위기도 감지할 수 없었다. 어쩌면 그는 그런 상태로 사진 속의 나신들을 감상했을 거다. 사진 속에 든 사람들이 무엇을 하고 있든, 그들의 얼굴에 나타난 세계에 이입하며.

내가 욕조 안에서 자리를 잡자 그는 변기 커버를 내리고 그 위에 앉았다. 희미하게 떠오르는 포말 너머에서 팔짱을 끼고 앉아 나를 지켜보는 그와 벌거벗은 채 그의 시선을 받는 객체가 된 나로 인해 묘한 장면이 연출되었다. Q는 변기 위에 자리를 잡은 뒤 물끄러미 나를 응시하고 있었다. 그의 말마따나 필요했던 시간을 우리는 요긴하게 사용하고 있었다. Q는 내 말을 듣는 대신 당시의 내 모습을 통해 내게 일어난 일들을 읽어내려 했는지도 모른다. 그가 원한다면 그렇게 해도 좋았다.

너무 적막하다는 것이 작은 문제였다. 조금만 움직여도 물이 찰랑이며 소리가 났다. 줄곧 나를 지켜보던 Q가 내 입술이 달싹거리는 걸 놓칠 리가 없었다.

"주변에서 들려오는 소리에 너무 민감해하지마. 주변의 소리에 신경을 곤두세우다 보면 나도 서둘러 말을 하고 싶어지거든. 진짜 내게 필요한 말은 내 안에서 들려올 거야. 밥때가 되면 저절로 울리는 배 속의 시계처럼 말이야. 그때 답을 해도 늦지 않아."

말을 마친 Q가 팔짱을 풀고 손바닥을 배에 대고 문지르며 조그마한 원을 그렸다. 그의 우스꽝스러운 동작에 웃음이 났다. 그는 무슨 말을 하고 싶었던 걸까? 어쨌든 나는 소리를 내야 한다는 강박에서 벗어날 수 있었다. 그와 나는 기다리기로 했다. 서로의 얘기를 듣게 될 날을.

미수에 그친 범죄는 되풀이되는 사례가 많다. 당시 남편이 내게 한 얘기였다. 남편은 특히 자살이 미수에 그쳤을 경우 정서적인 - 정신적이었던가? 이 경우엔 다른 듯 같은 말이다. - 문제와 밀접하게 관련이 있어 재발할 확률이 더욱 높다는 게 의학계의 통설이라는 설명까지 덧붙여 주었다. 남편의 설명대로라면 나는 범죄자에, 미친 사람이어야 했다. 전문가를 끌어들여 자신의 주장에 신빙성을 높이면서 책임으로부터는 멀어지려는 수법이다.

남편은 같은 일이 되풀이되는 걸 진정으로 염려했을 거다. 하지만 남편의 걱정은, 적어도 나를 위해서는 아니었다. 같은 일이 반복되어, 자신을 해코지할지도 모른 다는 생각에 겁을 집어먹었을 거다. 내가 사라지고 나면 자신에게 닥칠 일들을 알고 있었고, - 사람들은 남편에게 내가 사라진 이유를 물을 테고, 그 과정에서 생긴 일들을 추궁할 거다. - 그것을 감당할 자신이 없었기 때문이다.

이삼 일간 내 행방을 묻던 남편의 문자는 절대 그런 일은 없을 거라는 한결같은 답을 내놓자 그쳤다.

그리고, 남편을 비롯해 그날의 일을 알고 있는 사람들 모두가 일제히 입을 닫았다. 설날 아침 청계천 한복판에 서있는 느낌이었다. 모든 상점의 셔터 문이 내려졌고, 차창을 꽁꽁 여민 차가 차가운 대기 속을 질주하며 내는 바람 소리가 제멋대로 길을 따라 번져나가는 황량한 거리, 그곳에 나 홀로 선 듯했다. 그로 인해 어리둥절해진 건 나뿐이었다. 내 안에 생생하게 살아남은, 불과 며칠 전에 벌어졌던 사건이 순식간에 내 눈앞에서 사라졌다.

부모님은 그 일이 아예 발생한 적이 없는 것처럼 나를 대했다. 그런 부모님의 처사를 두고 '자식을 외면했다.'라며 서운한 감정을 토로한다면 자식으로서 부모에게 불경한 태도일까? 모두가 그 일을 잊었으니 혼란은 고스란히 내 몫이 되었다. 나는 혼란을 수습하기 위해, 그들의 망각이 뒤늦게나마 나에 대한 동정심이 작동한 때문일 거라고 생각했다. 나아가 암묵적인 격려라고 확대 해석할 만큼 나를 제외한 그들의 망각은 급작스럽고 단단했다.

내 이기심에 상황을 잘못 이해했을 수도 있다. 그들은 단지 통속적인 드라마적 상상력을 발휘했을 뿐이다. 회계와 용서 그리고 화해의 순서로 진행되는 텔레비전 드라마처럼, 이제 앞으로의 일은 오로지 (나를 살려놓음으로써) 너그러이 관용을 베풀기로 한 남편에게 맡겨야 한다고 결론을 냈을 수도 있다. 부모님으로서는 내게서 자신들이 미처 알지 못한 남은 얘기를 들어보거나, 부부간의 일에 관여하는 것보다 남편의 몫으로 (내 몫이 존재했던

가?) 남겨두는 편이 내 미래를 (온전히 내 미래만?) 위해 현명하다고 판단했을 거다. 부모님의 판단은 경험에 근거한 것이었고 나아가 역사적이기도 하다.

어떤 추측이 맞는 건지 알 수 없었지만 모두가 입을 다물기로 한 이상, 굳이 내가 먼저 입을 열어야 할 필요는 없다고 마음을 굳혔다. 다만, 나는 그들이 상상한 관용의 세계가 내게 또 다른 대가를 요구해오리라는 걸 알았다. 헌신과 복종, 끊임없는 죄의식. 그들은 내가 그것을 감수해야 한다고 믿었을 테다. 그것이 그들이 말하는 전통일 테니까.

나는 이혼서류를 챙겼다.

KTX 승차권

　설 명절이 코앞이었지만 남편은 시댁과 관련한 애기를 일절 꺼내지 않았다. 남편의 표현대로 '소동'이 있은 뒤, 나는 이혼 의사를 남편에게 전했다. 남편은 내 예상과 달리 – 나는 남편과 얼마간의 설전을 벌이게 되리라고 생각했다. – 명절 연휴가 끝나는 대로 이혼 절차를 밟자며 순순히 내 의견을 받아들였다. 돌이켜보면 남편과의 논쟁을 피할 수 있었던 건 남편의 의견을 묻는 방식이 아니라, 이미 굳어진 사실을 통보하듯 내 뜻을 전했기 때문이었던 듯싶다. 뉴스 프로그램의 진행자처럼. 남편은 무엇보다 뉴스 프로를 진행하는 중년남자의 말을 신뢰했다.

　설 연휴 첫날, 새 옷을 차려 입은 아이는 잔뜩 신이 나있었다. 명절 전 주말, 오랜만에 백화점엘 들렀다. 세일행사 중인 아동복 코너에서 아이의 옷을 샀다. 아무래도 그 해 명절은 남편과 함께 시댁에 내려가는 일이 불가능하지 싶었다. 아이가 어른스럽게 보이도록 무채색 계열의 옷을 찾았다. 짙은 갈색의 오리털 파카와 남색 남방 그리고 잿빛 코듀로이 바지를 골랐다. 입혀놓고 보니 왠지 모르게 남편의 취향이 반영된 듯싶었다. 일곱 살 아이에게서 어른스러움을 찾다니. 한심한 짓이었다.

아이는 백화점에서 산 갈색 파카 위에 곰돌이 푸의 얼굴 모양으로 디자인된 노란색 배낭을 메고 거실을 오락가락했다. 아이가 걸을 때마다 배낭이 흔들리며 안에 든 플라스틱 장난감이 부딪혀 소리를 냈다. 아이를 불러 세웠다. 배낭끈의 길이를 조정해주며 아이에게, 장난감 소리 때문에 시끄럽잖아, 라고 물었다. 아이는 아니라며, 그래야 장난감이 들었다는 걸 알지, 라고 했다. 아이는 무게만으로 존재를 인정할 수 없었던 모양이다. 아이는 앞으로 다양한 소리의 형태를 경험하게 될 테다. 그리고 소리와 빛의 관계에 대해서도. 침묵과 소란, 낮과 밤에 따라 다르게 다가오는 소리. 엄마와 아빠 사이에 소거된 음들. 아이는 아직 그것의 의미를 알지 못했다. 남편과 나, 둘 중 누가 아이에게 그것에 대해 정확히 가르쳐줄 수 있을까?

일찌감치 채비를 마친 남편이 방에서 나와 신을 발에 꿰다. 현관문 앞에 선 남편에게 아이의 손을 넘겼다. 아이는 비로소 여느 명절과 상황이 다르다는 걸 눈치 챘다. 아이가 어리둥절해진 눈으로 나와 남편을 번갈아 쳐다봤다.

"엄마는?"

나는 거실 바닥에 무릎을 대고 아이와 눈을 맞췄다. 낼 수 있는 가장 부드러운 목소리를 냈다.

"이번에는 아빠와 진우만 가는 거야."

아이는 내 말을 들으려 하지 않았다. 아이는 몸은 내게 둔 채 아빠를 바라보며 애원하듯 말했다.

"아빠, 엄마도 가라고 해! 엄마가 안 가면 나도 안 갈 거야."

아빠에게 매달린 아이의 시선을 붙들어 친할머니 댁에 가지 않는 건 엄마의 결정이라고 했다. 그럼에도 불구하고 아이는 아빠의 말을 애타게 기다린다. 남편은 이를 앙다문 채, 아무 말 없이 아이를 내려다볼 뿐이었다. 아이는 이미 침묵의 한 형태를 체험하고 있었다. 조바심이 난 아이가 내게 이유를 물었다. 친할머니 댁에서 돌아오면 말해주겠다며 (그건 아이들의 단순함에 기댄 말이었다. 아이들을 속이지 않고 제대로 키워낼 수 있을까? 아이야말로 가장 많은 거짓말을 하면서도 양심의 가책을 느끼지 않는 상대다.) 아이를 달랬지만, 아이는 이미 울음을 터뜨리기 일보직전이었다.

자신과는 아무 상관없는 일인 양, 목을 뻣뻣하게 세우고 선 채 나와 아이를 지켜보던 남편이 표정 없는 얼굴로 작은 콧바람 소리를 내더니 슬그머니 현관문을 열고 복도로 나갔다. 명절연휴의 첫날부터 골치 아픈 일이 벌어진 건 순전히 내 탓이어서, 수습은 오로지 내 몫이라는 듯한 태도였다. 아이를 가슴에 안고 댄 핑계가 기껏해야 엄마가 아프다는 게 전부였다. ─ 정말로 가슴이 아팠다. 아마도 그 순간 남편이 아이 때문에라도 어쩔 수 없지 않겠느냐는 듯한 표정으로 내게 도움을 청했다면 따라 나설 수도 있었을 테다.

급기야 아이의 볼을 타고 흘러내린 눈물이 내 손등 위에 떨어졌다. 아이가 울먹이며 엄마가 밉다는 말을 되풀이했다. 그때마다 미안하다는 말을 해야 했다. 아이가 조금이나마 엄마의 심경을 헤아려주기를 바라며 가슴을 쥐어짜 내놓은 말이었다. 서로의 간절함이 엇나갈 수밖에 없다는 사실에 눈이 시어졌다. 다시 집안으로 들어 온 남편은 ─ 이웃집 눈치를 보며 담배를 피우는 동안 대처할 방법을 고민했을 거다. 방법을 안에 두고 애꿎은 담배만 태운 셈이다. ─ 울음을 그치라며 아이를 다그쳤다. 아빠의 엄한 호통에 기가 죽은 아이는 절망에 빠졌다. 아이는 절망을 이해했을까? 나는 아이를 안고 방으로 갔다. 남편은 상황을 부추겨 명절 내내 나를 죄책감과 뒹굴게 할 작정이었다. 아이의 등을 토닥여 준 뒤, 물수건으로 아이의 얼굴을 닦았다. 할머니 댁에서 돌아오는 대로 평소 아이가 갖고 싶어 했던 장난감을 사러 가자고 했다. 아이는 귀가 솔깃해졌다. 내게 얼굴을 맡긴 아이가 내 제안을 하나하나 짚어가기 시작하며 울음기는 잦아들었다. 장난감의 이름을 언급한 아이는, 장난감의 가격까지 알고 있었다. 아이는 가격을 말한 뒤 내 반응을 기다렸다. 내가 알겠다고 하자 아이의 얼굴에 화색이 돌았다. 장난감을 사러 갈 장소와 날짜를 차례로 확정 지은 아이가 새끼손가락을 내밀었다. 아이가 내민 새끼손가락에 내 새끼손가락을 걸었다.

남편은 내 바짓가랑이를 쥔 아이의 손을 야무지게 떼어내고 집을 나섰다. 열어 놓은 현관문 곁에 서서 아이의 뒷모습이 아파트 복도의 코너로 사라지는 걸 지켜봤다. 아파트 복도 끝 집 현관문 앞에 금색 천으로 싼 과일 상자가 덩그러니 놓여 있었다. 상자 안에 든 과일이 얼어버렸을 거라는 생각이 들었다. 물수건으로 아이의 얼굴을 닦아준 뒤 로션을 바르는 걸 잊었다. 찬바람에 얼굴이 트지는 않을까? 겨울 공기가 슬며시 목덜미를 파고들었다.

집 안으로 들어와 조심스레 현관문을 닫았다. 저절로 한숨이 나왔다. 아이는 커가며 현실과 타협하는 법을 터득해 갈 것이다. 일 년에 두세 번 만나는 아버지의 부모보다는 경제적인 욕구를 채워줄 엄마 곁에 있기를 원하게 될 테다. 그러나 그것도 유효기간이 존재할 것이다. 유효기간이 다하면 아이는 그 해의 명절과 관련해 어떤 얘기를 들려줄까?

신발들을 정리하고 출퇴근용 정장구두를 신발장에 넣었다. 신발장 위에서 KTX 승차권을 발견한 건 남편이 사용한 구둣주걱을 신발장 옆에 걸고 나서였다. 남편이 승차권을 빠뜨렸다는 생각에 얼른 승차권을 집어 들었지만, 손에 잡힌 승차권은 한 장뿐이었다. 남편 성격에 승차권을 아이의 것과 따로 보관했을 리는 없었다. 절로 고개가 저어졌다. 도무지 남편의 속내를 알 수가 없었다. 몇 가지 조건이 붙어야 하겠지만 간곡하게 아니, 그에게 '간곡하게'라는 수식어는 가당치 않다. 얼마 전 이혼 서류를 내밀었을 때도 남편은 밀린 결재서류를 들고 온 부하직원을 대하는 직장 상사처럼 굴었다. 거기 놓고 가, 라는 식의 단조롭고 사무적인 눈짓. 간곡하게 부탁하는 게 불가능했다면 평소의 사무적인 어조로라도 부탁을 했어야 했다. 법원도 가야 하고 아직은 남은 절차가 있으니, 그것이 끝나기 전까지는 며느리로서의 역할을 해달라고 할 수도 있으련만. 남편은 여전히 내게 자발적인 복종을 기대했다. 내 의견을 구하는 건 자존심에 생채기를 내는 짓이었다. 더욱이 명절에 시댁을 찾는 일을 기쁘게 받아들이지 못하는 이유를 인격과 결부시켰다. 조상귀신을 불러오고 핏줄임을 확인하는 의식, 상하관계를 공고히 하는 것. 내가 그것을 거부했으니 두고 볼 수만은 없는 일이라고 생각했을 거다. 예외 없이 예절이니 인륜이니 윤리라는 잣대가 제멋대로 휘둘러졌다. 남편은 나를 가두고 죄책감을 불러올 만한 값비싼 부적으로 시댁행 KTX 승차권을 두고 갔다.

어머니에게 전화를 걸었다. 정작 이혼 얘기를 꺼내게 될 상황을 대비해 미리 놓아두는 예방주사라고나 할까? 천천히 고통의 강도를 늘려나가는 방법과 한 번의 강한 충격으로 상황을 끝내는 방법 중에 어느 것이 더 효과적인지를 선택하기란 어려운 일이다. 나는 전자를 선택하기로 했다. 남편과 아이가 서울역으로 출발했다는 소식을 전하자 어머니는 내 이웃집에 불이라도 난 것처럼 반응했다. 내 이웃집에서 시작된 불은 전화선을 타고 어머니에게로 옮겨 붙었다.

"너, 정말 어쩌려고 그래?"

그렇게 물은 어머니는 내게 말할 틈을 허락하지 않은 채 아이의 반응과 남편의 속내를 물어왔다. 아이와 관련해서는 그럭저럭 답을 내놓을 수 있었지만 남편의 속내에 대해서 무슨 말을 할 수 있었겠는가? 그러자 어머니는 "시부모님께 전화는 드렸니? 지금이라도 차편을 구할 수는 없다니?"라며 애를 태웠다. 마치 어머니의 집 앞에 모인 열대의 소방차가 한꺼번에 사이렌을 울려대는 듯했다. 요란한 사이렌 소리로 머릿속이 어수선해져 당장 전화를 끊고 싶었다. 일단 어머니에게로 옮겨 붙은 불길을 잡기 위해 이야기를 지어냈다. 덩달아 산만해지지 않기 위해 평소의 어조를 유지하려 신경을 쓰는 통에 말이 더뎌졌다. 서로에게 생각할 시간이 필요하다는 데 남편과 의견 일치를 봤으며, 시부모님께도 그 사실을 알렸다고 했다. 내 말 전부가 사실이었다 해도 어머니는 믿지 않았을 거다. 어머니는 내 말이 끝나기가 무섭게 그게 정말이냐고, 되물었다. 내가 그렇다고 했지만 어머니는 한동안 아무 말도 하지 않았다. 어쨌든 그렇게 둘러대 급한 불길은 잡았다.

진실만으로 원만한 타협에 이를 수는 없는 법이다. 거짓이라는 소스가 적당히 뿌려지고 가공의 사실로 버무려야 모두의 입맛에 맞출 수 있다. 서로가 흡족한 얼굴로 악수를 나누며 서로의 체온을 확인하는 건 그 다음으로 미뤄두어야 한다. 순수 혈통의 진실은 이 세계에 존재하지 않는다. 신처럼.

"알았다. 지수 너, 당분간 아버지께는 아무 말도 말아라. 아버지한테 이번 명절에 너희 식구는 시댁에 일이 있어 우리 집에 들르지 못할 거라고 말해 놓을 테니."

나는 잠자코 어머니의 말을 들을 수밖에 없었다.

"설 쇠고 진우 아비 오면 내가 좀 보자 하더라고 일러라."

남편을 보겠다는 말에 남편과 정리하기로 했다고 털어놓아야 하는 게 아닌가 하는 생각이 들었다. 하지만 거짓말을 한 게 불과 몇 초 전이었고, 이혼 얘기를 꺼냈다가는 피차 고달픈 연휴를 보내게 될 것이 불을 보듯 뻔했다. 알겠다고 했다.

　어쨌든 어머니로 인해 고민거리 하나를 덜어낸 셈이다. 시댁에서 돌아온 남편이 처갓집에 갈 리는 만무하고, 나와 아이만 친정을 들르면 더 많은 사람에게 거짓말을 해야 했다. 설 연휴 계획을 묻는 어머니에게 그냥 혼자 있고 싶다고 했다. 어머니는 길게 한숨을 쉬었다. 습관이 되어버린 어머니의 긴 숨소리. 죄스런 마음이 든 것도 잠시, 혹시나 어머니가 집으로 찾아올지도 모른다는 생각이 들어 다시 한번 진지해진 목소리로 혼자 있고 싶다는 말을 했다. 내 말을 듣고 뭔가 할 말이 있는 듯하던 어머니가 갑자기 톤을 높인 목소리로 "잘 다녀와라."라며 황급히 전화를 끊었다. 전화가 끊어지기 직전에 아버지의 목소리가 들렸다. 거짓말 지어내기가 되어버린 모녀간의 대화는 아버지의 등장으로 중단되었다.

●

백팩

명절 연휴 아침나절 어머니와의 통화가 엉망진창이었지만, 설
연휴를 혼자 보내고 싶다는 내 말은 단순히 어머니를 안심시키
기 위해 지어낸 말이 아니었다. (이 말을 강조하는 이유는 그 뒤로 마
음이 바뀐 것으로 인해 애초부터 마음에도 없는 거짓말을 한 게 아니냐는 오
해를 피하기 위해서다.)

어머니와의 통화가 끊긴 뒤, 달걀 두 개와 감자 하나를 작은
냄비에 넣고 함께 삶았다. 그리고 충분히 익은 감자와 달걀을
으깨어 마요네즈와 섞었다. 이틀 전이 유통기한이었던 식빵 사
이에 그것을 발라 브런치 삼아 먹었다. 젊은 영화배우가 모델인
일회용 커피믹스를 뜯어 커피를 탔다. 그리고 곧바로 혼자 보내
기로 한 나흘간의 계획을 세우는 작업에 착수했다.

어릴 적 명절 연휴의 첫날 아침에 했던 것처럼 신문에서 방송 프로그램 편성표가 인쇄된 면을 찾아 거실 바닥에 펼쳐 놓고 빨간색 펜을 들었다. 닷새간의 편성표를 모두 훑었지만 빨간 밑줄이 그어진 프로그램은 서너 개에 불과했다. 시간이 남아돌다니, 사소한 낭패감과 함께 두둑한 연말 보너스가 통장에 입금되었을 때 느꼈던 뿌듯함이 느껴졌다. 베란다로 나가 배달된 채로 방치된 고전문학전집의 박스포장 윗부분을 뜯어 무작위로 선택한 책을 읽기로 했다. 양 손으로 무릎을 짚은 채 상체를 기울였다. 백오십 권의 책 중 하나를 고르는 일은 생각처럼 간단치 않았다. 한참 동안 책등을 간질이기만 하다가, 발바닥이 시려오는 통에 눈을 감고 손에 잡히는 대로 두 권의 책을 뽑았다. 소파에 엎드려 두 권의 책을 번갈아 가며 뒤적였다. 얼마 안 되어 하품이 났다. 한번 시작된 하품은 잠이 들 때까지 그칠 것 같지 않았다. 몸을 뒤집어 잠시 눈을 감았지만 그대로 잠이 들 수는 없었다. 얼마나 많은 희생을 감수해 얻어낸 시간인가? 손등으로 눈가를 훔치며 소파에서 일어났다. 우두커니 선 채로 한동안 거실을 둘러보다 방으로 들어가 곧장 옷장 앞으로 향했다. 옷장을 정리하기로 했다. 옷장 문을 열고 다신 입을 일이 없을 것 같은 옷가지들을 골라냈다. 결혼 전까지 즐겨 매던 소형 백팩을 - 결혼 후에도 한동안은 사용하지 않았을까? 결혼이라는 사건 전후로 시간의 경계가 명확하다고 여겼었는데 그렇지도 않은 듯하다. 쇠락한 기억이 나를 즐겁게 한 이유는 뭘까? - 발견한 건 옷장을 본격적으로 헤집기 직전, 옷걸이에 걸어두었던 옷 몇 벌이 방바닥에 내던져지고 나서였다. 하단이 짧은 청재킷, - 대학 시절 깃을 세워 입곤 했었다. - 진우를 임신했을 때 남편이 사다 준 임산부용 프리 사이즈 원피스 (맙소사, 그게 아직도 있었다니!), 허벅지까지 내려오는 가죽잠바 - 그건 살 때부터 쩜쩜했다. 남대문 가죽의류 전문 매장 건물에 걸린 '가죽제품 대 방출'이라는 현수막에 이끌려 매장 안으로 들어갔다가 젊은 남자 점원의 심상찮은 눈초리에 떠밀려 구매했었다. - 가 팽개쳐졌다.

반으로 접힌 채 방치되었던 백팩은 중앙에 가로로 기다란 주름이 잡혀있었다. 나는 백팩을 기억했지만 그것이 거기에 처박히게 된 과정과 관련해서는 기억나는 게 없었다. 어느 순간 갑자기 싫증이 났던 걸까? 아니면 그것을 대신할 다른 것을 손에 넣었던 걸까? 무심코 백팩을 집어들었을 때는 그것 역시 폐기목록에 포함시키려 했던 것 같다. 나는 강아지를 들어 올리듯 두 손으로 백팩을 들어 상태를 살폈다. 주름이 간 것을 빼고는 멀쩡했다. 창문을 열고 백팩을 거꾸로 뒤집어 흔들었다. 약간의 먼지와 손바닥만 한 종이가 차가운 대기 속으로 나왔다. 엽서 반만 한 크기의 종이는 불안정한 궤도를 그리며 아래로 떨어졌다. 저게 뭘까? 그냥 종잇조각일지도 아니면 혹시 과거의 추억거리를 떠올리게 할 만한 영화 티켓이나 엽서를 접어놓은 것일지도 모른다. 손과 얼굴이 시렸다.

막 창문을 닫으려는데 아파트 주차장에 고향을 향해 출발하려는 듯한 사람들의 모습이 보였다. 남자가 – 거리가 있어 남자의 나이를 가늠할 수 없었지만, 그의 자녀로 보이는 한복을 차려 입은 초등학생 또래의 여자아이 하나와 남자아이 하나가 등장해 남편과 비슷한 연배라고 추정할 수 있었다. – 트렁크를 열었다. 그가 트렁크 덮개 뒤로 사라졌다. 바닥에 놓였던 캐리어와 사과박스 크기의 상자도 차례로 사라졌다. 그 사이 부인으로 보이는 (보이다니? 여자는 남자의 아내임이 분명했다.) 여자가 두 아이와 함께 차에 올랐다. 트렁크 덮개가 내려가고 남자가 다시 나타났다. 그의 입에는 담배가 물려있었다. 그가 차를 등지고 담뱃불을 붙였다. 남자가 채두어 모금을 빨기도 전에 여자와 아이가 번갈아 차창으로 얼굴을 내밀었다. 남자에게 성화를 하는 게 분명했다. 남자는 서둘러 담배를 깊이 빨았다. 남자는 바닥에 던진 담배를 밟고 운전석으로 향했다. 아이가 둘이라는 것과, SUV 차량이라는 것을 제외하면 여느 명절의 우리 가족의 모습과 다르지 않았다. 지난 추석만 해도 우리 부부는 모든 문제를 미뤄둔 채 양가 부모님 앞에서 연기를 하지 않았던가? 잠시 후 시동소리를 낸 자동차가 움직였다.

갑자기 집을 나서야겠다는 생각이 간절해졌다. 바닥으로 떨어진 종이 나부랭이에 더 이상 미련을 두지 않기로 했다. 공연한 감상에 젖어 연휴를 망칠 수는 없었다. 백팩이 주저앉는 걸방지하기 위해 골라놓았던 책 두 권을 백팩 안에 넣었다. 백팩은 책보다 약간 컸다. 백팩의 남은 공간을 채우기 위해 기초화장품과, 속옷 하나, 그리고 주위에서 눈에 띄는 것 중 손을 뻗으면 잡히는 것들로 백팩을 채웠다. 백팩을 채울 만한 것들이 손이 닿을 곳에 미리 준비되어 있었던 걸까?

삼청동에 도착했다. 예상치 못한 방문객을 맞은 Q에게 명절연휴를 함께 지내기로 했다는 말을 하자, 그가 미심쩍은 얼굴로 나를 살폈다. 잠시 후 Q가 내가 멘 백팩을 발견하고는 "지수한테는 닷새가 매우 짧은 시간인가 보군."이라며 너털웃음을 웃었다. 그는 무슨 생각을 했을까? 백팩 대신 허리까지 오는 여행용 캐리어를 끌고 왔다면 그는 어떤 반응을 보였을까? 그는 작은 백팩으로 내가 자기 곁에 오래 머물 심산은 아니라는 판단이 들어 안도했을까? 어쨌든 그는 최근 들어 가장 인상적인 웃음을 터뜨렸다. 그게 그의 답이었다. 내게 필요한 건 그것뿐이었다.

내가 제안을 해 화투를 치기도 하고 - 화투를 치는 중간에 라면을 끓여 늦은 점심을 때웠다. - 극장에서 상영 중인 영화를 검색하며 영화 얘기를 하기도 했다. 그는 가장 인상 깊었던 영화로 '쇼생크 탈출'을 꼽았다. 나는…… 뭐였지? 그는 내가 기억을 더듬느라 뜸을 들이자, - 그는 쇼생크 탈출이 나와 자신 간에 세대차를 야기했다고 판단한 듯 하다 - Q가 입맛을 다시며 말했다.

"사실, 마지막으로 영화관을 찾은 게 언제쯤인지 가물가물해. 무슨 특별한 이유가 있었던 건 아니야. 그저 좀 불편하게 느껴졌던 것 같아. 뭐, 영화나 극장 탓이 아니라 내 성격 탓이라고 해야 맞을 거야. 무슨 소리냐 하면, 영화의 시작과 함께 꺼졌던 불이 다시 켜지고 극장 안을 빠져 나와 흡족한 표정의 사람들을 보게 되면 무언가를 - 그게 중요한 건지는 모르겠어 - 빠뜨렸다는 느낌을 지울 수가 없더라고. 나도 모르게 사실을 은폐하거나 왜곡하려는 누군가의 음모에 휘말린 듯한 기분이라고나 할까? 그리고는 방금 본 영화 속에 등장 인물들의 생애는 그렇게 끝이 난 걸까? 하는 생각을 하게 돼. 거기서 그쳐야 하는데, 스크린 속 세계에서는 정말로 더 이상 아무 일도 일어나지 않을까? 아니면 보여준 것 이상을 바라지 않았던 관객들로 인해 그런 결과를 만들어 내야 했던 건 아닐까? 뭐, 생각이 꼬리에 꼬리를 무는 거지. 하지만 어떤 식으로 끝이 났던, 그들이 관객들에게 보여준 마지막 모습이 영원하리라고 누가 보장할 수 있겠어?"

  사무실 안쪽 깊숙한 곳까지 닿았던 겨울 해가 사무실 창턱에서 턱걸이를 하고 있을 무렵 P와 조각가 부부가 왔다. 나를 발견한 그들이 석연찮은 표정을 하자 Q가 잠시 들른 거라며 에둘러 말했다. 눈치 빠른 P가 Q를 거들었다. 내가 P에게 시댁과 친정이 모두 서울이라는 얘기를 한 기억은 없었다.

  그들과 어울려 대화를 시작한 지 얼마 안 돼 아이가 남편의 휴대폰을 사용해 전화를 걸어왔다. 나는 그들에게서 벗어나 전화를 받았다. 아이의 목소리는 쾌활했다. 아이는 열차에서 먹은 햄버거 얘기를 한 다음 삼촌이 키우는 개 – 아이는 시댁에 있는 혈통을 알 수 없는 개를 '삼촌이 키우는 개'와 '백돌이' 두 가지 호칭을 섞어가며 불렀다. "엄마 백돌이 알지? 삼촌이 키우는 개 말이야." 식으로 – 얘기를 꺼냈다. 백돌이가 새끼를 낳았다며 퀴즈를 내겠다고 했다. 아이는 강아지의 아빠가 누구냐는 문제를 냈다. 내가 잠시의 사이를 둔 뒤 모르겠다고 답을 하자 아이가 "삼촌이래."라며 어이가 없다는 듯이 웃었다. 시동생은 집으로 돌아올 때마다 꼬리를 흔들며 반기는 백돌이에게 "아빠 왔다." 하며 머리를 쓰다듬어 주었다. 그런데 시동생이 새끼 강아지에게도 똑같은 말을 한다는 거였다. 나도 가볍게 웃음소리를 내 아이에게 맞장구를 쳐주었다. 아이가 잠시 말을 멈춘 사이 내가 물었다.

"진우야, 엄마가 우리 진우 많이 사랑하는 거 알지?"

아이는 내가 기대했던 말을 들려주는 대신 급작스럽게 화제를 바꿨다. '엄마, 어디야?' '지금 뭐해?' '누구랑 있어?' 연거푸 해대는 질문이 아이 스스로 든 궁금증 때문이라고 하기엔 간격이 좁고 산만했다. 아이를 조정하는 배후의 인물이 아이 뒤로 숨기로 한 건 현명하지 못한 결정이었다. 범인은 부적을 두고 간 자임이 틀림없었다. 부적이 효력을 발휘하지 못했다는 사실을 알게 된 그의 표정이 궁금했다. '삼촌!' 하고 목청을 높인 아이의 목소리 뒤에 둔탁한 소리가 들렸다. 휴대전화가 바닥에 구르며 내는 소리였다. 멀어진 아이와 시동생의 목소리가 2, 3초간 들려오더니 전화는 끊겼다.

아이는 시동생을 끔찍이 따랐다. 남편과 한 살 터울의 시동생은 결혼을 미룬 채 시부모님과 함께 살았다. 시동생 역시 아이들을 몹시 좋아했다. 시댁에 머무는 동안 아이를 돌보는 건 자연스레 시동생의 몫이 된다. 아이는 아침나절 반만 떠진 눈으로 시동생을 찾았고 끼니때 잠시 얼굴을 비추는 걸 제외하면 온종일 시동생을 어미 닭 삼아 따라다니는 병아리가 되었다. 아이는 저녁나절 졸음으로 눈꺼풀이 내려앉기 시작할 무렵에야 내 품으로 돌아왔다.

다시 사람들과의 대화로 돌아갔지만 입에 재갈이 물려있는 듯해 그들 간에 오가는 대화를 듣기만 했다. 아이에게서 원했던 말을 듣지 못해서만은 아니었을 거다.

그의 집

함께 저녁식사를 하자는 조각가 부부의 제안을 Q는 나와 선약이 있다며 - 나와 삼청동에서 제법 멀리 떨어진 식당에서 식사를 하기로 오래 전부터 약속이 되어있다고 둘러댔다. 나는 그의 말이 사실인 것처럼 그의 곁을 지켰다. - 완곡히 거절했다. Q와 나 둘만 남겨지자 Q가 말했다.

"그럼, 우리도 약속대로 저녁식사를 하러 가야지."

나는 Q의 다음 말을 기다렸다.

"여기서 명절을 날 수는 없잖아. 명절을 나기에는 적당치 않아."

나는 바로 그의 말을 이해하지 못했다.

"우리 집으로 가자고."

그가 사무실 안을 훑었다. 나는 그의 눈이 지나간 자리를 따라 실내를 훑고 난 뒤에야 그의 말을 이해했다. 사무실의 간이침대는 좁았고, 냉장고는 거의 비어있었다. 무엇보다 밤은 낮 동안 해가 나눠주었던 열기를 고스란히 거두어갔다. Q는 그것을 외부와 내부 사이의 교환이 이루어지기 때문이라고 했다.

"벽, 유리, 나무, 벽돌, 쇠, 콘크리트 사이의 틈새, 그리고 각각의 재료 자체에도 틈은 있기 마련이야. 그건 필연적이지."

하지만 그것이 Q가 나를 집으로 데려간 이유의 전부일까? 그와 내가 함께 밤을 지낸 건 그날이 처음이었다.

Q는 아르바이트생에게 일러둘 말이 있다며 1층 커피숍엘 들렀다. 먼저 건물 밖으로 나온 나는 층계참에 섰다. 알 굵은 눈이 내리고 있었다. 커다란 유리창을 사이에 두고 눈이 내리는 걸 눈치채지 못했다는 게 의아했다. 하긴, 비와는 다르게 눈은 조용한 품성을 지녔으니까.

Q와 나는 삼청동 도로로 바로 닿는 가파르고 폭이 좁은 계단을 포기하고, 언덕길을 이용해 내려가기로 했다. 그는 서두르지 않았다. 돌아가는 길을 선택했을 뿐이다. Q가 내가 맨 백팩을 가리키며 괜찮겠냐고 물었다. 그럼요, 라고 하자 그가 당연히 그래야지, 라고 했다. 그가 난간을 쥐고 남은 손을 내게 맡겼다. 나는 그의 손을 잡았다. 길 위로 눈이 쌓이고 있었다. 갓을

씌운 가로등 불빛 아래를 지나는 눈송이가 노랬다. Q와 나는 폭설로 인해 한동안 산장에 고립되어야 했던 조난객들의 걸음걸이로 서로를 의지하며 비탈길을 내려왔다. 비탈길 위에 남겨놓은 내 운동화 자국과 Q의 등산화 자국은 금세 사라졌다. 그 위에 내려앉은 두 벙어리, 눈과 어둠으로 인해.

Q의 아파트로 가는 택시 안에서 그가 조심스런 말투로 말했다. "아내가 떠난 뒤로는 집에 사람을 들인 적이 없어. 삼청동에 사무실을 얻기 전까지는 만나는 사람 없이 거의 혼자 지내다시피 했으니까."

Q가 삼청동에 사무실을 얻은 것이 4년 전의 일이니 대충 헤아려보니 9년간을 혼자 보낸 셈이었다. 완전히 일치하지는 않지만 내가 결혼할 즈음 그는 혼자가 되었다. 그는 혼자가 된 뒤 처음으로 자신의 집을 방문하는 손님이 실망하지나 않을까 하는 노파심에서 한 말이었겠지만, 나는 그의 집에 대해 어떤 선입견을 갖지 않았다. 나는 명절 연휴를 그와 함께 하기로 했으니까. 그는 백마를 탄 왕자가 아니었다. 그는 쉰하나의 ─ 그는 항상 우리나라 식으로 나이를 계산하는 것에 불평 아닌 불평을 하곤 했다. 사람들이 나이 값을 못하는 이유가 실제보다 나이 값을 후하게 쳐주기 때문이라나. 태어난 지 사십구 년이 된 그가 우리 식으로는 쉰하나였을

때 했던 말이다. - 남자였을 뿐이다. 남자들과 조금 다른 남자.

Q의 아파트 거실은 창고를 연상케 했다. 책상과 소파만이 제
구실을 할 만한 곳에 자리를 잡았을 뿐, 그 밖의 가구들은 할 일
을 잃은 채 벽 가까이로 아무렇게나 밀려나 있었다. 책상 옆 책
장에는 듬성듬성 빈 곳이 있어 책의 일부가 쓰러지거나 비스듬
하게 기울어져 있었다. 우리 집 베란다에 있는 문학전집이 생각
나게 하는 순간이었다. 그걸 옮겨 놓기에 적당한 공간이었다.
거실 모퉁이로 밀려난 탁자 위로 텔레비전과 오디오세트가 올라
와있었다. 그 앞에 책이 쌓여있어 텔레비전은 무용지물이나 다
름없었다. 거실바닥에 책과 액자들로 쌓아 올린 탑들이 거실 전
체를 에워싸다시피 했다. 책과 액자의 탑은 허리 높이까지 쌓은
뒤 붉은 노끈에 묶인 채였다. 그런 묶음이 대충 헤아려 서른 개
남짓은 되어 보였다.

내가 길을 잃은 사람처럼 거실을 서성이자 Q가 다가와 메고
있던 백팩을 벗겼다. 백팩을 든 Q가 고갯짓을 해 나를 안내했
다. 그가 나를 데려간 곳은 침실로 사용하는 방이었다. 여느 침
실과 별반 다를 게 없었다. Q는 침대 옆 나무 탁자 위에 내 백팩
을 놓았다. 사람들이 말하는 '홀아비'의 냄새인가 그것인지는 모
르겠지만, 새어 나온 부탄가스 비슷한 냄새가 약간 났다.

"오랜만에 내 집을 찾은 손님을 저런 거실에서 재울 수는 없잖아? 그렇다고 주인이 손님에게 내쫓길 수도 없고."

나는 그가 계속해서 말을 할 수 있도록 했다. 그가 눈으로 침대 위를 훑었다. 갑자기 생각이 난 듯 그가, 침대 위로 상체를 기울여 침대 머리맡 한가운데에 놓여있던 베개를 한쪽 옆으로 옮겨 놓더니 침대 맞은편의 장롱을 열어 베개 하나를 꺼냈다. 그가 위치를 옮긴 베개 옆에 금방 꺼낸 베개를 나란히 놓았다.

"새 것은 아니지만, 지수 가방을 보니 이것저것 가릴 처지는 아닌 것 같군."

혼잣말 같은 말투였다. 말을 마친 그의 얼굴이 조금 상기되어 있었다. 그는 침실과 이웃한 샤워 실을 알려주고 저녁을 준비하겠다며 서둘러 방을 나갔다.

Q는 무슨 생각을 했을까? 연한 회색 바탕에 마름모꼴의 하얀 무늬를 따라 박음질을 한 침대 시트 위에 나란히 놓인 베개가 왠지 작위적이라는 느낌이 든다. 그도 나와 같이 느꼈을까? 고정된 주인이 존재하는 침대, 방, 그리고 집. 정해진 시간을 두고 주인을 바꾸지 않아도 되는 침대. 모두들 그걸 원하는 걸까? 안정, 불변, 영원함. 목숨이 붙어 있는 한 지키지 못할 약속들.

나는 간단히 손을 씻고 거실로 나갔다. 카레 냄새가 났다. Q가 부엌에서 큰 소리로 말했다.

"조금만 기다려."

나는 괜찮다고 했다. 칼이 도마 위에서 내는 소리를 따라가려는데 현관 옆 방문에 걸린 아크릴 표식이 눈에 들어왔다. 'OCCUPIED'라고 쓰여있었다. 방문 앞으로 다가가 아크릴을 뒤집어보니 'VACANCY'라는 단어가 보였다. 화장실문에나 어울릴 듯한 표식은 손때가 묻어 아크릴 특유의 반질반질한 윤기가 사라진 상태였다. 어느새 다가온 Q가 암실로 사용했던 방이라며 "그 사람은 늦게까지 이 방식을 고수했지. 의외로 고리타분한 데가 있는 사람이야."라는 설명을 덧붙였다. Q의 전 부인이 디지털 카메라에 그다지 관심을 갖지 않았다는 얘기를 들었던 것 같다. 하지만 의외로, 라니? 내가 그의 말에 의문을 품었다는 걸 눈치채고 관심을 돌리려고 했는지, 아니면 내가 방문 앞까지 다가선 이유가 방의 내부가 궁금해서라고 생각했는지 Q가 방문을 열었다. 화학약품 냄새가 났다. 화학약품에서 직접 흘러나온 게 아니라 방안에 배어있는 냄새였다. 불그스레한 조명이 켜지자 창가 아래 놓아 둔 기다란 책상 위에 필름을 현상하는 데 쓰이는 걸로 보이는 장비들이 놓여있었다. 방문과 마주한 창과의 사이에 걸린 커튼이 열린 채였다. 커튼은 마주한 벽의 양쪽에 박힌 못과 연결된 철사 줄에 걸려있었다. 그때 Q의 전화

벨이 울렸다. Q는 내게 오랫동안 사용하지 않았다는 말을 하고 전화를 두고 온 부엌으로 갔다.

나는 암실 안으로 들어섰다. 커튼을 지탱하느라 힘에 겨운 듯 중앙이 움푹하게 처진 철사가 흰 벽 안쪽 천장 가까이에 박힌 못에 감겨져 있었다. 붉은 색 - 원래는 흰색일 수도 있다. - 커튼 사이로 사진과 필름이 보였다. 나는 그 앞으로 다가갔다. 필름과 사진은 작은 집게를 이용해 실처럼 가는 끈에 걸려있었다. 필름의 크기가 작았고 사진 역시 필름 크기로 현상이 되어있어 희미한 불빛 아래서는 명확하게 보이지 않았다. 게다가 흑백이었다. 처음엔 그저 여러 개의 곡선들을 그려놓은 기하학적 구성처럼 보였다. 잠시 후 그 선들이 사람의 형태를 구성하고 있다는 걸 알 수 있었다. 눈앞의 사진들은 단순한 누드를 넘어 성행위를 연상케 할 만큼 적나라한 자세를 하고 있었다. 서너 사람이 한 장면 속에 들어있기도 했다. 그것 역시 그가 직접 찍은 것일까? 통화를 끝낸 Q가 방문 앞에서 나를 불렀다.

한동안 사진에 대해서 생각했다. 하지만 곧 Q의 부탁(그것이 부탁이었던가?) 대로 당분간 못 본 척하기로 마음먹었다. 그에게 어떤 사연이 있을 거라 생각했다. 그리고 그걸 듣게 되는 날이 올 것이다.

Q의 섹스 스타일을 두고 열정적이라고 할 수는 없다. 이미 내

가 경험했던 것과 마찬가지로 그와의 섹스도 애무, 오르가슴, 사정, 여러 체위가 존재했다. 하지만 존재했던 그것들이 그의 최종 목적은 아니었던 듯싶다. Q는 그 이상을 추구하려는 것처럼 느껴졌다. J의 경우처럼 일단 시작을 했으니 끝을 보고 말겠다는 식은 절대 아니었다. 그와 나 모두 대체로 만족해했지만, 나와의 섹스를 통해 Q는 자신이 원했던 것을 찾아낸 것 같지 않았다. Q는 번번이 추구하는 것에 도달하지 못했다. 순간 그는 제논의 화살에 올라타 있었다. 그러니 그는 자신이 찾고자 하는 것을 설명할 수 없었을 거다. 어느새 나도 그와 함께 그것을 찾고 있었으니까. 섹스를 끝내고 난 남자들이 (그건 어쩌면 어떤 강박에 의한 것인지도 모른다.) 자신들이 들인 육체적인 노고와 기교를 인정받기 위해 파트너에게 던지는 "좋았어?"라는, 질문을 그는 하지 않았다. 남자와 당장 헤어질 마음이 있거나, 얼마간의 - 대개 1년 전후인 듯싶다. - 결혼 생활로 감각이 무뎌진 부부 사이가 아니라면, 그렇게 물어오는 남자에게 아니었다고 답을 할 여자는 없을 거다. 실제로는 언제나 Yes가 아니었음에도 불구하고. Q는 두 사람이 동시에 만족하는 것이, 항상 가능한 일이 아니라는 사실을 인정했다.

그는 사랑과 관련해서 여전히 입을 다물었다. 나 또한 마찬가지였다. J와의 관계를 완전히 끊지 못해서였을까? 사랑이라는 게 (언어적 의미에서) – 자신의 심리상태를 상대에게 전달하기 위한 목적이라면 - 꼭 필요한 건 아니라는 생각까지도 들었다.

아침에 눈을 뜨고 침대에서 나오기 위해 옷가지를 찾는 내게, Q는 침대에 누운 채로 말했다. 당장 외출을 하려는 게 아니라면 옷을 입지 말아달라고. 그리고 그는 내 스스로 몸을 보여주었을 때처럼 나를 바라봤다. 그래서 Q와 나는 오전 느지막한 시각까지 침대에 머물렀고, 외출할 일이 없는 한 벗은 채로 지냈다.

가끔 아이와 남편 생각을 했다. 경제적인 이유와 아이를 빼고 나면 남편과 나의 관계와 Q와 나의 관계는 다를 것도 없었다. 굳이 다른 것을 찾자면 서류상의 문제가 있겠다. 우습기도 하고 슬프기도 했다.

Q의 아파트에서의 사흘 중 이틀 낮을 혼자 지내야 했다. Q가 볼일이 있다며 오후에 외출을 했기 때문이었다. Q가 집을 비운 동안, 나는 그의 집과 가까운 극장에서 영화를 보고, 커피숍에 앉아 백팩에 넣어온 책을 읽으며 오후 시간을 보냈다. Q의 아파트 입구를 지키는 경비원은 경비실 앞을 오가는 낯선 여자를 멀뚱히 지켜볼 뿐이었다. 명절에 친척집을 다니러 온 사람이려니 했을 테다.

Q는 자신의 얘기 대신 새로 대통령이 된 여자와 그의 아버지와 관련한 얘기를 들려주곤 했다. 나는 내가 본 영화 얘기를 하

고, 읽고 있는 책에 대해 말했다.

연휴 마지막의 전날 점심때가 지나서였다. Q가 외출했던 날이었다.

아이에게서 서울행 기차를 탔다는 전화를 받았다. 나는 Q가 돌아오는 대로 집으로 돌아가기로 했다. 내 백팩은 Q의 집에 왔던 날, Q가 놓았던 자리에 있었다. 짐을 꾸릴 것도 없었다. 오분이면 떠나기 위한 모든 준비를 끝낼 수 있었다.

전화가 걸려왔다. 모르는 번호였다. 별생각 없이 전화를 받았다. 여보세요, 라고 했지만 상대방은 아무런 소리도 내질 않았다. 통화가 끊긴 건 아닌지를 확인하고 같은 말을 되풀이했다.

"언니, 잘 지내셨어요……."

젊은 여자의 다 죽어가는 듯한 목소리였다. 그녀의 이름을 기억해내는 데 시간이 필요했지만, 그녀가 남편의 여자라는 건 바로 알 수 있었다. 내가 네, 라고 짧게 답을 하자 그녀는 일전에 남편 분하고 뵈었던……. 그리고 카페 이름을 댔다. 마치 입에 담아서는 안 될 불길한 주문이라도 되는 양 조심스러운 말투였다. 내가 더 딱딱해진 소리로 알아요, 라고 응수했다.

"그때는 제가 정말 죄송했어요."

그녀가 흐느꼈다. 그녀의 뜬금없는 고해성사가 나를 난처하게 했다. 나는 그녀의 울음소리를 두 번씩이나 들어줄 만큼 관대한

편이 못되었다.

"됐어요. 그만 끊을게요."

그러자 그녀가 황급히 말했다.

"저 결혼해요."

난데없는 그녀의 결혼 소식을 어떻게 받아들여야 하는지 생각할 새도 없이, 그녀는 나와 남편 간의 관계가 개선되기를 바란다고 했다. 기가 막힐 노릇이었다. 그녀는 다시 한번 죄송했다는 말을 하고 전화를 끊었다.

My man or men

3
부

●

자국

그즈음 J와 나는 서로의 주요 관심사에서 한참 멀어지고 있었
다. 그건 한때 유명 배우에게 아낌없이 바쳤던 열광이 어느 시
점에 이르러 저절로 심드렁해지는 현상과 별반 다를 게 없었다.
상반신만 한 하드보드지에 색종이를 오려 만든 '사랑해요!'라는
문구를 붙이고, 그 아래 큼지막하게 해당 연예인의 이름을 써넣
은 피켓. 카메라 렌즈가 내 쪽을 향할 때마다 발을 동동 구르며
그것을 머리 위에서 흔들었다. 중간 과정 없이 소멸한 열정. 찰
나에 스치는 현재라는 좁디좁은 그림자처럼, 일순간 과거가 되
어버린 사실. 까맣게 잊어버린 그의 이름은 인터넷 기사에 오르
내릴 때나 기억된다. 나는 J를 대상으로 같은 현상이 또 한번 반
복되기를 원했다.

Q를 만나기 시작했다는 것이 J와 멀어진 이유 중 하나가 될 수 있었겠지만, 반면 J에게 모질게 굴 수 없었던 이유도 Q 때문이었다면 궤변일까?

하지만 내가 그렇듯이 J 역시 나와 비슷한 현상을 경험하는 중이라고 믿었다. 서로의 존재를 확인하는 건 가뭄에 콩 나듯 한 섹스가 전부였다. J와 내가 일부러 손을 쓰지 않아도 J와 내가 허물었던 우리 사이의 울타리가 곧 복구되리라는 걸 J 역시 알고 있다고 생각했다. 아니, 울타리는 처음부터 온전한 상태를 유지했었다. 울타리 아래에 뚫린 작은 구멍(그건 누가 뚫었던 걸까?), 그것이 메워지는 것인지도 모르겠다.

J와 Q, 모두에게 - 특히 Q에게 - 미안한 마음이 들었던 건 사실이다. 하지만 그로 인해 당장 어떤 결단 - 둘 중 한 사람과의 관계를 정리해야 한다든가, 양다리를 걸치는 중이라는 자백을 하는 - 을 내려야 한다는 생각이 들 만큼 심각한 수준은 아니었다.

한 가지 마음에 걸리는 게 있었다면 J가 여전히 "사랑해"라며 말을 걸어온다는 거였다. 특히 섹스 중 어느 시점에 이르면 그는 마치 접신에 성공한 무속인처럼 필사적으로 그 말을 해댔다. 나는 그것을 일종의 감탄사로 받아들이려 했지만, 그 순간 J의 사랑한다는 말은 답을 되돌려 주어야 하는 강요와도 같았다. 나는 강요된 질문에 답하는 일에 염증을 느끼기 시작했다.

당시 J가 어떤 일을 겪고 있었는지 - 그의 장인이 작고했고, 장
모님의 거취를 두고 아내와 아내의 형제간에 작은 다툼이 있었다는 것
이 내가 알고 있는 전부였다. - 잘 알지 못했지만, 그즈음 J가 연락
을 해오는 빈도가 다시 잦아지기 시작했다. 그런 현상은 이전에
도 있어왔기에, 나는 대수롭지 않게 여겼다. 성화에 못 이기는
척 한번쯤 응해주고 나면 - Q가 한동안 삼청동 사무실을 비우거나,
남편이 출장 간 시기였다. - 한동안 잠잠해지곤 했으니까 말이다.
지난 금요일이 그랬다. J를 만났다. 생리가 완전히 끝나지 않은
상태였던 나는 생리 핑계를 대고 섹스를 하지 않았다. 바로 전
주에 만났음에도 불구하고 J의 연락이 잦아진 건 성욕 때문이었
다. 그리고 만나자는 J의 청을 수차례 거부하자 J는 예고 없이
내 퇴근길에 모습을 나타냈다.

"그만 만나."

J의 얼굴이 도끼질에 쪼개진 마른 장작의 결처럼 거칠고 딱딱
해졌다. 내 말이 너무 직설적이었던 걸까? 나는 관계의 끝을 알
리는 다른 말들을 알고 있다. 부디 너의 행복을 빌게, 우리는
인연이 아닌가 봐, 너는 나한테 너무 과분해 같은. 하지만 그런
상투적인 말은 둘 중 한 사람에게 감정이 남아있다는 가정이 가
능한 경우에 한해서 쓰여야 한다. 앞서 말했던 대로 서로가 끝

을 예상하고 있었던 J와 나에게는 그럴 이유가 없으리란 게 당시의 내 판단이었다. J는 내게 부담스러운 존재가 됐다. ─ 그의 섹스 스타일, 특히 사랑 타령에 신물이 났다, 라고 하는 게 정확하리라. ─ 옷에 흘린 과자부스러기를 털어내듯, 대수롭지 않은 말투이기는 했지만 "미안해."라는 말을 덧붙였던 건 순전히 당시 J가 내게 보인 얼굴빛 때문이었다.

"뭐야? 남편한테 들키기라도 한 거야?"

J가 엉뚱한 소리를 했다. 나로서는 엉뚱하다고 생각할 수밖에 없는 질문을 J는 자못 진지하게 던졌다. 내가 그대로 고개를 끄덕였다면 J는 그 즉시 자리를 박차고 일어나 카운터를 향해 걸어갔을 거다. 양복 안주머니에서 지갑을 꺼내고, 현금으로 커피값을 지불한 뒤, 작별인사로 손을 흔드는 것까지 일사천리로 진행됐을 거다. 그가 커피숍을 나서서 제일 먼저 한 일은 아내에게 전화를 거는 것이었을 테고. 나는 J가 진지해진 까닭을 제대로 파악하지 못하고 있었다.

"아니야, 내 생각이야."

J는 의자 등받이에 기댔던 상체를 세우고 넥타이의 매듭을 아래로 당겨 느슨하게 한 뒤, 턱을 치켜 세우더니 와이셔츠 단추 두 개를 열었다. 그의 납작한 엄지가 다른 손가락을 차례로 꺾었다. 딱, 하는 소리가 연달아 들렸다. 그는 이유를 알고 싶다

고 했다. 이런 상황에서 이유를 찾겠다고 나서는 건 블랙홀 속으로 뛰어드는 것과 다름없다. 우리는 쉽게 블랙홀을 경험한다.

마음이 바뀌었어. 바뀐 까닭이 뭐야? 더 이상 만나야 할 이유가 없다고 생각해. 제 아무리 사랑하는 사이라도 잠시의 권태기는 있기 마련이라고. 아니야, 그럴 것 같지 않아. 예전처럼 자주 만나다 보면 다시 좋아질 거야. 그리고 J는 사랑한다는 말을 했다.

"제발 그 놈에 사랑타령 좀 그만해. 나는 애초부터 우리 사이에 그런 게 있기나 했었는지조차 모르겠어."

순간 나는 최면의 상태로 빠져드는 중이었거나, 누군가 나 모르게 내게 걸어놓았던 깊은 최면상태로부터 풀려나는 느낌이 들었다. 어떤 상태였든 그건 J가 사랑한다는 말을 해 초래한 현상이었다. 말하는 사람으로서는 사랑으로 인해 상대방이 불편해지는 현상을 이해하려 들지 않는다. 사랑한다는 고백을 받고 드는 불편한 기분은 미처 사랑을 알지 못하거나 잘못 이해하고 있기 때문이어서, 곧 사라질 일시적인 현상으로 치부된다. 일시적인 현상임을 증명하기 위해 그는, 더 많은 사랑을 투입하려 든다.

내 말을 들은 J는 따귀라도 얻어맞은 것처럼 반응했다. 쓰고 있던 도수 없는 안경을 낚아채듯 벗더니, 와이셔츠의 소매를 팔꿈치 위까지 걷어붙였다. 일전을 불사하겠다는 의지를 나타내는 동작을 한 그는, 불과 몇 초 전 내게 사랑을 고백한 당사자였다. 그는 정말 거짓말쟁이였던가?

나는 J와 눈을 마주치고 싶지 않았다. 이제 그의 몫이다. 녀석의 왼쪽 어깨 위에 가상의 한 점을 띄우고 그 점에 초점을 맞췄다. 내 시선은 조준한 점을 꿰뚫고 벽에 걸린 시계에 가 닿았다. 어느 곳엘 가나 사람들의 눈에 띄기 가장 좋은 자리를 차지한 장식품. 시간을 공유하고 있다는 증거인 숫자판, 그리고 그 위를 일정하게 배회하는 시곗바늘. J와 나는 그 순간 시곗바늘이 가리키는 숫자 외에 무엇을 공유하고 있었던가? 그게 J와 나에게만 해당되는 문제일까?

벽시계에 단단히 시선을 동여맸지만 시야의 밖으로 녀석을 완전히 몰아내는 건 불가능했다. J는 억울한 심경이었는지도 모르겠다. 그는 나를 사랑한다고 스스로를 세뇌하고, 자신이 나를 대하는 방식이 사랑이며, 내가 그것을 이해하지 못하거나, 이해하려 들지 않는다고 생각했을 거다. 나는 방금 전 나도 모르게 내 안에서 흘러나온 말의 의미를 되짚으며, 결연한 의지로 아랫입술을 물었다. J를 과거로 보내주고 싶었다.

"마지막 부탁이 있어."

마지막이라는 J의 말은 내 시선을 얻어내기 위한 좋은 미끼였다. 가까스로 붙든 내 시선 앞에서 J의 얼굴은 어느새 서글픈 표정을 하고 있었다. 원만한 타협을 위해 동정심을 얻어낼 필요가 있다고 생각했을 거다. 일전을 각오한 듯한 조금 전의 모습이 사라져 다행이라는 생각이 들었다.

"뭔데?"

"미리 귀띔이라도 해주었으면 좋았잖아, 갑작스럽게 이별을 통보받고 보니 좀 당황스러워서 해야 할 말이 정리되질 않네……."

J는 일전을 치르기로 했던 생각을 확실히 접은 듯했다.

J는 시간을 달라고 했다. 나는 알겠다고 했다. 현실을 과거로 밀어내기 위해선 시간이 필요하다. 하지만 J에게 줄 수 있는 시간은 내 것이 아니었다. 이미 그는 나와 무관한 자기 몫의 시간을 가져갔다. 생각이 정리되면 연락을 달라며 자리를 뜨려는데 J가 말했다.

"아니야. 오늘 끝내. 조금만 기다려줘."

남편이 나와의 관계를 정리하는 것과는 여러 가지로 다르겠지만 (뭐가?) J 역시 망설이고 있었다. J가 나와 다른 생각을 가질 수 있다는 것 또한 인정해야 했다. J의 속내를 읽어낼 수 없었지만 나와 J를 이끌었던 어떤 감정의 힘이 존재했었다는 사실마저 부인할 수는 없었다. J가 자극한 성애와 욕망이 감각을 일깨워 내게 새로운 경험을 하도록 했던 건 엄연한 사실이다. 원래부터 내 안에 존재했던 것임에는 틀림이 없었지만 J의 도움 없이 그것을 발견할 수는 없었을 거다. J와 함께한 1년여의 시간과 J에게, 작별인사를 해둘 필요는 있었다. 더욱이, 남편과의 일이 매듭 지어지기 전까지 J와 관계를 정리하는 편이 낫겠다는 생각이 들었다. 그래야 후일 내 이혼 사실이 알려지더라도 사람들이 이를 J와 연결 짓는 것을 피할 수 있을 테니까.

술을 한잔 하자고 한다면 적당히 잔을 부딪혀주고, 앞으로의 건승을 빌어주기로 마음먹었다. 그러면 J의 단념도 쉬워지리라. 한 직장에 속해있는 이상, 그리고 그와 나 사이의 비밀이 지켜지는 한, 언제 어디서 어떤 식으로든 다시 마주칠 가능성은 충분했다. 혹시 모르니 J가 취하기 전에 자리를 빠져 나와야 한다는 것도 명심해야 했다.

자리를 옮기자며 커피숍을 나온 J의 뒤를 따라 걸었다. J는 허리우드극장에서 오른쪽 길을 택했다. 그는 방향이 바뀌는 지점마다 걸음을 멈추고 뒤를 돌아다보며 뒤따르는 나를 확인했다. J의 감시를 받으며 날이 풀려 올라온 습기로 축축해진 보도 위를 걷고 있자니 왠지 을씨년스러웠다.

J는 모텔 앞에서 멈추어 몸을 돌려 나를 정면으로 바라봤다. 내가 무슨 말을 하기도 전에 모텔 안으로 들어간 J가 모텔 프런트 앞에서 나를 재촉하는 손짓을 했다. 내키지 않는 일이었지만 또 다시 실랑이를 벌여 힘과 시간을 소모할 수는 없었다. 수심

가득한 표정으로 바닥에 질질 끌리다 싶은 걸음으로 앞서가던 J
의 구부정한 등이 내 판단을 흐려놓았다.

나 모르게 주문한 맥주가 모텔 방으로 들어왔다. J는 맥주를
받아 들고 모텔 방 한 켠에 놓인 원형 탁자 앞에 앉았다. 나는
교무실에 불려온 학생마냥 상체를 꼿꼿이 세우고 출입문과 가까
운 쪽의 침대 끄트머리에 J와 등을 진 채 앉았다. 나는 치마 끝
자락이 닿은 무릎 위에 백을 올려놓고 백 손잡이를 쥔 손에 시선
을 두었다.

병에서 분리된 병뚜껑이 탁자 위를 구르며 소리를 내더니 바
닥으로 떨어지며 또 한번 소리를 냈다. 술이 컵으로 옮겨졌다.
J는 그걸 단번에 목구멍 안으로 흘려보냈다. J는 일부러 소리를
내고 있었다. 내 반응을 떠보려는 거였다. 적잖은 인내심을 발
휘해야 했다.

몇 년 전 해외여행을 다녀온 부모님에게서 선물로 받은 백의
손잡이를 쥔 손 안이 금세 눅눅해졌다. 남동생을 제외한 세 자
매가 갹출을 해 부모님의 여행 비용을 댔다. 부모님은 우리가
갹출한 돈을 선물로 되갚은 셈이다. 소위 명품으로 분류되는 고
급 브랜드의 여성용 고급 가방이지만, 지금은 최초에 밝은 상아
빛이었던 가죽이 냉장고 속에 방치된 두부마냥 퇴색하고 모서
리가 해졌다. 무엇보다도 지퍼 부분에 손톱만 한 검정 잉크 자

국이 두드러졌다. 내가 백 안에 넣어둔 채 방치했던 싸구려 모나미 볼펜 때문이었다. 내게는 값에 따라 물건을 차별해 관리하는 세심함이 부족하다. 언젠가 어머니 생신에는 그 때문에 가족들로부터 핀잔을 듣기도 했었다. 사람이라고 해서 다르지 않을 거다. J 역시 내가 자신에게 지울 수 없는 검정 얼룩을 남겼다고 생각하고 있을 지도 모를 일이었다. J 역시 근육량으로 사람 값을 저울질하는, 남자였다. 생각이 거기까지 미치자 겁이 나기 시작했다.

"나, 가야 해. 할 말 있으면 빨리 해."

J는 기다리고 있었다는 듯, 내 말이 떨어지기가 무섭게, 방금 채운 맥주잔을 단숨에 비웠다. 의사 진행봉인 양 둔탁한 소리를 낸 맥주잔이 탁자 위에 세워졌다. J는 어느 새 내 앞에 와있었다. 엄지발가락을 덮은 두텁고 커다란 발톱이 생경했다. 발목과 무릎 사이의 굵고 검은 털들이 나를 위협했다. 절로 몸이 움츠러들었다. 나는 나를 위협하는 그것들이 J의 것인지를 확인하기 위해 숙였던 고개를 들었다. J는 팬티만 입은 채로 모텔 방에 비치된 나이트가운을 걸치고 있었다. 녀석의 얇은 입술이 양 옆으로 길게 늘어나 있었다. 그의 눈이 코 가까이 몰려 있었다. 그가 내게 그토록 위협적으로 느껴진 적이 있었던가? 공포심이 몰려들었다. 발치에서 얼굴로 시선을 옮기는 중에 녀석의 그것이 솟

아있는 걸 봤다.

J가 팔을 뻗었다. 녀석의 손이 내 손등에 닿았다. 반사적으로 손아귀에 힘이 들어가고 상체가 앞으로 쏠렸다. 내가 쥐고 있던 백의 손잡이 일부를 녀석이 수중에 넣었다.

"이것 좀 치워봐."

끈이 팽팽해졌다. 나는 잠깐만, 잠깐만, 이라는 말을 반복했다. 손잡이가 끊어지고 말 거라는 생각을 한 순간, 낡은 명품 백이 모텔 방바닥에 나뒹굴고 상체가 뒤로 젖혀졌다. J가 나를 눌렀다. 치마 아래로 들어온 J의 손을 피해 침대 위쪽으로 이동한 건 잘못된 선택이었다. 정수리가 침대 머리판에 닿았다. J는 궁지에 몰린 나를 순식간에 제압했다. 치마가 뒤집히고 허벅지 안쪽에 녀석의 무릎이 닿았다. 작정하고 달려드는 남자의 단단한 무르팍을 견뎌내기에 내 허벅지는 너무 물렀다. 허벅지가 열리자 상체를 비틀어 대항했지만 이미 배 위를 내주고 난 뒤였다. J의 손이 뒷목 아래를 팠다. 이를 저지하려던 내 손이 녀석에게 붙들렸다. 내 오른 팔뚝은 녀석의 왼 팔꿈치에 눌려있었다. 녀석의 다른 손이 블라우스의 앞섶 근처에서 단추를 풀어내고 있었다. 비명을 질러야 한다는 생각이 든 순간 모텔 방 천정의 조명등 불빛이 눈에 들어왔다. 그것이 내 목을 쥐었던 걸까? 내 비명소리를 듣고 누군가 달려온다면? 나는 그에게서 풀려날 수 있었다. 그 다음은? 당장 모텔 방 천정의 조명과는 비교도 안 될 화려한 조명이 나를 비출게 분명하다. 어둠과 어울려야 할 행위가 외부의 빛에 노출되면……. 절망적이었다.

놈이 내 입술을 겨냥하고 다가왔다. 녀석의 주둥이를 피해 필사적으로 목을 뺐다. 목적을 달성하지 못한 놈의 주둥아리가 내 목 주위를 어슬렁거리며 더운 숨을 뱉어냈다. 그의 몸이 이토록 강한 압력을 발휘했었던가? 트럭 아래 깔린 느낌이었다.

불에 덴 듯한 통증. 녀석의 페니스가 내 안으로 들어왔다는 것이 느껴졌다. 녀석은 지체 없이 다음 단계를 진행했다. 사포로 피부를 문지르고 톱이 내 몸을 쓸고 있는 듯한 느낌. 온 몸에 힘을 주고 이를 악물었다. 스스로가 한심했다. 한치 앞도 헤아리질 못하다니. 아무 것도 보이지 않았다. 조금 전 내 비명소리를 틀어막았던 빛은 어디로 갔을까? 세상이 깜깜해진 건 내가 있는 힘껏 눈을 감고 있었기 때문이었다. 놈이 뜻을 이루도록 내버려 둘 수는 없었다. 그렇게 되면 녀석은 나를 자위하며 사용한 휴지쯤으로 여길 거다. 나는 감았던 눈을 떴다. 녀석의 눈이 바로 앞에 있었다. 녀석의 눈을 노려봤다. 녀석이 내게 저지르는 짓을 지켜보기로 했다. 녀석의 동작이 멈췄다. 잠시 멈췄던 녀석이 다시 움직이기 시작한 건 녀석이 눈을 감아버린 뒤였다.

녀석의 움직임은 쫓기듯 빨라졌다. 무엇이 녀석을 쫓고 있었

을까? 녀석의 목적지는 오직 한 곳이었다. 그 지점을 향해 숨을
헐떡이며 미친 듯이 달려가고 있었다. 녀석의 허리가 빳빳해지
고 있었다. 내가 노리던 순간이었다. 나는 힘을 모아 무릎을 세
우고 허리를 비틀었다. 놈의 페니스가 내 안에서 빠져나갔다.
허벅지 근처로 뜨거운 것이 떨어졌다. 벌겋게 달아오른 J의 얼
굴은 얼이 빠져있었다. 남자들은 사정하기 직전이라면 목을 베
도 모를 거다. 놈이 가빠진 숨을 고르는 사이 놈의 얼굴을 후려
갈겼다. 치명적인 충격을 주지는 못했지만 자지가 힘을 잃은 이
상, 반격은 엄두도 못 낼 거다. 멍한 눈을 하고 있는 놈의 가슴
팍을 밀어냈다. 녀석은 순순히 밀려났다. 순간 녀석은 어떤 상
황을 상상했을까? 자신이 무슨 일을 저질렀는지 깨달았을까?

대충 옷을 추스르고 화장실로 달려갔다. 수건에 물을 축여 정
액이 묻은 허벅지를 닦았다. 구토가 날 지경이다.

스타킹이 만신창이 된 건 말할 필요도 없었다. 블라우스의 앞
섶을 채우려는데 단추를 붙들지 못하고 연신 헛손질을 했다. 녀
석에게 오래 붙들려 있었던 탓에 잠시 감각이 무뎌진 거라 여겼
지만, 거울에 비춰보니 블라우스의 앞 단추 두 개가 사라졌다.
모텔 방바닥에 내동댕이쳐진 백의 손잡이는 기어코 끊어져 있었
다. 백을 뒤져 클립을 찾아냈다. (그게 어떻게 거기에 있었을까?) 클
립은 사건의 전조를 암시하려 했던 것이 아닐까? 손톱만 한 미

물이 알고 있었던 걸 나는 낌새도 채지 못했다. 화가 치밀었다. 내가 클립만도 못한 존재였을까? 블라우스의 단추가 떨어져 나간 자리에 임시방편으로 클립을 꽂아 앞섶이 벌어지지 않도록 고정했다.

모텔 방을 나가려는데 화장실 문이 열리더니 J가 나왔다. 사타구니 부위에 수건을 두르고 있었다. 마음을 바꿔 J에게로 다가갔다. 그것을 수건 뒤로 숨겼다는 건 나로서는 안전하다는 걸 의미했다. 도저히 그대로 도망치듯 자리를 뜰 수는 없었다. J가 자신에게 다가서는 나를 경계심 어린 눈초리로 쳐다봤다.

"J, 마지막인데, 인사는 제대로 하자."

내 말은 효과가 있었다. 녀석의 눈동자가 경계심을 누그러뜨렸다. 나는 때를 놓치지 않고 수건 뒤에 숨겨놓은 녀석의 고환을 움켜쥐었다. 녀석의 고환이 한 주먹에 들어왔다. 손 안에서 굵은 포도알 두 개가 느껴졌다. 휘둥그레 커진 녀석의 눈은 내가 손아귀에 힘을 가하자 코에서 시작된 주름들 사이로 파묻혔다. J가 신음소리를 냈다. 나는 그것을 쥔 채 내 쪽으로 잡아 끌었다. 손아귀 끝에 걸리는가 싶던 두 개의 포도알이 튕기듯 손을 빠져나갔다. 비명을 내지른 녀석이 내 발 앞에 꼬꾸라졌다.

"그래, 작별인사라면 이 정도는 되어야지. 안 그래? 이 미친 새끼야!"

●

J ≠ 남편,
J = 남자 = 남편

금이 간 거울에 나타난 얼굴과 마주치곤 했다. 누가 거울에 주먹을 날렸던 걸까? 거미줄처럼 갈라진 거울에 비친 얼굴은 기괴한 퍼즐그림 같았다. 제각기 깨지고 부서져 그림을 완성할 수 없게 된 퍼즐조각들, 영원히 원래의 얼굴을 되찾을 수 없을 것 같은 절망감, 내 거울을 망쳐놓은 상대를 향한 분노. 아니, 그건 외부의 어떤 영상에 의해서가 아니라 내 안에서 연유한 감정이었다. 시리도록 차가운 금속성의 물질이 내 몸 깊이 파고들어 한번도 드러난 적 없는 곳의 신경을 건드렸다. 그때마다 동공이 확장되고 다물었던 입이 저절로 벌어져, 소스라치며 부르르 온몸이 떨렸다. 두 손에 얼굴을 파묻은 채로 한참을 견뎌야 했다.

지난 기억으로 인해 가끔 우울해지곤 하는 건 어쩔 수 없이 받아들여야 하는 일상의 한 부분이다. 그런 소소한 기억은 이미 끝 모를 식욕을 가진 시간이라는 괴물이 예리한 이빨로 잘근잘근 씹어놓은 상태여서 그럭저럭 다스릴 만큼 길들여졌다는 사실을 우리는 알고 있다. 받아쓰기 시험에 불과하다고 얘기할 만한 것. 시간에 의해 충분한 보상을 받았다고 여겨지는 기억들. 하지만 시간은 때로 편식을 한다. 당장 입을 다문 채 내가 바친 먹이를 거부하며 버텼다. 시간의 날카로운 이빨을 모면한 기억이 난폭하게 굴며 나를 괴롭혔다.

물론 경찰에 신고를 하겠다는 생각을 하지 않았던 게 아니다. 하지만 그 방법을 선택하려면 고려할 사항이 너무 많았다. 흔하게 눈에 띄는 파출소의 파란색 이미지로부터, 영화에서 보듯 고압적인 경찰관의 인상(사실 나는 원고와 피고의 구분조차 하지 못했다.), 모니터에 시선을 둔 채 던지는 단조로운 질문 – 이름. 주소. 직업 – 자판 위에서 서툴게 놀려지는 손, 진술, 증인……. 나는 그것을 감당해낼 자신이 없었다.

회사 노동조합 내에 성희롱, 성폭력 신고센터가 설치되었다는 소식을 접했던 기억이 났다. 익명의 제보가 가능하다고 했다. 노동조합 홈페이지에서 전화번호까지 알아두었지만 최종 결정을 미룬 채 점심을 하러 가자는 차장의 손에 이끌려 사무실 밖으로 나왔다. 노동조합 성폭력 신고 센터를 염두에 두고 몰두했던 탓에, 차장이 춥지 않느냐고 물을 때까지 얇은 유니폼 차림이라는 사실조차 잊고 있었다.

노동조합의 설명대로 신고자의 신분과 비밀이 지켜질 수 있을까? 비밀을 지키며 사건을 설명한다는 게 가능하기는 한 걸까? 발신자의 전화번호가 드러나지 않도록 전화를 거는 방법을 생각해냈다. 나는 추위를 타는 것처럼 (실제로 추웠다.) 어깨를 움츠리며 몸을 떨고는, 사무실에 외투를 가지러 가는 것처럼 보여지도록 했다. 차장에게 먼저 식당에 가있으라고 하고는 인적이 뜸한 골목을 찾았다. YMCA 건물 뒤로 작은 골목과 건물과 건물 사이의 좁은 공간이 많았다. 이십 미터쯤을 걷자 건물 사이의 좁다란 틈에서 인근에 사무실을 둔 회사의 직원으로 보이는 여자가 - 그녀는 왼쪽 가슴 부근에 금색 실로 회사이름을 새겨 넣은 남색 점퍼를 입고 있었다. - 담배를 피우고 있었다. 그녀는 내가 자신과 같은 목적으로 외진 곳을 찾는 중이라고 생각했던 모양이다. 피우던 담배를 건물 벽에 비벼 끈 그녀는 내게 동지애 비슷한 감정이 담긴 눈길을 준 뒤 자리를 비켜주었다. 담배를 피우는 걸 가지고 뭐라 할 마음은 눈곱만큼도 없다. 하지만 공항이나 커피숍에 마련된 흡연실에서는 당당하게 담배를 피워 무는 여자들이 실외로 나와서는 왜 외진 곳을 찾아다니는지 이해할 수가 없다. 남자들은 금연표시가 있는 도로 한가운데서도 버젓이 담배를 피워 물기 일쑤다. 하긴, 예전에는 모든 거리가 담배를 피우는 남자들의 것이었지.

그녀가 사라진 뒤 나는 지체 없이 전화를 걸었다.

전화는 곧바로 연결되었다. 나는 상대방이 성폭력 담당자인지를 물었다. 그렇다고 답을 한 여자의 음성에 연마기에 쇠를 가는 듯한 쇳소리가 섞여있었다. 내가 상의할 일이 있다며 말 매무새를 다듬는 사이 예상치 않았던 일이 벌어졌다. "너, 지수지?" 그녀가 내 정체를 파악해낸 거다. 순간 당혹스러움이란! 나는 통화의 목적을 잃고 말았다.

"논현동에서 보고 이게 얼마 만이야?"

그녀는 나와 남편이 직장생활을 시작한 논현동 지점에서 함께 근무했던 선배였다. 나와 남편의 결혼 소식을 접하고는 농담인지 진담인지 모를 말투로 너무 성급한 것 아니냐고 했던 게 그녀였던 듯싶다. 그때나 지금이나 그녀의 말이 전적으로 옳았다고 인정하지는 않지만, 기억에 남았던 말이었다. 그녀는 짧은 단발머리에 키가 훤칠하고 제법 몸집이 있는 인상적인 외모였음에도 불구하고 워낙 말수가 적었던 탓에 사람들에게서 쉽게 잊혀졌다. 그녀가 잠시 후 다시 통화를 하자고 했을 때 나는 가슴을 쓸어내렸다. 그녀가 나를 알아버린 이상, 마음먹은 바를 실행에 옮기기는 글렀다. 그녀는 급히 처리할 일이 있다며 곧 자신이 전화를 걸겠다고 했다. 나는 그녀의 말을 밥이나 한번 먹자는 식으로 해석했다. 그리고 내 해석이 맞기를 바랐다. 가능성은 희박했지만 행여 그녀가 자신의 약속을 지킨다 해도 별 친분이 없었던 고교동창생과 길거리에서 우연히 마주쳤을 때처럼 객쩍은 얘기나 주고받게 될 거였다.

식당 앞에서 안을 들여다보니 차장은 청원경찰과 식사를 하고 있었다. 식욕이 있을 리가 없었다. 일이 내 생각대로 진행되지 않아서이기도 했겠지만, 왠지 자꾸만 나 스스로 불운을 자초하고 있다는 생각을 떨칠 수가 없었다. 아무 것도 하지 않고 잠자코 있는 것, 스스로 할 수 있는 일이 아무것도 없는 상태가, 해야 할 일만 주어지는 상황이 내게는 가장 안전한 것이 아닐까? 식당 바로 옆 구멍가게에서 따뜻한 캔 커피를 샀다. 건너편 극장 건물로 들어가 잠시 앉았다가 사무실로 돌아가기로 했다.

내가 그녀에게 전화번호를 감춘 채 전화를 하고 난, 정확히 10분 뒤 그녀는 자신의 약속을 지켰다.

"안 그래도 너한테 연락을 해야 하나 말아야 하나 고민했었는데."

그녀는 그렇게 말을 시작했다. 앞뒤 맥락을 모르는 나는 잔뜩 긴장을 한 채 그녀의 말을 들어야 했다.

"더는 걱정하지 않아도 돼. 네 남편 일은 이쯤에서 덮기로 했어. 지난주에 기획부장이 위원장을 찾아왔었거든. 이번 일을 잘 무마시켜주면 다시는 그런 일이 없도록 직원들 단속을 철저히 하겠다고 하더라. 네 남편이 일 하나는 워낙 야무지게 했던 터라 기획부장도 이번 일에 무척 신경을 쓰는 모양이더라. 네 남편을 특별히 생각하는 것 같았어. 거기다 여직원도 더 이상 일이 커지는 걸 바라지 않고 있고. 그 여자, 결혼 날짜까지 잡은 모양인데 당연하겠지. 일부 반발하는 간부들이 있기는 하지만 이제 곧 임금협상 시즌이잖아. 뭐, 꼭 임금협상 때문만은 아니지만 위원장이 기획부장의 부탁을 들어주기로 했어. 너도 마음이 편치 않겠지만, 남편한테 잘 얘기해서 이쯤에서 그만하라고 해. 주고받은 이메일하고 사진은 전부 삭제하고. 똑똑한 사람이 왜 그런대? 행여나 이 일이 외부로 새어 나가면 네 남편은 말할 것도 없고 회사까지 상당히 골치 아파질 거야. 좀 전에 네 전화를 끊은 것도 그 일로 홍보부에서 사람이 찾아와서 그랬던 거야. 이 일이 외부에 노출되지 않게 해달라고 신신당부를 하고 갔어."

그녀가 할 말을 다했다는 듯 알았지, 하고 물었다. 나는 뭘 알게 된 걸까? '일을 잘하고……. 일이 벌어지고……. 일이 새어 나가고…….' 그녀의 말 속에 등장하는 많은 일들로 정신이 혼미해졌다. 그럼에도 나는 그녀의 느닷없는 물음에 이미 반사적으로 예, 라고 답을 해버렸다.

　금요일 하루, 휴가를 신청했다. 내 의지와 무관하게 벌어지는 일들로 인해 뇌가 녹아내리는 듯했다. 썩은 물 위를 둥둥 떠다니는 무용지물이 된 회백질의 물질.

　목요일, 책임자가 퇴근 준비 중인 나를 불렀다. 나는 책임자의 호출 이유를 짐작하고 있었다. 내가 제출한 휴가신청서를 만지작거리던 책임자가 나를 쳐다보지도 않고 다짜고짜 이유를 대라고 했다. 나는 "안 돼요?"라고 되물었다. 책임자는 그제야 휴가신청서에 두었던 시선을 내게로 옮겼다. 나는 상기된 책임자의 얼굴을 빤히 쳐다보며 예매해두었던 열차 티켓을 이유 대신 내놓았다. 책임자는 잠시 나와 열차표를 번갈아 보더니 신경질적인 손놀림으로 비워두었던 휴가신청서의 네모난 결재 칸을 메웠다. 단순해진 생각들, 나는 그렇게 하기로 했다. 단순하게 굴기로.

　금요일 아침, 아이와 함께 서울역으로 가기 위해 지하철을 탔다. 유치원을 빠지고 여행을 갈 거라는 말을 듣고 난 아이는 고개를 갸우뚱했다. 아이가 사립 영어 유치원을 다니기 시작한 뒤로 모든 가족 행사가 유치원을 염두에 두고 짜여져야 했다. 아이도 어느새 유치원에 출석하는 것을 의무처럼 여기게 된 걸까?

엄마가 자신의 책임감을 테스트하는 거라고 생각했을까? 아이가 "아빠도 알아?"라고 물었다. 나는 아이의 질문에 대답을 하는 대신 엄마가 태어나 어린 시절을 보낸 곳이라고 여행의 목적지를 설명해주었다. 설명을 들은 아이가 호기심 가득한 눈으로 나를 바라봤다. 내 어린 시절이 아이의 의무감을 덜어준 듯하다. 남편에게 따로 알릴 필요는 없었다. 남편은 무슨 세미나를 참관해야 한다며 목요일 아침, 여행용 캐리어를 꾸려 출근을 했다. 일요일에나 돌아오게 될 거라고 했다. 마치 내가 기다리기라도 할까 봐, 배려라도 하는 것처럼. 물론 직접 내게 한 말은 아니었다. 남편이 보내온 문자메시지에 그렇게 쓰여 있었다. 그런 식의 행동은 뒤가 구리다는 거다.

남편은 내가 노동조합 선배로부터 들은 얘기가 사실인가 의심될 정도로 예전과 변함이 없었다. 남편은 내가 그 일을 전해 들어 알게 되었다고는 꿈에도 생각하지 못했을 거다. 부장까지 나서서 무마해주었으니까. 내가 그 얘기를 꺼내면 남편은 어떤 반응을 보일까? 아니다. 난 좀 생각을 멈추고 모든 일들로부터 멀어질 필요가 있었다.

평소 출근시간과 비교해 불과 한 시간 정도 늦춰졌지만 모든 것이 한결 여유로웠다. 한 시간을 앞서가고 있는 사람들의 뒷모습을 바라봐야 했지만 뒤처지고 있다는 생각은 들지 않았다. 휴가 기간 중 회사로부터 걸려오는 전화가 휴가 기분을 어떻게 망쳐놓는지 겪어본 사람이라면 알 거다. 화장실에서 볼일을 보고 뒤처리를 제대로 하지 않은 기분이 딱 그와 같을 거다. 그러고 보니, 남편은 그렇지 않았던 것 같기도 하고…….

아이와 나란히 앉아 종로3가역에서 멈춰 선 열차의 문이 닫히는 걸 지켜봤다. 출입문이 닫히고 열차가 다시 움직이자 아이가 손가락으로 출입문 위에 그려진 지하철 노선도를 가리키며 종로 3가와 서울역 사이의 역 이름을 중얼거렸다. 종각, 시청…….

어릴 적, 점 옆에 매겨진 숫자를 차례로 따라가다 보면 완성되는 그림이 기억났다. 마구 뿌려 놓은 듯한 점들과 그 곁에 적어놓은 숫자 외에는 백지상태인 노트. 어머니는 이미 언니의 손을 거쳤던 그림 노트를 내게 주곤 했었다. 점들을 연결했던 선을 지우개로 박박 지운 뒤에. 하지만 한번 완성되었던 그림의 형태를 완전히 감출 수는 없었다.

나는 어머니와 함께 시내에 나가 언니가 다니던 중학교 앞 문구점 앞을 지날 때마다 어머니를 졸라 점과 숫자뿐인 새 그림책을 얻어내곤 했었다. 아마도 어머니는 점과 숫자 몇 개뿐인 백지장과 다름없는 노트를 사느라 돈을 쓰고 싶지 않았을 테다.

마지막 점에 이르면 귀여운 강아지를 만나고, 멋진 성이 모습을 드러내거나, 아름다운 공주님이 태어나고, 말을 탄 기사가 달려왔었다. 나는 연필로 완성한 그림 위에 색을 입히기도 했다. 사월의 금요일 아침, 새 그림책을 선물 받은 기분이다.

동대문역을 지날 때, Q의 전화를 받았다. 선배언니와 통화를 마치고 Q에게 전화를 걸어 이번 주말엔 여행을 다녀올 거라고 했다. 아! 그 순간 옛날 집을 떠올렸던 걸까? 그가 목적지를 물었다. 나는 여수라고 했다. 왜 나는 여수라고 했을까? Q는 요 며칠 뜸해진 방문과 산만해진 전화통화로 내가 모진 일들을 겪는 중이라고 짐작하고 있을는지도 모른다. 하지만 그는 여전히 캐묻는 법이 없었다. Q의 얼굴을 보게 되면 그가 묻기도 전에 눈물부터 쏟을 것만 같았다. 그가 호기심을 발휘해 질문을 한들 J와의 사이에서 있었던 일과 의도치 않게 알아버린 남편의 일을 털어놓을 수는 없었을 거다. 나는 그 하소연을 위해 여수행 열차에 몸을 맡긴 것일까? 거기에 누가 있었지?

골목대장

여수역에 도착하자 새로 지어진 역사의 입구 한복판에 걸린 커다란 시계가 오후 두 시를 가리키고 있었다. 먼저 시내에 있는 작은아버지 댁엘 들러야 했다.

목요일 저녁 퇴근길에 진우를 데려오면서 어머니에게 내일은 진우를 맡기지 않을 거라고 했다. 이유를 묻는 어머니에게 여수로 여행을 다녀올 거라며 일요일에 돌아올 계획이라고 했다. 시골집 얘기는 꺼내지 않았다. 한동안 내 얼굴을 뚫어져라 쳐다보던 어머니가 체념하듯 알았다고 했다. 그러고는 여수에 가면 작은아버지 댁에 꼭 들러보라고 당부를 했다. 내가 고등학교를 졸업하기 직전 할아버지가 돌아가시고 - 할머니는 훨씬 이전에 돌아가셨다. - 작은아버지는 시골집을 비워둔 채 여수 시내로 이사를 했다. 그리고 아버지와 작은아버지는 할아버지가 남긴 얼마 되지 않는 재산 문제로 다투었다. 그 일로 형제는 서로 간에 왕래를 끊었다.

사연은 대충 이랬다. 아버지가 서울로 떠난 후로 할아버지와 할머니를 모신 건 작은아버지였으니, 작은아버지로서는 유일한 상속 재산인 여수 집을 자신이 차지해야 마땅하다고 주장했다. 아버지도 작은아버지의 주장에 대해 별다른 이의를 제기하지 않았다. 당시 시골 촌구석 집이 여럿이 나눌 만큼 값이 나가지 않았기 때문이기도 했다. 문제는 작은아버지가 이 일련의 절차를 맏형인 아버지와는 아무런 상의도 없이 일방적으로 밀어붙였다는 데 있었다. 이 일로 아버지의 심기가 상하고 말았다. 결국, 서열을 무시했다는 거다. 두 사람은 호적상의 장손과 역할상의 장손을 두고 한동안 설전을 벌이고 결국 서로 안 보는 사이가 되었다.

그리고 내가 여수를 찾기 두어 달 전, 작은어머니가 위암으로 수술을 받았다. 병문안이라도 가봐야 하는 게 아니냐는 어머니의 주장에 아버지는 버럭 화를 냈다. 어머니는 맏형 행세가 사람 목숨보다 중하냐며 한동안 시위를 했지만 아버지의 마음을 돌리지는 못했다. 어머니가 작은아버지에게 전해주라며 아버지 몰래 돈봉투를 챙겨주었다.

"어떻게 거기서 묵을 생각을 했더냐?"

내가 시골집에서 묵을 계획이라고 하자 작은아버지는 자초지
종 모르는 소리라며 그렇게 물었다. 작은아버지가 완강하게 고
개를 흔들며 만류하는 통에 시골집을 둘러본 뒤로 결정을 미뤄
야 했다. 하지만 이미 내 계획을 실현하기는 불가능하다는 걸
짐작할 수 있었다. "지금 사는 사람들도 떠나지 못해 안달인
데⋯⋯."라며 작은아버지가 막내 사촌동생인 Y를 불러 나와 아
이를 안내해주라며 차를 내주었다.

"누님, 거기는 왜 가보시려는 거요?"

자동차 키를 매단 고리에 손가락을 넣고 빙빙 돌리며 나타난
Y가 잠이 들었다 깨어나기를 반복해 초점이 흐려진 아이에게 윙
크를 해 보이며 물었다. Y는 친근감 있게 나를 대했지만 그의 모
습은 내게 낯설었다. 아이 시절은 물론이고 아버지와 작은아버
지의 사이가 틀어진 이후에도 집안의 공동 경조사에서 그를 봤
었을 거다. 하지만 내 눈앞의 그의 모습은 내 기억 속 어디에서
도 찾을 수가 없었다.

"그냥."

내 성의 없는 대답이 그를 무안하게 했던 모양이다. Y는 운전
대를 잡은 뒤로는 백미러를 통해 이따금 나를 훔쳐볼 뿐 더 이상
입을 열지 않았다. 나도 모를 무엇에 이끌려 여수까지 내려왔는

데, 결국 아무런 소득 없이 돌아갈 상황에 처하자 마음이 심란해졌다. (하지만 그 이끌림이 잠시나마 나를 설레게 하지 않았던가?)

여수 시내를 빠져 나온 차는 한적한 2차선 도로를 빠른 속도로 내달렸다. 내 눈치를 보며 분위기를 바꿀 기회를 엿보던 Y는 결국 이를 포기하기로 한 듯했다. 그가 음악을 듣겠냐고 물었다. 나는 그러자며 고개를 끄덕였다.

도로변에 심어 놓은 버드나무가 휙휙 소리를 내며 차창을 스쳐 지나갔다. 차는 야트막한 산들이 하늘과 맞닿아 만들어낸 선명한 경계선을 따라 가고 있었다. 경계선 아래에서 집들과 논과 밭, 작아진 사람들 그리고 간혹 맞은편에서 달려온 자동차가 나타났다 사라지기를 반복했다. 경계선 위에서는 아무런 움직임도 느껴지지 않았다. 벽처럼 느껴지는 파란 하늘 너머에서는 아무 일도 벌어지지 않고 있었을까? 무심한 햇볕이 아이가 앉은 쪽 차창을 통해 들어왔다. 아이는 눈살을 잔뜩 찌푸린 채 창밖을 내다봤다.

마을회관 건물이 보이기 시작할 때까지의 30여 분 동안, Y는 스피커에서 들려오는 단조로운 음악소리에 맞춰 머리와 어깨를 가볍게 흔들었다. Y가 음악을 꺼 목적지에 다가왔음을 알렸다. 차는 검은 흙 바닥을 드러낸 이 미터 남짓의 메마른 실개천을 가로지른 짧은 다리를 건넜다. 붉은 벽돌로 외관을 치장한 이층 건물 입구에 마을회관이라고 쓴 현판이 세로로 걸려있었다. 그 옆으로 상반신을 지표와 평행하게 한 채 할머니가 서있었다. 노인의 기형적인 모습이 선 자세라는 확신을 한 건 회관 앞 주차장에 들어서 노인의 상체와 수직으로 연결된 가는 선이 지팡이라는 걸 육안으로 확인하고 나서였다. 할머니는 힘겹게 목을 세우고 우리가 탄 차가 주차하는 과정을 지켜봤다. 차가 서고, 나와 Y가 차에서 내리자 할머니는 세웠던 목을 접어 바닥을 훑으며 건물 안으로 사라졌다. 할머니는 다시는 하늘을 볼 수 없을 테다. 할머니는 (나는 왜 '그녀'라는 삼인칭 대명사를 사용하기를 주저하는가?) 우리가 아닌 다른 누군가를 기대했던 듯싶다. 수분이 증발해버린 척박한 땅의 얼굴, 감정을 읽어낼 수 없는 노인의 육체가 다시 한번 내 여정을 후회하게 했다. 그곳에선 내가 살았던 곳보다 훨씬 많은 시간을 흘렀을 거라는 생각이 들었다.

　Y가 뒷좌석에서 물에 불은 미역마냥 맥이 풀려있던 아이를 달래 안고 앞장을 섰다. Y는 시멘트로 포장된 회관 앞마당을 가로질러 회관 건물 모퉁이를 돌았다. 나는 Y뒤를 따라갔다. 앞장을 선 내 그림자가 길게 늘어나 있었다. 곧 해가 질 무렵이었다. 아이가 Y의 어깨에 턱을 얹고 뒤따르는 나를 맥없이 바라봤다. 옛날 집에서 보내기로 했던 엄마의 계획이 무모했다는 걸 아이 역시 눈치를 챈 모양이었다. 활기가 넘쳤던 아침나절과는 영 딴판

이었다. 나마저 맥 빠진 모습을 보일 수는 없어 아이에게 바짝 따라 붙으며 윙크를 했다.

　Y의 뒤를 따라 들어선 길은 제법 널찍했다. 차 두 대가 드나들 수 있을 만큼 폭이 넓었다. 길에 시멘트를 입힌 건 꽤나 오래 전인 듯했다. 길 가장자리는 시멘트가 깨져 흙바닥이 드러나고 이끼와 키 작은 잡초들이 보였다. 도로의 여기저기 갈라진 틈 사이로도 풀들이 솟아있었다. 길가를 따라 양쪽으로 늘어선 집들 대부분에선 인기척을 느낄 수가 없었다. 기울어진 처마의 물받이, 방치되어 결이 갈라진 목재의자, 제멋대로 자라난 수풀 사이로 깨진 채 흩어져있는 기와 조각들, 얼룩진 벽 아래 나뒹구는 갖가지 병들, 썩어서 검게 변한 장작들. 이따금 이방인의 발소리를 눈치챈 개들이 짖어댔다. 아이가 개 짖는 소리가 들려오는 곳을 향해 머리를 들었다. 도로 양쪽에 늘어선 스무 채 가량의 가옥 중에 사람이 살고 있음직한 건 서너 곳에 불과했다. 개 혼자 살지는 않을 테니까.

　Y는 골목이 끝나는 지점에서 멈춰 섰다. 길이 끊어진 곳 너머로 밭이 보였고 밭과 밭 사이의 평평하고 널찍한 둔덕이 우리가 지나온 길과 연결되었다. 회색 시멘트와 잡풀들이 듬성한 황토색 둔덕, 연결된 길이라고 할 수 있을까? 둔덕은 산 아래에까지 닿아있었다.

Y가 정면으로 선 곳엔 마당이 널찍한 2층집이 있었다. 지나오
며 봤던 집들에 비해 컸고 담장도 높았다. Y는 내게 고갯짓을 해
목적지임을 알렸다.

곰팡이가 핀 것마냥 온통 녹이 슬어 대문의 표피가 울퉁불퉁
했다. 모서리마저 해져 둥그스름해진 대문은 애초에 어떤 색이
었는지조차 알 수 없을 정도였다. 문고리 달렸던 자리에 거칠고
붉은 테를 두른 구멍이 뚫렸다. 담장은 가죽을 벗겨놓은 듯 담
장 내부에 쌓은 블록이 여기저기 드러나 있었다. 족히 이 미터
는 될 듯한 담장의 일부가 무너져 Y의 어깨 높이에 불과했다. 낮
은 담장 너머로 이름 모를 풀들이 자라 마당 한 켠을 빽빽하게
메우고 있었다. 사람의 빈자리를 차지한 녹색의 침입자들. 의식
없는 생물이 그날처럼 흉물스럽게 느껴졌던 적이 있었을까? 건
물은 그런대로 멀쩡해 보였다. 일부 깨진 창문엔 비닐을 덧대었
고, 원래 붉은색이었을 어두운 주홍빛 기와지붕 위로 올라온 연
통은 삐딱하게 기울었다. 담장 가까이에 선 감나무는 생사를 확
인할 수 없게 숨을 죽이고 있었다. 대문에서 집의 현관 사이에
깔아놓은 사각형의 블록 가장자리엔 이끼가 피어, 녹색 그물을
펼쳐 놓은 듯했다.

4월의 그곳엔 지난겨울 죽은 것들을 이제 막 새로 생명을 얻
은 것들이 압도하고 있었다. 죽음을 제압한 생명에게서 느껴지

는 오싹함. 그것이 당시의 내 느낌이었다.

"들어가보실라우?"

Y가 물었다. 내가 망설이는 사이 Y가 아이를 내게 넘겼다. Y는 낮은 담장 가까이로 접근해 손바닥으로 담장의 위를 더듬었다. 그의 손이 닿자 부스러기가 떨어져 내렸다. Y가 담장을 넘으려는 자세를 했다.

"아니야, 됐어."

동작을 멈추고 내 쪽을 쳐다보던 Y가 어깨를 으쓱해 보이고는 담장에 대었던 손을 부딪쳐 털었다. 내가 앞장을 서, 왔던 길을 거슬러 걸었다. 아이에게 걷도록 했다. Y는 담배를 피워 물고 나와 아이 뒤를 따랐다.

마을회관 마당에 이르자 Y는 화장실을 다녀오겠다며 차 키를 내게 넘기고 마을회관 안으로 들어갔다. 아이는 회관 앞을 서성이며 Y가 사라진 출입문 너머로 회관 안을 살폈다. 아이가 내게 물었다.

"엄마 어렸을 때 여기서 살았어?"

나는 말없이 고개를 끄덕였다. 아이가 알았다는 듯이 고개를 끄덕였다.

살았었지만, 이를 증명할 만한 흔적을 아무것도 발견할 수 없다는 건 정말 슬픈 일이다. 어쩌면 어떤 흔적을 찾아냈다 한들 내 것이라는 확신을 가질 수 있을까?

돌아오는 차 안에서 Y가 물었다.

"큰누이와 작은누이도 편안하시죠?"

내가 그렇다고 하자 Y가 말했다.

"누님 가끔 어릴 적 생각하시우?"

내 눈과 Y의 눈이 차 안의 작은 백미러에서 만났다.

"누님은 다른 누님들하고 다른 데가 있었어요. 동네 골목대장
을 도맡아 했었으니까요. 손바닥만 한 동네이긴 해도 머슴애들
여럿이 있었는데 여자인 누이가 대장을 해먹는 건 여간 해서는
있을 수 없는 일이잖아요?"

잠시 정면을 향했던 Y의 시선이 다시 백미러로 돌아왔다.

"할아버지가 사업에 실패하자마자 바로 여기를 뜬 건 잘하신
거예요. 할아버지가 그 일로 그 많던 재산 다 들어먹고, 이장직
까지 내놓게 되자, 사람들이 우리 대하는 게 이전하고는 완전
달라졌다니까요. 누님이 골목대장 행세하는 것도……."

열 명이 조금 넘는 아이들 사이에서 여자인 내가 골목대장 행
세를 할 수 있었던 건 내 뒤에 마을 이장에 땅부자였던 할아버지
가 버티고 있었기 때문이었다. 내가 특별히 잘나서도, 아이들이
남자와 여자를 구분없이 동등하게 대우해서도 아니었다. 유전

자는 권력의 인자까지 품고 있는 모양이다. Y라는 같잖은 유전 인자.

나는 백미러에서 눈길을 거두었다.

"우리도 그때 여기를 떴어야 했는데. 아무튼 큰아버지께서 잘 결정하신 거예요."

아버지로부터 서울로 이사하게 되었다는 말을 들었을 때, 나와 언니는 무척 기뻐했었던 것 같다. 그때 나는 무엇을 상상했을까? 아버지는 모든 사정 얘기를 생략한 채 서울만을 강조했었던 것 같다. 어머니는 그때 어떤 반응을 했었던가? 기꺼이 나를 대장으로 삼았던 동네 아이들이 나를 떠나보내며 든 기분은 어땠을까?

바람이 차에 부딪히며 소리를 냈다. 지나치는 풍경들이 생소하게 느껴졌다. 나는 생소한 곳을 향해 달려갔던 것이다. 지내온 삶과 낯설어진 나, 누가 둘 사이를 갈아 놓았을까?

그날은 작은아버지 댁에서 묵을 수밖에 없었다. 아들만 셋을 둔 작은아버지는 작은어머니가 입원을 한 뒤로 Y의 처인 막내며느리가 해다 바치는 찬거리에 의존해 끼니를 해결했다. 그날은 나로 인해 오후 늦게 막내며느리가 불려왔다. 손님을 위한 저녁상을 차리기 위해 시장엘 다녀오겠다며 집을 나서려는 Y내외를 불러 세우고, 근처 치킨 집에서 배달음식을 주문하자고 했다. 막내며느리(사촌 동서라고 해야 하나?)가 한시름 덜었다는 듯 입 꼬리를 바싹 치켜 올리며 팔꿈치로 Y의 옆구리를 찔렀다. 결국 Y가 치킨 집 전화번호를 찾아 통닭 두 마리를 주문을 했다.

언니에게 전화를 걸었다. 다음 날은 언니네서 신세를 지기로 했다. 어머니에게 일요일에 돌아가겠다고 했기 때문이었다.

오랜만에 만난 사촌 형제들과 어울려 노느라 온 정신을 판 아이 때문에 일요일 해질녘이 되어서야 집에 도착했다.

남편의 여행용 캐리어가 열린 채로 거실 탁자에 비스듬히 기대져 있었다. 캐리어에서 꺼내놓은 남편의 옷가지와 소지품, 그리고 쇼핑백이 탁자 위에 올려져 있었다. 남편의 모습은 보이지 않았다. 쇼핑백을 열고 초콜릿을 찾아낸 아이가 환호성을 질렀다. 원인 모를 허탈함에 넋을 놓고 있던 나는, 아이에게 건조한 미소를 지어 보이고 방으로 들어가 짐을 풀었다. 남편 역시 여행을 다녀왔을 거라고 생각했다. 세미나가 핑계에 불과하다는 걸 이미 알고 있었다. 나마냥 급작스런 충동에 떠밀렸던 건 아니었나 싶어 쓸쓸한 기분이 들었다.

초면에 나를 언니라고 불렀던 남편의 애인이 설 명절에 전화를 걸어와 고해성사를 바치고 나와의 재회를 빌어주었던 것하며 선배언니가 들려준 남편의 행적이 다시금 내 머리 속을 어지럽혔다. 겉으로는 태연한 척 굴어도 남편 역시 여러 생각에 시달렸을 거다. 나는 2박 3일을 허깨비와 씨름을 하느라 힘을 빼고 말았다. 남편이라도 의미 있는 여행이었기를 바랐다.

이런저런 정황을 종합해 보면, 그녀는 두 남자를 두고 저울질하고 있었을지도 모른다. 선배언니는 여자의 말만으로 두 사람 간에 갈등을 지나치게 확대 해석했던 건지도 모른다. 그건 한때 사랑했던 연인들이 겪는 사소한 갈등에 불과했을 거다. 그렇기를 바랐다. 적어도 남편은 J와 다르다고 생각했고, 그래야 하는 거였다. 하지만 이건 모순으로 빚은 억지다. 아우슈비츠와 암스테르담 안네가 살았던 집 앞에 늘어선 사람의 행렬 중에 심심치 않게 눈에 띄던 한국인들을 베트남 위령비 앞에서는 그림자도 찾아 볼 수 없는 것처럼.

그래, 남편을 남이라고 할 수는 없다.

두 사람 사이에도 털어놓을 수 없는 복잡한 사연들이 존재할 거다. 외부로 새어 나가서는 안 될 비밀도 있을 거다. 하지만……. 그 비밀은 결국 누구의 몫으로 남겨졌을까? 머리를 세차게 흔들었다. 그녀에게 불리하게 작용할 수밖에 없었다. 그녀는 여자였다. 나라도 서둘러 이혼을 마쳤어야 했다는 생각이 들었다. 아니다. 남편 역시 나와 그녀 사이에서 갈팡질팡하다 보니 애꿎은 루머에 휘말리게 된 거다. 하지만 정말 그런 걸까? 남편이 J와 다르다고 장담할 수 있을까? 또 다시 혼란. 그리고 보니, 이혼 서류 접수 후 주어진 숙려기간이 채 일주일도 남지 않았다.

다시 거실로 나와 보니 캐리어는 기어이 쓰러졌고 탁자 위에 있었던 옷가지와 소지품 일부가 바닥에 떨어져있었다. 아이가 벗긴 초콜릿 포장지도 그것들과 함께 거실 바닥에 뒹굴었다. 쓰레기통을 아이 가까이로 옮겨 쓰레기를 줍도록 타일렀다. 남편의 옷가지와 소지품에 손을 댔다. 남편의 여권과 함께 영수증이 보였다. 무심코 여권과 영수증을 집어 들었다. 제주공항 면세점에서 발행한 영수증 세 장이 나란히 포개져 있었다. 첫 번째 영수증은 초콜릿을 계산한 것이었고, 다음 영수증에는 고급화장품 브랜드가 내 월급의 절반 가까운 액수의 금액과 함께 나란히 인쇄되어 있었다. 캐리어가 뱉어낸 내용물 중에 고급화장품은 발견되지 않았다. 남은 영수증은 포인트가 적립되었다는 걸 확인시켜주고 있었다. 거기에는 낯선 여자의 이름이 있었다.

때마침 들어선 남편의 손에 여러 벌의 와이셔츠가 들려있었다. 세탁소를 다녀오는 본새였다. 아이가 아빠를 향해 달려갔다. 나는 영수증을 남편의 지갑과 함께 탁자 위에 올려놓았다.

"미안해. 일부러 본 건 아니야."

남편이 애인과의 사이가 멀어진 상태였음에도 불구하고 내가 내민 이혼서류를 별 말없이 챙겼던 이유가 남편의 포인트를 가로챈 여자의 등장으로 설명될 수 있을까? 새 애인을 찾은 남편은 왜 옛 애인을 괴롭혔을까? 절로 고개가 흔들렸다.

●
기도

"약속이 틀리잖아?"

J가 또다시 내 앞에 등장했다. 그의 모습이 보이자마자 혐오
감과 짜증이 뒤섞여 기괴해진 소리가 저절로 입에서 튀어나왔
다. 내가 낸 소리에 겁을 집어먹었던 걸까? J는 - 매듭을 늘려 축
늘어뜨린 넥타이, 움츠린 어깨와 구부정한 등이 - 주인을 물고 내뺐
다가 추위와 굶주림을 못 이겨 다시 주인 집 문 앞을 서성이며
눈치를 살피는 개의 행색을 하고 있었다.

"그날은 내가 정말 잘못했어."

분위기를 염탐하기 위해 한껏 낮춘 자세로 조심스레 코를 벌
름거리던 개새끼가 입을 열었다. 기어들어가는 목소리가 볼품
없이 쪼그라든 녀석의 페니스를 연상케 했다. 흉물스럽게 생긴

혹을 두 개나 단 주름진 물풍선. 동정심을 자극하기 위해 일부러 그런 모습을 했다면 그건 오판이었다. 역효과를 자초했다. 한껏 몸을 낮춘 태도와 목소리에도 불구하고 몽둥이로 흠씬 두들겨 패고 싶은 생각이 들게 할 뿐이었다. 하지만 나와 J가 선 곳은 매일같이 지나쳐야 하는 길이었고, 사무실이 코앞인 데다 많은 사람들이 있었다.

"됐어. 다 끝난 일이야."

나는 J를 외면한 채 내 갈 길을 가기로 했다. 내가 할 수 있는 건 그것이 전부였다. J가 게걸음을 해 길을 막았다.

"내 얘기 좀 들어봐."

"이러지 마."

나와 J의 시선이 부딪혔다. J는 이내 시선을 아래로 했다. 내려온 눈꺼풀이 그의 눈 절반을 덮고 있었다. 얄팍한 엄폐물 뒤에 숨은 그의 눈동자는, 여전히 주인을 물었던 개의 그것을 떠올리게 했다. 주인의 몸에 깊은 이빨자국을 남기고 달아났던 배은망덕한 개. 정말 녀석이 개였다면 당장 옆구리에 발길질을 날렸을 거다. 힘을 모아 J의 가슴을 밀어냈다. 반걸음 뒤로 밀려났던 J는 금세 제자리로 되돌아왔다.

"나 반성 많이 했어."

"지수야, 나 아직도 너를 사랑해."

연거푸 애원조의 말을 쏟아낸 녀석이 팔을 뻗어 내 팔뚝을 잡았다. 나는 J의 손을 뿌리쳤다. 녀석의 목소리로 듣는 사랑은 이미 끔찍한 악몽의 다른 이름이었다. 그의 손이 닿자 절로 몸서리가 쳐지며 혀뿌리에 신물이 괴었다. 새된 소리가 튀어나왔다.

"하지 마! 난 눈곱만큼도 너를 사랑하지 않아!"

사람들의 시선에 아랑곳하지 않고 신물을 토해내듯 소리를 높였다. 곁을 지나치던 사람들이 고개를 돌려 나와 J를 쳐다봤다. 가던 길을 멈추거나 나와 J에게 다가오는 사람은 없었다. 나와 J는 그저 사람들의 구경거리가 된 셈이다.

J는 나를 놓아주지 않았다. 그는 잠깐만, 잠깐만을 연발하며 말할 기회를 얻기 위해 길을 막아섰다. 잠깐만, 잠깐만, 보름 전 내가 수없이 되풀이했던 말이었다. 그때의 악몽이 되살아났다. 내 삶이 소모되고 있었다.

"분명히 들어둬. 넌 아니라고! 나 지금 그 사람한테 가봐야 해!"

J가 멍하니 내 입을 쳐다봤다. 아차 싶었다. 왜일까? J의 감정을 조금도 배려하지 않은 채 홧김에 뱉은 말이었기 때문에? 그래서가 아니었다. 나도 모르게 터득한 남자들의 본능과 관련한 섬뜩한 기운이 느껴졌기 때문이었다. 그들을 난폭하게 하는 요인들. 무모한 소유욕, 근거 없는 자존심, 굶주린 성욕……. 인화성 강한 위험물질들. 거기에 불을 붙인 것은 아닐까?

옆구리를 채인 개새끼가 줄행랑을 치기는커녕 돌연 태도를 바꿨다. 눈의 절반을 덮었던 눈꺼풀은 어느새 감아 올려졌다. 적의에 찬 눈빛을 드러내고 털이 빳빳하게 곤두서자 날카로운 송곳니 사이로 끈적끈적한 침이 흘러 내렸다.

"그 사람?"

기어코 으르렁거린다.

나는 입을 굳게 다물었다. J는 즉시 다음 말을 했다.

"지난번 나를 호프집에서 기다리게 했던 날, 삼청동! 맞지? 그 작자지?"

J가 내 말 한마디로 그날의 기억을 되살렸다는 사실은 적잖게 나를 놀라게 했다. J가 그날의 일을 어떤 연유로 마음에 두고 있었는지는 별개의 일이겠지만. 그는 불편한 상상을 불러오는 예지력, 소위 직감이라고 불리는 것이 여자들만의 전유물이 아니라는 걸 증명한 셈이다. 여자들이 직감에 의존해 살아가야 할 날들이 많을 뿐이다. 약자들의 운명, 단백질 부족으로 인해 겪어야 하는 불평등.

J가 목청을 돋웠다. 녀석의 동공은 자신의 돈을 떼먹고 잠적했던 사기꾼을 찾아낸 것처럼 확장되어 있었다.

"단순한 거래처라더니? 나를 호프집에 처박아두고 그 작자하고 그 짓을 했던 거야? 그래 놓고는, 뭐라고 했지? 피곤하다는

핑계를 대고 집으로 내뺐지! 그래, 양심은 있어서 하루에 두 남
자를 상대할 수는 없었나 보네!"

J가 온몸을 동원해 목청을 돋우며 비난을 해댔다. 내 코앞에
들이댔던 손가락이 허공을 휘적거렸다. 사람들의 이목이 J에게
로 쏠렸다.

용서를 구하겠다던 J는 스스로 죄의 굴레를 벗어 던졌다. 아
니, 애초에 죄가 성립되지 않았음에도 잠시나마 죄인처럼 굴었
던 자신을 원망하고 있었다. (실제로 그는 조금이나마 죄책감 비슷한
걸 느끼고는 있었을까?) 나는 뛰다시피 해 지하철역으로 향했다. J는
더 이상 나를 막아서거나 좇으려 들지 않았다. J는 내가 떠난 자
리에 남아 내 등에 대고 미친 듯이 말 화살을 쏘아댔다.

"그래서 좋았냐? 너랑 결혼이라도 해준대? 그 인간이 나라는
존재를 알고 있기는 하냐? 알게 되면 어떻게 반응을 할지 무지
하게 궁금하네!"

지하철역 계단을 내려가기 직전에 뒤를 돌아봤다. 녀석은 감
정을 주체하지 못하고 제자리를 맴 돌고 있었다. 왠지 그가 안
쓰러워졌다. 그는 제자리걸음을 하고 있었다.

남자는 사랑에 빠지고, - 그의 사랑은 섹스로 (남자는 자랑스럽게
가졌다, 라고 한다.) 완성된다. - 스스로 책임감을 짊어진다. 그녀

의 생애는 그와의 섹스로 인해 다시 시작되었다. 새로운 생명을 부여받은 것처럼. 남자는 자신의 정액을 마귀를 쫓는 성수로 여긴다. 한발 더 나아가, 예수의 몸과 피를 대신하는 거라고 주장하는 놈도 있을 테다. 사랑은 어느 새 종착역에 도착한다.

남자는 한때 사랑했던 여자의 불행을 위해 신을 찾아 나선다. 서로의 관계가 끝난 뒤에도 언제든 자신의 부름에 답을 하게 하도록. 둘 간의 사랑이 누구에 의해 끝장 났는지는 상관없다. 술김에 옛 애인에게 전화를 하거나, 불쑥 그녀 앞에 모습을 드러내는 건 여자의 불행을 확인하기 위해서다. 한때 자신의 것이었던 여자의 비참함이 남자를 위대하게 한다.

●

자물쇠

생리와 몸살이 겹치는 바람에 복용한 약의 독한 기운 때문이 었다. 나는 퇴근 후 Q의 사무실로 가는 길에 있는 약국에 들렀 다. 내가 들른 약국은, 족히 이십 년은 되었을 듯한 함석판에 붓 글씨체로 약국이라고 써넣은 간판이 걸려있었다. 타이레놀을 달라고 했다. 칠십이 다 된 듯한 할머니 약사는 내 말을 귓등으 로 듣고는 증상에 대해 꼬치꼬치 따져 물었다. 나는 결국 할머 니 약사가 내민 두 종류의 알약과 함께 쌍화탕을 받아야 했다. 약사는 나를 잠에 빠뜨리려는 마녀였을까?

나는 Q가 창가로 옮겨 놓은 간이침대에서 잠들어있었다. 그 의 사무실 창가에서 보이는 북악산 일대의 풍경에 매료된 나는 그곳에 들를 때마다 그가 타준 커피 잔을 들고 창가에 기대서서 한동안 밖을 바라보곤 했다. Q는 그런 나를 배려해서인지, 아니면 자신이 책상 앞에서 작업을 하는 동안 방해를 받고 싶지 않아서인지, 침대 대용으로 사용하던 접이식 간이침대를 책상 옆에서 창가 가까이로 옮겨 놓았다. 그 때문에 창가에 놓였던 긴 좌식 탁자 하나가 치워져야 했다.

머리맡에 놓아둔 휴대전화가 진동음을 냈다. 아침 출근길에 아이를 맡기러 친정에 들렀을 때 어머니는 동네 아주머니들과 저녁식사 약속이 있다며 내 퇴근시간을 물었다. 내가 정 바쁘면 진우를 데리고 모임에 참석할 거라고 했다. 나는 나중에 전화를 하겠다고 했다.

진동음에 놀라 미처 상대방을 확인할 새도 없이 통화버튼을 건드린 건, 아마도 그날 아침 어머니와의 대화가 얼핏 들었던 잠 속에서 꿈으로 재현되었기 때문일 거다. 내 꿈은 잠에서 깨어나는 것과 동시에 기억에서 사라지곤 했다.

"나야."

전화기를 통해 들려온 J의 음성이 가위에 눌린 채 듣는 환청 같았다.

"그 놈팡이네 건물 앞이야."

겨우 정신을 수습하고 서둘러 전화기를 든 걸 후회해야 했다. 매트리스가 나를 튕겨내듯 일어나 창에 얼굴을 바짝 붙였다. 팔짱을 낀 젊은 여자 둘이 막 가로등 아래를 지나고 있었다. 두 여자가 완전히 자취를 감출 때까지 – 두 여자가 내 시야에서 사라진 것이 어둠 때문이었는지 골목 모퉁이를 돌아서였는지 명확하지 않다. – J의 모습을 찾을 수 없었다. 유리창에 바짝 댔던 이마를 떼자, Q가 책상과 함께 저만치서 허공에 떠있었다.

"왜 이래? 미쳤어?"

나는 휴대폰과 입을 손으로 감싸고 두 Q에게 등을 보이며 말했다.

"너와 그 작자를 함께 만나봐야겠어."

"싫어, 그냥 가! 이미 다 끝난 일이잖아!"

"그 인간이 내 경고를 무시하는 이상 두고 볼 수만은 없지."

"뭐? 무슨 소리야?"

순간, 목덜미로 강한 전류가 지나갔다.

"지수야."

Q가 어느새 내 등 뒤에 와있었다.

"기다리라고 해. 내려간다고."

휴대전화를 든 팔이 힘없이 아래로 떨어졌다. 의자 등받이에 걸어두었던 카디건을 챙겨 든 그가 다시 내게 다가왔다. 그는 내 생리대 심부름을 가기 전에 그랬던 것처럼 내 이마에 입술을 댔다. 그의 입술이 이마 한복판에 닿았다 떨어졌다. 심장이 내려앉는 기분이었다.

"어, 어쩌려고요?"

목소리가 떨고 있다는 걸 말을 한 뒤에야 깨달았다. Q는 어깨를 으쓱해 보였다. 그의 네 손가락이 내 귀 아래로 들어오더니 엄지손가락 끝으로 눈 밑을 부드럽게 쓸었다. 거기서 미세한 경련이 이는 걸 Q에게 들키고 말았다.

"정 안 되면 힘을 좀 써야지."

윙크를 해 보인 그가 목을 좌우로 번갈아 꺾고는 기역 자로 만든 두 팔로 허공에 원을 그리며 성큼성큼 현관문을 향해 걸었다. 막 현관 문지방을 넘은 Q가, 뭔가를 빠뜨린 듯 멈춰서더니 내게 시선을 주었다. 나를 바라보며 잠시 생각에 잠기는가 싶던 Q는 현관문을 열어둔 채 계단을 내려갔다. Q가 사라지고 현관의 센서등이 꺼지자 직사각형의 현관 문틀 안은 실내에서 새어나간 빛을 반사하는 흰색 벽으로 채워졌다. 커다란 도화지.

J의 집요함에 현기증이 났다. 도대체 무슨 생각일까? 깊은 고민을 거듭해 머리를 쥐어짜다 보면 어찌어찌 여러 개의 추론이 떠오르기 마련이지만 (이로 인해 또 다른 번민에 빠져 갈팡질팡하게 되지만) J의 경우는 힐베르트의 문제지와 마주한 것처럼 머릿속을 하얗게 할 뿐이었다. Q가 현관문 앞에서 멈춰 나를 바라보던 장면이 하얘진 머릿속에 잔상처럼 나타났다. 나는 화장실로 가 찬

물을 틀어 세수를 했다.

먼저 나를 발견한 건 J였다. J는 살기를 띤 눈으로 나를 쏘아봤다. 남편이 불륜의 증거를 거머쥐었다며 내게 보였던 눈빛과 같은 듯 달랐다. 이런 차이는 어디에서 연유하는가? 나는 J와 마주 앉은 Q의 어깨를 넘어 나를 향해 날아든 J의 시선에 맞서며 Q의 옆자리에 앉을 때까지 그런 생각을 했다. J라는 객체와 나라는 주체, 그리고 기타의 모든 것들, 그들과의 사이에서 나를 혼란하게 하는 갖가지 감상들.

Q는 내가 자신의 옆에 앉을 때까지 미동도 하지 않았다. 마치 내가 오리라는 것을 알고 있었던 것처럼.

"그림 좋네."

녀석이 이죽거렸다. J는 불행해진, 자신과 나의 현실을 스스로 조롱하고 있었다. 그것이 J의 목적이었나? 내가 막 입을 떼려는데 (나는 무슨 말을 하려 했지? 욕설 비슷한 게 아니었을까?) Q가 내 앞 테이블 위로 팔을 뻗었다. 아직 Q와 J사이에 본격적인 대화가 시작되지 않은 듯했다.

"못 다한 얘기가 있나?"

J의 시선이 Q에게로 옮겨갔다.

"지난 번 약속대로 처신하라는 겁니다."

"약속? 우리가 약속을 했었던가?"

J가 억울하다는 표정으로 나와 Q를 번갈아 쳐다봤다. 그는 내가 무슨 얘기라도 해주기를 바랐을까? J는 분명 당황하고 있었다. 그는 나와 있었던 일들을 Q에게 일러바치면서 나와 Q사이에 분란이 일어나기를 의도했다. 하지만 내가 자신과 Q가 만났다는 사실조차 알지 못한다는 걸 눈치채고 혼란스러워지기 시작한 것임에 틀림없었다.

"제가 했던 얘기들, 기억은 하시죠?"

J는 다시 한번, 나와 자신 간에 있었던 일들을 Q가 알고 있다는 걸 강조했다.

"글쎄, 많은 얘기를 들었던 것 같긴 하지만, 그게 내 기억력을 테스트 하기 위해서였는지는 미처 몰랐군. 자네가 뜬금없이 나를 찾아와서는 지수와 관련해 할 얘기가 있다고 해서 자네 얘기를 들었을 뿐이었네만."

"이거, 이러시면……."

J가 주먹을 쥐었다. 그는 안간힘을 쓰고 있었다. Q는 J의 손이 모양을 바꾸는 걸 지켜보며 말했다.

"내가 원해서 들었던 것도 아니었고 내가 알고자 했던 내용이 없었으니 기억하고 안 하고는 내 마음이라고 생각하네."

"제가 지수를 가정으로 돌려보내야 한다고 했을 때 알겠다고 했죠?"

어이가 없었다. J는 나를, 한때 자신의 소유라고 여겼던 여자를, 불행하게 하는 방법을 알고 있었다. 어떻게 하면 내가 더 불행해지고 비참해질 수 있는지를 본능적으로 감지하고 있었던 것이다. 그의 아버지로부터 물려받은 유전자 덕분에. 교활한 Y염색체.

가슴 한 구석에서 불길이 일었다. 그걸 살의라고 하는 걸까? J가 영원히 이 세상에서 사라졌으면 하는 생각마저 들었다. 생존본능. 불행을 거부하기 위한 몸부림. 나 역시 본능에 의존해야 했다. 나를 그대로 내버려두었다면 무슨 일을 벌이기는 벌였을 거다. Q가 입을 열었다.

"그렇네."

Q가 J의 말에 동의를 한 걸까? 잠시의 혼란.

"지금이라도 이 시간이라도 사용해 자네가 하고 싶었던 얘기를 하게. 여기 당사자인 지수도 있으니. 지수가 그걸 원하는지는 별개지만 말이야."

J는 기가 막힌다는 듯 헛바람 소리를 두어 번 냈다.

"지금 뭐 하자는 겁니까? 나잇살이나 처먹은 양반이 어린 여자를 옆에 앉혀놓고? 지나가는 사람들을 붙잡고 물어보자고요. 지금 상황이 가당키나 한지?"

"유감스럽게도 난 이 문제에 제3자를 끌어들이고 싶은 생각이 없네. 그리고 오늘 자네가 여길 방문한 이유가 지수와 나 간의 일 때문이라면 자네에게도 해줄 얘기가 없어. 나와 지수 사이에 자네는 물론 그 누구도 끼어들게 하고 싶지 않단 말이야. 굳이 일부러 묻지 않아도 자네와 그 사람들이 내놓을 답은 이미 알고 있으니까."

"답을 알고 있다고요? 알면서도 계속 이 짓을 하겠다."

"옳은 답이라고는 하지 않았어!"

Q가 언성을 높였다. J가 잠시 주춤하는 사이 Q의 말이 이어졌다.

"나는 다수 사람들이 어떤 한 의견에 동의한다고 해서 그들을 순순히 따라야 한다고 믿는, 자네 같은 사람이 되지 못하네. 그렇다고 체재 부적응자나 아나키스트까지는 아니네. 나는 그저 사람들이 그럴싸하다고 생각해 오랫동안 되풀이해온 일이 진작부터 잘못되었다는 사실을 깨달은 사람 중의 하나일 뿐이야. 물론 나와 같은 생각을 가진 사람들이 나 하나만은 아니라는 것도 알고 있어. 그렇다고 과거의 오류를 알게 된 사람들이 자신들의 잘못을 인정하고 바로 잡으려 드느냐 하면 결코 그렇지 않다는 것도 알아. 기왕에 익숙해진 대로 처리하는 게 편리하기도 하고, 이미 그로 인해 상당한 이익을 본 사람들이 이제 와서 태도를 바꿔서 생길 손해를 감수하려 들지 않을 테니까.

자네는 내가 자네와 같은 부류의 사람들과 한통속이 아니라는 게 불편하겠지. 자네 역시 그 사람들의 잣대를 들이대 나를 비난하겠다면 그렇게 하게. 하지만 이 문제를 생면부지의 사람들 면전으로 끌고 가겠다고 나를 강요하지는 말게. 설령 개중에 마음을 바꿔 내 편이 되어주겠다는 사람이 있다 해도 말이야."

J의 목젖이 움찔거렸다.

"자네의 심각한 질투심을 이해하지 못하는 바는 아니네. 하지만 거기에 어떤 숭고한 동기가 있는 것처럼 떠들지는 말게. 자네가 강조하려는 게 뭔지를 굳이 내 입으로 말하지 않아도 되겠지? 그럴수록 비참해지는 건 자네일 테니까. 자넨 그저 자네에게 순종하던 한 여자가 돌연 태도를 바꾸는 바람에 심술이 났고, 새로운 남자까지 등장해 자존심이 지독하게 상한 것 그 이상도 이하도 아니야. 지수가 지금 당장 자네를 따라 나서겠다고 하면 나도 자네가 지금 겪고 있는 것과 비슷한 감정이 들 테지. 하지만 그렇다고 내가 어쩌겠나? 자네도 내가 어쩔 수 없는 거랑 똑같아. 지수의 자리는 지수가 알아서 선택하도록 내버려 두게."

"마치 내 속에 들어와 본 것처럼 말하는군요."

"자네가 지금 한 말에 대해서는 좀 더 자신 있게 말할 수 있지. 내가 자네 마음을 읽을 수 있는 건 내게 특별한 능력이 있어서가 아니야. 내가 자네와 같은 남자이기 때문이지. 대한민국에서 살아온 평범한 남자라는 공통점만으로 자네 생각을 읽어 내는 건 충분해. 자네는 지수가 자네를 배신을 했다고 생각할 테지. 그게 뭐지? 말해보게. 사랑? 믿음? 아니면 지수가 법을 어기기라도 했나? 그럼 자네는 지금껏 살아오는 동안 몇 번이나 배신을 되풀이했는지 세어보기는 했나? 자네 역시 부인에게 사랑을 약속했을 테고, 수많은 하객들을 불러모은 자리에서 소위 결혼 서약이라는 신성한 의식까지 치르지 않았나? 아이에게는 아버지로서 책임을 다하겠다는 다짐도 했겠지? 친구와는 평생 함께하자는 우정을 맹세했을 테고. 어때, 그게 모두 지켜지고 있나? 그런데도 불구하고 지수를 여기 삼청동 낭떠러지 아래로 떠밀려고 한다면, 나는 당장에 경찰을 부를 거야. 알겠나?"

J의 쥐었던 손에서 힘이 풀리고 얼굴이 경직되고 있었다.

"욕망에 굶주려서든, 고매한 사상과 인격에 홀려서였든, 시작 때 그랬던 것처럼 지금 역시 상대를 배려해주게. 둘 간에 어떤 약속이 있었든 미래의 문을 걸어 잠가서는 아무런 답을 찾을 수 없어. 누가 되었든 언제고 스스로 문을 열고 걸어 나갈 수 있는 거야. 물론, 지금 당장은 지수가 먼저 그 문을 열어 뛰쳐나갔다는 사실을 인정하기 어렵겠지. 열쇠는 항상 자네 호주머니에 있었을 테니까. 하지만 시간은 모든 자물쇠를 무용지물로 만드는 법이야. 그것이 옳고 그른지를 단언할 수 있는 사람은 없어. 그리고 그래서는 안 된다는 게 내 생각이네."

모두 한순간 입에 자물쇠를 채운 듯 조용해졌다. 그리고 Q의 말대로 자물쇠는 곧 무용지물이 되었다.

"이렇게 주둥이를 깔게 아니라 혼자서 차분하게 생각할 시간을 가져보게. 누군가 자네를 지켜보고 있을 거라는 생각은 버리고 말이야. 다른 사람들은 자네가 여자에게 차였든, 반대로 자네가 여자를 찼든 아무런 관심이 없어."

J는 Q의 말이 테이블 위에 차곡차곡 쌓여있기라도 한 듯 한참 동안 테이블 위에서 눈을 떼지 못했다. Q가 경찰이라는 말을 언급한 뒤로 J는 완전히 기가 꺾였다.

"지수에게 할 말이 남았다면 하게."

Q가 몸을 일으켰다. Q는 J가 눈치채지 않도록 내게 윙크를 했다. 자리를 뜨려던 그가 뭔가를 빠뜨린 듯 동작을 멈췄다.

"그리고, 자네……."

Q가 J를 지목했다. 놀란 J가 고개를 들어 Q를 올려다봤다.

"앞으로는 자리 값은 하고 가도록 하게. 내가 자네 커피값까지 계산하는 건 오늘까지만이야."

Q가 자리를 떴다. 계단을 오르는 Q의 발소리가 들렸다. 점점 작아지는 Q의 발소리를 듣고 있자니 애가 탔다. J에 대한 원

망은 커져만 갔다. 나와 J, 모두 입을 다물었다. 나는 녀석을 봤다. 다시 테이블 위에 시선을 두었던 녀석이 고개를 들어 서너 번 눈을 깜박였다. 이제 더 이상 아무 것도 남아있지 않다는 걸 J도 인정하는 듯했다.

"갈게."

J가 주섬주섬, 가방과 벗어 놓았던 양복 상의를 챙겼다. 오랫동안 햇볕에 널어놓은 무말랭이마냥 비틀어진 얼굴로 자리에서 일어섰다.

출입문에 걸린 풍경소리가 잦아들 때까지 J와 나는 서로를 돌아보지 않았다. 풍경소리가 텅 빈 카페 안을 한동안 떠다녔다. 녀석은 그렇게 가버렸다. 이제 그는 새로운 이야기를 만들어야 할 거다. 혹, 직원들 사이에서 나에 관련된 얘기가 나올 때를 대비해서.

'아, 걔, 잠깐 만났었지. 내게 참 헌신적이었는데……. 하지만 가정을 가진 남자가 그걸 날름 삼킬 수 없는 노릇이잖아? 잠시 혼란스러웠던 건 사실이지만, 결국 그녀의 유혹을 뿌리쳤지. 그녀를 잘 타일러 가정으로 돌려보냈어야 했는데…….' 그 이상을 물어오는 사람이 있다면 '아, 그녀의 프라이버시를 존중한다면 더 이상을 알려고 해서는 안 되는 거야. 난 그저 그녀가 행복하기만을 빌 뿐이라고.' 아마도 그 순간 J는 음유시인의 표정을 흉내 내고 있을 거다.

　3층 현관문은 여전히 열려있었다. J가 사라지며 낸 풍경소리
는 Q에게도 닿았을 거다. Q는 책상 앞으로 돌아가 있었다. 나
는 되도록 천천히 계단을 올랐다. Q와 어떤 말로 대화를 시작
을 해야 할지를 궁리해야 했다. J와는 이미 오래 전에 끝장난 것
과 다름없는 관계라고, 그리고 미처 사실을 털어놓지 못해 미안
하다는 말을 한 뒤, 그가 J의 존재를 알고도 침묵한 이유와 J와
어떤 내용의 대화를 나누었는지를 물어야 했다. J가 이렇게까지
굴었다는 건 많은 얘기를 털어놨다는 걸 의미했다. 내가 자기로
인해 임신을 했었다는 것부터, 어떤 자세로 얼마나 자주 섹스를
했었는지, 그리고 섹스 중에 내가 어떤 반응을 보이는지도. 뿌
드득 하고 어금니 깨무는 소리가 났다.
　현관문 앞에 이르렀다. 문틀 안에 그의 사무실 전체가 들어있
었다. 그리고 Q가 거기에 들어있었다. 인기척을 느낀 Q가 의
자를 틀어 나를 향했다. 그가 손짓을 해 나를 불렀다. 나는 사무
실 안으로 들어섰다. 그는 내가 어떤 말을 해야 한다는 강박에
서 구해주곤 했다. 그때도 그랬다. 내가 Q에게로 다가가는 사
이 그가 얼마 전 새로 맞춘 붉은 빛이 도는 타원형 뿔테 안경을
벗었다.

몇 주 전 한참 서적을 뒤적이던 Q가 노안이 심해진 것 같다는 말을 하며 쓰고 있던 안경을 벗었다. Q가 눈가에 주름이 패도록 눈을 감고 마른세수를 하는 걸 목격했다. 다음 날, 나는 그를 내 사무실 앞으로 불러냈다. 나는 그를 거래처가 운영하는 안경점으로 데려갔다. 그리고 그가 편히 작업을 할 수 있도록 다초점 렌즈를 주문했다. Q가 방금 벗은 안경테는 그날, 그곳에서 내가 고른 거였다. 시력검사를 마친 Q에게 미리 골라 놓은 안경알에 직접 다리를 이은 무테 안경과 타원형 안경테를 보여주었다. 내심 내가 바란 대로, 붉은 빛이 도는 타원형 안경테가 낙점되었다. 그가 완성된 안경을 쓰고 내게 어떠냐고 물었다. 그의 거울이 만족스러운 미소를 지어 보여 답을 대신했다.

Q가 일어나 간이의자를 책상 옆으로 옮겨놓았다. 내게 다가온 Q가 내 양 어깨를 가볍게 쥐어 간이의자로 이끌었다. Q가 초콜릿이나 막대사탕을 내 손에 쥐어주었다면 나는 영락없이 토라진 진우였고 그는 나였다.

"나한테 노안이 왔다는 건 알고 있지? 가까운 것을 제대로 볼 수 없다는 건 정말이지 우울한 일이야."

그가 웃어 보였다. 내 손등 위에 Q의 손이 얹혀졌다.

"비밀을 가지게 되면 외부와 등지게 되는 건 어쩔 수 없어. 비밀을 지키기 위해 비밀을 공유한 사람을 뺀 나머지 사람들 모두를 적으로 만들어야 하잖아? 범법행위가 아닌 이상 비밀을 간직한 사람들은 자신들끼리 즐기는 은밀한 해방감만으로 한동안은 충분한 위안을 삼을 수 있겠지. 하지만 시간이 흐르면서 그들 사이에 균열이 생기는 건 불가항력이야. 아까 말했듯이 시간은 무쇠로 만든 자물쇠도 녹여버리거든. 문제는 비밀을 알게 된 적들이 가만히 있으려 하지 않는다는 거야. 그들은 약자를 희생양 삼아 공격하기 마련이거든."

Q는 뭔가 더 할 말이 있는 듯싶었지만 나를 쳐다보기만 한 채 내 손을 두어 번 두드렸다.

"나는 그것이 옳다고 생각하지 않아. 그건 불공평한 일이니까."

그는 그렇게만 말을 했다. 그가 하고 싶었던 말의 전부가 아니었던 건 분명했다. Q는 나를 걱정하고 있었다.

모 일간지 사회면에 Q와 관련된 기사가 실렸다는 걸 알게 된 건 그로부터 며칠이 지나서였다. 나는 그를 취재하기 위해 기자가 그의 사무실을 방문했다는 사실조차 알지 못했다. 기사는 서울시에서 진행 중인 도심 재개발 사업을 구역별로 나누어 시리즈 형식으로 연재됐다. 그날의 기사는 북촌 일대에 관련된 것이었다. 시민들에게 다양한 문화를 접할 기회를 제공하려는 목적이라며 시에서 추진 중인 여러 방안들이 소개되었다.

기사 말미에 과거 역사선생이었으며, 현재 아마추어 사진작가로 활동 중이라며 Q를 소개했다. Q가 오래 전부터 서울, 특히 북촌 일대에 관심을 갖고 있었으며 그 지역의 모습을 꾸준히 카메라에 담아왔다고 설명했다. 기사를 읽고 나자 그의 아파트의 암실이 생각났다. 암실에서는 기사에서 언급한 서울 일대의 풍경사진을 볼 수 없었다.

●

Q

    그 사람을 만난 건 축제에서였어. 동아리에서는 답사했던 유적지를 찍은 사진 중에 괜찮다 싶은 걸 골라 짤막한 주석을 달아 엽서를 만들어 팔기로 했지. 관광지 근처에서 흔하게 볼 수 있는 그걸로 떼돈을 벌 거라고 기대했던 사람은 아무도 없었지만, 막상 시작을 하고 보니 실상은 예상했던 것보다 훨씬 처참했어. 축제가 마지막 날 오후가 되었는데도 외상으로 달아둔 인쇄비조차 충당할 수 없는 지경이었으니까. 엽서에 인쇄된 사진들 대개가 내가 촬영했던 것이어서 그랬던 건지 모르겠지만 그날 오후에 가판대를 지키는 사람이라곤 나 혼자뿐이더군.

    그 해에 크리스마스카드는 물론 연하장까지도 따로 돈을 들일 필요가 없겠다며 한숨을 쉬고 있는데, 동아리 여자 후배가 그녀를 데리고 나타났어. 나는 그녀가 인정상 친구 손에 이끌려 왔을 거라고 생각하고 건성으로 그녀를 대했어. 그녀는 지적인 외모에 검은색의 얇은 뿔테 안경을 쓰고 있었어. 장거리 달리기 선수를 연상케 하는 탄탄한 몸매가 지적으로 보이는 외모와 대비돼 묘한 매력을 풍기기는 했지. 그런데 엽서를 뒤적이던 그녀가 자기를 데려 온 후배에게 이렇게 말하는 거야. '정말 현장에서 직접 찍은 게 맞아? 왠지 세월의 무게가 느껴지지 않아.'라고. 나는 그 순간 그녀에게 매료됐지.

사실을 말하자면, 엽서에 인쇄된 사진들 중 일부는 현장에서 직접 촬영한 게 아니었거든. 사진을 선별하는 과정에서 왠지 우리가 가진 것들 만으로는 부족하다는 느낌을 떨칠 수가 없었거든. 나는 도서관에서 유명 사진 작가의 작품집을 빌려와 이거다 싶은 것 몇 개를 골랐어. 그러고는 그것을 내 카메라에 옮긴 뒤 다른 것들과 함께 인쇄소에 넘겼었거든. 그녀는 그걸 알아낸 거야.

내 사진 기술은 그 사람을 만나면서 아마추어 수준을 벗어나기 시작했어. 그래, 그것도 사랑의 힘이라고 하면 그렇다고 해두지. 그녀는 내 사진에 생명력을 불어 넣는 가이아이자 전속 모델이었어. 내 카메라 렌즈 앞에 서는 걸 조금도 주저하지 않던 그녀 역시 사진술에 관심을 가지기 시작했지.

우리는 카메라를 메고 발길 닿는 대로 걷고 셔터를 눌러대며 데이트를 했어. 결혼한 후에도 한동안 연애시절에 했던 것처럼 우리 앞에 놓인 모든 것들을 카메라에 담았지.

나는 Q에게 "많이 사랑했었나 봐요?"라고 묻고 싶었다. 하지만 그런 질문 따위는 필요없었다. 그의 얼굴에 나타난 행복감은 그녀를 향한 그의 애정이 과거형이 아닌 현재 진행형이라는 걸 알게 하기에 충분했다. 그로 인해 내가 의기소침해지는 일은 일어나지 않았다. 나는 계속해서 그의 얘기를 듣고 싶었다.

"아이를 가지게 되면서 그 사람과 함께 취미생활을 즐기는 건 잠정적으로 중단이 되었어. 그리고 만삭이었던 그 사람을 집에 두고 북한산에 올라 셔터를 눌러대고 돌아온 겨울의 어느 날이었어.

집으로 돌아와 보니 아내가 암실로 꾸민 방에 있더군. 일전에 봤지?"

나는 고개를 끄덕였다. Q가 입가에 머리카락처럼 가는 미소가 머금어졌다.

"그녀는 내 반팔 남방만을 걸친 채였어. 막 정착액에서 꺼낸 인화지에 그녀가 있었어. 커다랗게 부푼 배를 한 전라의 여자. 나를 발견한 그녀가 내게 그러더군. 왠지 내가 사라지고 있는 것 같아, 라고. 나는 임신 중인 여자들에게서 나타나는 일시적인 우울증 같은 거라고 여기고 상투적인 말로 그녀를 달랬어. 내 말을 듣는 둥 마는 둥 한 그녀가 잠시 뭔가를 생각하는 듯하더니 내게 카메라를 쥐어 주더군. 그리고는 자신의 모습을 카메라에 담아달라고 부탁했어. 그거야 뭐, 늘 해왔던 일이었으니까."

"하지만 그녀의 우울증을 달래기에는 내 말도 카메라 앞에 서는 것도 도움이 되지 못했어. 그녀가 낙담한 표정으로 이러더군. 당신은 나를 마치 사물을 대하듯이 하네. 나는 좀 당황했던 것 같아. 나는 그녀의 말을 부인했지. 그녀가 이번엔 섹스가 하고 싶다고 하더군. 임신 중에는 위험하다고 했지만, 그녀는 막무가내였어. 그녀는 내 페니스를 꺼내고 입으로 세워주었지. 하지만 삽입하고 얼마 안 돼 출혈이 보이는 통에 그 짓을 멈춰야 했어. 그녀는 내게 뭔가를 원하고 있었던 거야."

그는 당시 그것을 알아차리지 못했다는 걸 인정하듯 짧게 턱을 좌우로 흔들었다. 지금은 그것을 알게 되었을까?

"아이를 낳고 나자 그 친구는 그런 일 따위는 모두 잊어버린 것처럼 자신의 일로 돌아갔어. 나 역시 시간이 해결해줄 거라고 믿었고, 실제로 내 믿음이 옳았다고 생각했지. 그녀는 입시를 앞둔 3학년 담임을 자처했고, 수학서적과 새벽까지 씨름을 하는 알을 밥 먹듯 했지.

그리고 몇 년이 지나, 그녀는 학교에 사진 동아리를 만들 생각이라며, 예전에 사용하던 카메라를 꺼내 손질을 하더군."

잠시 말을 멈춘 Q의 입가에 여전히 실낱같은 미소가 머물러 있었다.

"내가 촬영한 것이 아닌 그녀의 사진을 발견한 건 그 후로 삼 년이 지나서였어. 처음 발견한 사진에서 그녀는 실오라기 하나 걸치지 않은 몸으로 자신을 향한 카메라 렌즈를 바라보고 있었지. 그리고 시간이 지나면서 사진 속에는 그녀 외에 다른 사람이 등장했어. 벌거벗은 그녀와 어린 남자……."

그의 입가에 머문 미소가 사라지지 않기를 바랐다. 그가 그런 나를 바라보며 말을 이었다.

"나는 드디어 네모난 쪽지를 찾아냈어. 그래, 그 사진들을 보고 난 뒤부터 아내 모르게 그녀의 소지품을 뒤지곤 했던 거야. 그래도 난 스스로를 신사적이라고 생각했었는데……. 아니 신사라는 말 속에는 원래부터 위선적인 요소가 담겨있어. 신사란 탐욕스런 권력욕, 특권의식 같은 걸 위장하기 위해 만들어낸 말쑥한 말이지.

학생들이 수업시간 중에 저희들끼리 돌려보려는 의도로 접은 쪽지가 아내의 가방 속에서 나왔어. 그 왜 사각형에 두 귀가 달린 듯한…….

노란 색 메모지에는 '지난번엔 정말 환상적이었어요. 그 순간을 생각하면 잠을 이룰 수가 없어요. 우리, 다음 번엔 더 나아가요.'라고 적혀있었어."

말을 마친 그가 짧게 중얼거렸다. 채 일 미터가 안 되는 거리에 있었던 내게 들리지 않았던 건, 그가 의도적으로 소리를 낮췄기 때문일 거다. 그게 아니라면, 말을 마친 그의 입술이 미세하게 떨리는 것을 감지한 내가 착각을 한 것일 수도 있다. 어쨌든 그는 쪽지의 주인을 기억하고 있었다.

"원래 상태로 되돌려 놓으려고 했지만, 그게 쉽지 않더라고. 나는 내 감정을 잘 다스리고 있었어. 혹시나 하는 마음에 메모지를 든 손을 살폈지만 떨거나 하지 않았다고. 허락 없이 남의 것에 손을 댔다는 죄의식 같은 건 없었단 말이야. 하지만 아무리 펼쳐보기 전의 모양을 만들려고 해도 자꾸만 이상해지는 거야. 나중에는 내가 이전의 모양을 제대로 기억하고 있는 건지조차 의심이 들 정도였어. 하지만 그건 학생들에게서 흔하게 발견되는 쪽지였어. 결국, 비슷하다 싶은 모양이 되기는 했지만 분명히 내가 풀기 전의 상태와 똑같다고 할 수는 없었어. 그게 나를 더욱 불쾌하게 하더군. 불과 몇 분 전의 일을 내가 기억하지 못할 리는 없지."

그의 얼굴에서 더 이상 미소를 찾을 수 없었다. 그는 자신의 이야기에 집중했다.

"나는 놈을 찾아 나서기로 했어. 옷장을 열어 가장 최근에 산 양복을 꺼내 입고, 바로 직전 스승의 날에 반 아이들에게 선물로 받은 넥타이까지 챙겨 매고 집을 나섰어. 버스정류장으로 가는 도중에 약국에 들러 청심환 두 알을 사는 것도 잊지 않았지. 그 자리에서 한 알을 입에 넣었어. 남은 한 알은 나중을 - 지금 생각하니 무슨 일을 상상하고 있었던 건지 모르겠군. - 대비해 양복 안주머니에 챙겨 넣었어. 한여름에 정장 차림을 하고 청심환을 씹고 있자니 온몸이 뜨거워지더군.

정류장에서 버스를 기다리던 젊은 남자를 발견하고 버스노선을 물었지. 젊은 남자가 아내의 학교로 가는 버스 노선을 알려주면서 인상을 찌푸린 건 내게서 청심환 냄새가 풍겼기 때문이었을 거야.

학교 정문이 보이는 널찍한 골목 어귀에 닿으니 길가에 늘어선 상점들 중에 낡은 간판을 단 문구점이 유독 눈에 띄더군. 청심환이 약효를 발휘해선지 또 다른 묘안이 떠올랐어. 문구점 안으로 들어가 제법 값비싼 만년필을 골라 문구점 주인에게 제일 좋은 포장지로 포장을 하라고 명령조로 부탁을 했어. 포장지 위로 노란색 리본 장식을 두르는 것도 잊지 않았고. 나는 그걸 손에 들고 교실 정문을 통과했어. 학교 운동장에는 체육 수업 중인 아이들이 있었지. 이런저런 핑계를 댄 선생에게 열외를 허락받은 아이 서넛이 학교 담벼락 가까이에 선 버드나무가 만든 짤막한 그늘 아래에 앉아 노닥거리는 게 눈에 들어오더군. 나는 아이들에게로 다가갔어. 범인의 이름을 대고 행방을 물었어. 물론 이미 알고 있었지만, 들고 있던 선물상자를 흔들어 보일 필요가 있었지. 아이들은 앉은 채로 나를 올려다봤어. 나뭇잎 사이를 관통한 햇볕 때문에 게슴츠레해진 눈이 마치 나를 경멸하는 것처럼 느껴지더군.

나는 운동장을 가로질렀어. 긴 챙모자를 쓴 체육선생이 호루라기를 불어대고 아이들은 호루라기 소리에, 마지못해 흐느적거리듯 팔다리를 놀리고 있었어. 매미들이 호루라기 소리에 놀라 도망을 갔는지 그맘때면 들려와야 할 매미소리를 들을 수가 없더군. 해가 얼마나 뜨겁던지. 땀이 눈으로 들어와 운동장 한가운데쯤에서 멈춰섰어. 손수건을 꺼내 눈가를 훔치고, 원망스럽게 하늘을 쳐다보니 눈을 뜰 수가 없더군. 한동안 선 채로 비가 내렸으면 좋겠다고 빌었다면 믿겠어? 아니, 아내가 나를 발견하기를 기다렸는지도 모르지. 하지만 너무 더웠고, 내가 통과한 학교 정문은 저만치에 있었고 건물 안으로 들어가는 문이 코앞이었지. 내가 어떻게 다른 선택을 할 수 있었겠어?

복도에서 창문 너머로 교실 안을 살폈어. 그렇게 한데 모아놓으면 대개가 비슷비슷하게 보이는 법이지만, 특히 그맘때의 아이들은 더욱 그래. 이제 막 지표면을 뚫고 올라온 풀들이 그렇듯이. 사진 속에서 봤던 녀석의 모습을 떠올리며 열심히 눈동자를 굴렸지만 도무지 사진 속의 얼굴을 찾아낼 수 없더군. 아마도 사진 속 세계에서는 색이 생략되었기 때문일 거야. 그녀는 언제나 단조로운 것을 좋아했으니까. 화려한 색채는 너무 많은 의미가 뒤섞여 오히려 사실을 왜곡한다나? 거야 뭐 각자의 취향에 따른 걸 테지만……"

"그 와중에 나와 눈을 마주친 몇 놈이 나를 곁눈질하며 옆자리 친구와 수군거렸어. 그러자 놈들이 교단에 선 선생을 상대로 했었을 음탕한 상상들이 눈앞에 어른거리고, 가슴이 답답해지더군. 아내가 아이들의 상상을 교묘하게 이용해 현실로 유혹했다는 생각도 들더군. 시뻘겋게 달군 쇠막대가 심장 한가운데를 파고드는 것 같았어. 손을 가슴에 가져가 두드렸어. 안주머니에 든 청심환이 느껴지며 조금은 안심이 되더군.

차임벨 소리가 들리자, 곧 교실문이 열리면서 와자지껄 들려오는 사내녀석들의 소리와 함께 남자 선생이 나왔어. 선생이 나를 발견하고는 정중한 태도로 용건을 묻더군. 겨드랑이 사이에 출석부와 함께 윤리교과서가 끼워져 있었어. 나는 학생의 이름을 대고 노란 리본을 단 선물 상자가 선생의 시야에 들도록 자연스럽게 손을 놀렸지. 선생이 교실 안에다 대고 녀석의 이름을 외쳤어. 그리고 그가 든 훈육봉이 위아래로 서너 번 까딱거렸지. 잠시 후 이름의 주인이 불려 나오자 선생은 내가 왔던 복도를 따라 자리를 떴어.

코 밑에 꺼뭇해지기 시작한 수염이 유난히 붉은 입술과 대비를 이루는 걸 제외하면 평범해 보이는 녀석이었어. 붉은 입술 탓인지 그 녀석과 사진 속의 인물을 일치시키는 데는 시간이 조금 필요했어.

눈높이가 나보다 한 뼘 이상 높은 녀석이 그 또래 남자아이들 특유의 나른한 눈으로 나를 내려다보면서 무뚝뚝한 어투로 묻더군. 무슨 일이세요? 자네 수학선생 때문에 왔다고 했더니, 그제야 눈동자를 좌우로 움직여 짧게 주위를 훑었어. 당황해서가 아니라 적당한 장소를 생각해내기 위해서였어. 비로소 녀석이 내가 찾던 녀석이라고 확신할 수 있었지. 조용한 데로 가시죠, 라고 말한 녀석은 남자 선생이 선택한 복도의 반대편으로 앞장서 걸어갔어.

녀석은 교정 후미의 구석진 곳에 지어진 창고와 담장 사이의 좁다란 공간으로 나를 데려갔어. 먼저 도착한 녀석이 안쪽 깊숙한 곳에 자리를 잡고는 벽에 등을 기댄 채, 뒤따르는 내가 다가오는 걸 빤히 쳐다보고 있었지. 좁다란 공간 안으로 들어서니 제법 서늘하더군. 폭이 일 미터가 조금 넘을 듯한 공간이었는데 녀석이 서있는 곳 바닥에 담배꽁초가 여럿 보이더군.

말씀하세요. 내가 적당한 거리를 두고 서자 녀석이 입을 열었지. 나를 배려하는 듯한 말투가 비위에 거슬리더군. 나는 100m 달리기 출발선에 선 것처럼 어떤 신호음이 들려오기를 기다렸지. 녀석은 자신의 이름표에 고정된 내 시선과, 침묵이 거북했는지 머리를 숙여 자신의 이름표를 내려다보고 허벅지 옆에 나란히 두었던 두 손을 등 뒤로 옮겼어. 시간 없어요. 그게 출발 신호였지. 나는 준비했던 선물상자를 녀석의 가슴팍에 내밀었어. 순간 놀란 녀석이 몸을 움찔하는 바람에 나도 덩달아 놀라 하마터면 손에서 선물상자를 떨어뜨릴 뻔했어. 서로의 눈이 마주쳤지. 녀석의 한쪽 입 꼬리가 실룩거렸어. 녀석의 올라간 입 꼬리 때문에 내 척추가 부르르 떨렸어. 그리고 온몸의 근육이 팽팽해졌지.

이게 뭐예요? 받아, 그리고 더는 일 벌이지마. 내가 두고 보는 건 여기까지야. 나는 녀석을 노려봤어. 녀석이 벽에 붙였던 등을 떼고 노란 리본을 단 레드카드를 밀어내더군. 학생, 제 정신이 아니군. 난 지금 네 인생을 두고 흥정하는 거야. 나는 녀석에게 말할 기회를 주고 싶지 않았어. 빨리 끝내고 싶었지. 내 인생이 아닌 네 것만 흥정거리가 되는 거야. 불공평하다고 생각해선 안 돼. 네가 저지른 짓이 있으니까. 네가 겁도 없이 눌러 댄 카메라 셔터로 인해 넌 끝장을 볼 수도 있어. 아이가 한 말이 라곤, '당신은, 그 사람하고는 많이 다르군요.'가 전부였어. 대 수롭지 않다는 투였지. 대수롭지 않은 듯한 말투도 말투였지만, 선생에게 '그 사람'이라니? 순간 꼭지가 돌더군. 착각하지 마. 이 개자식아! 네가 '그 사람'이라고 부르는 여자가 언제까지 너를 상대해줄 거라고 생각해? 이 자식이 상황도 모르고 날뛰고 있 어! 그 여자도 피치 못해 얽혀버린 이 일로부터 벗어날 궁리 중 이라고. 내가 너를 어떻게 알고 왔을 것 같아? 말해주지. 어제 네 여자와 침대에서 한바탕 뒹굴고 났더니 눈물을 펑펑 쏟더군. 그리고 너하고 벌인 일들을 털어놓았다고. 묻지도 않은 네 이름 을 부르더니 자신이 찍힌 필름들이 네 수중에 남아 있다면서 그걸 회수해달라며 참회의 눈물을 흘렸다고! 나는 순식간에 거짓말을 꾸며대고 포장된 만년필과 내 눈을 녀석의 코앞에 들이댔어. 당 장 내 여자의 사진과 필름을 내놓고 공부나 해, 이 호로자식아! 수업 시작을 알리는 소리가 들렸어. 상체가 기울고 머리가 깊게 떨어져 더 이상 놈의 얼굴을 볼 수 없었어. 녀석의 어깨가 낮아 진 걸로 봐서는 아마도 무릎이 꺾여있는 것 같았어.

녀석이 그게 전부예요, 라고 묻더군. 나는 무슨 말인지 알지 못했어. 그럼, 뭐가 더 있기를 바라? 개자식아, 라고 말했지.

9999, 사진부, 사물함 비밀번호예요. 나는 준비했던 선물 상자를 녀석의 가슴팍에 찔러 넣고 돌아섰어. 나는 그 길로 녀석의 사물함을 찾았어. 안에 있던 필름과 사진들을 - 녀석의 카메라도 거기에 있었어. 카메라를 열어 안에 든 필름도 회수했지. - 몽땅 가지고 집으로 돌아왔어. 나는 그게 전부라고, 일은 끝난 거라고 생각했어. 하지만 그 새를 참지 못하고 녀석은 또 다른 일을 벌였지…….”

Q가 손을 모아 깍지를 꼈다. 깍지 위에 입 바람을 불었다.

“몹쓸 놈. 내게서 받은 만년필 끝을 자신의 목에 겨누고 벽을 향해 돌진한 거야. 아직 남을 향해 칼을 겨눌 생각 같은 건 해본 적이 없었을 나이였으니까.”

Q가 눈을 질끈 감고 양 손바닥으로 얼굴을 문질렀다. 그는 그날의 일을 후회하고 있었다. 나는 그의 손을 잡아주었다.

“그날따라 일찌감치 퇴근을 한 아내가 나를 보자마자 따지듯이 묻더군. 도대체 무슨 짓을 한 거냐고. 구멍이 뚫린 녀석의 목은 한동안 제대로 된 소리를 낼 수가 없었으니 내게 물을 수밖에. 나도 그제야 그 소식을 전해 들었지. 녀석에게는 안된 일이었지만, 그렇다고 그녀와 나까지 불행해지도록 내버려둘 수는 없는 노릇이잖아? 나는 갖고 있던 쪽지와 사진을 아내 앞에 내놓고 그녀의 반응을 지켜보기로 했어. 그녀가 주춤하는 듯했지만 그건 잠시뿐이었어. 그래, 그럼 이걸로 뭘 할 작정인데. 애는 당신 뜻대로 되었으니 이제 내 차례야? 내가 어떻게 해주기를 바라? 나는 완전히 돌아버리고 말았지. 그녀가 그렇게 나오리라고는 생각조차 하지 못했었거든. 아니, 그녀가 어떻게 나오든 나는 미친 사람처럼 행동하려 했던 것 같아. 나는 그 친구가 애지중지하며 키우던 화분들을 모조리 창밖으로 집어 던졌어. 그 바람에 아파트주차장에 세워 놓은 승용차 한 대가 수난을 당해야 했지. 너라는 여자가 무슨 짓을 한 건지는 알기나 해. 신성한 학교 - 교사로 임용되고 처음으로 '신성한'이란 단어를 사용했어. - 에서, 그것도 제자와! 너뿐만이 아니라 한 학생의 미래를 낭떠러지로 떠민 꼴이라고. 그 정도로 끝날 문제가 아니야. 내 명예는 물론이고 우리 가정 전체를 위태롭게 만들었잖아! 이쯤에서 수습하지 않으면 평생 사람들로부터 손가락질을 당하게 될 거라고!

차분하게 - 그녀의 침착함이 나를 더욱 자극했지만, 어쨌든 그녀에게 변명할 기회를 주어야 했으니까. 아니, 내가 원했던 말을 듣기 위해서였어. - 그녀가 말하더군. 일을 벌인 게 내 사진 때문이었다면 제일 먼저 나를 봤어야지, 내 얘기는 들어보지도 않고 아이를 그 지경으로 만들더니, 이젠 그들과 한편이 돼서 내게 손가락을 들이댄 거야? 그녀는 자신의 코앞에 가있던 내 손가락을 손으로 쳐내고는 집을 나가더군.

침묵은 더 이상 할 얘기가 없거나 해야 할 얘기가 차고 넘쳐날 때 생겨나지. 학교에서는 그날의 일을 단순한 사고로 처리하고 덮었어. 그들은 내막을 알지 못했고 알려 들지도 않았으니까. 성적을 비관한 한 학생의 자해사건은 두어 달쯤이 지나서 새로운 국면을 맞게 되었지."

"아내는 이혼 얘기를 꺼냈어. 나는 조건을 달아 그녀의 뜻을 받아들이기로 했지. 그녀로서는 쉽게 받아들일 수 없을 전제조건들. 나는 증거가 내 수중에 있는 한 시간을 끄는 편이 낫다는 판단을 한 거야. 나 스스로 모든 걸 파괴하는 짓이었어. 아니 그건 이전부터 계속되고 있었는지도 모르겠어.

딸 애 때문에라도 가끔은 그녀를 만나야 했지. 야위고 수척해져 있었지만 기가 죽어있지는 않았어. 마치 독립생활을 하는 커다란 고양이의 눈을 하고 있었지.

두어 달 정도가 지나자 목소리를 잃어버렸던 아이가 제 소리를 찾았어. 하지만 정작 소리를 내기 시작한 건 목소리를 되찾은 당사자가 아니라 주변 사람들이었어. 아이의 부모가 아이에게 내려진 조치에 이의를 제기하자 학교 관계자를 비롯한 주변 사람들은 파묻혔던 과거의 주검을 다시 꺼냈지. 하지만 그걸로 그녀를 벌할 수 있는 마땅한 방법까지 찾아낼 수는 없었어. 아이는 이미 성년이었고, 남편인 내가 침묵하고 있는 마당에 그들이 뭘, 어쩔 수 있었겠어? 행여 아이와 그녀가 사진에서 보여준 것 이상의, 가령 서로가 사랑을 하고 있노라고 선언이라도 하는 날엔 곤경에 처하는 건 오히려 자신들일 거라는 위기감에 초조해하고 있었을지도 모르겠어. 왜 사람들은 가끔 비정상적이라고 여겨지는 순애보에 맹목적인 지지를 보내며 열광하기도 하잖아?"

그래서였을까? 그녀와 관련한 추문들이 만들어지고, 자신들의 집단에서 그녀를 추방하기 위한 따돌림이 시작됐지. 성적을 비관했던 학생에게는 여선생의 음란한 유혹에 속아 넘어간 철부지였음을 인정하라고 종용하면서 말이야. 한마디로 그녀는 요부가 된 거야.

그런 얘기가 내 귀에까지 들려왔어."

"아이는 극단적인 선택을 하고 말았어. 녀석은 그녀에게 쏟아진 비난을 나누어 지고 싶었던 거야. 하지만 누가 그걸 인정하려 했겠어? 녀석의 의도가 어찌 되었든 그녀는 이제 완벽한 외톨이가 되었어. 아이는 죽음으로 그녀의 결백을 항변했지만, 열여덟 살 아이의 죽음은 죽음 그 이상을 설명할 수 없었어. 이제 그녀에게 선택이란 있을 수 없었지. 이 모든 일들은 순식간에 진행되었어."

"학교를 그만둔 그녀와는 한동안 연락이 닿지 않았어. 나는 내게 남겨진 그녀의 사진 전부를 거실 바닥에 꺼내놓았어. 문제의 사진들뿐만 아니라 이전의 것까지. 결혼 전 다채롭고 생기가 넘쳤던 그녀의 모습이 어느 시점에 이르러 사라졌다는 걸 깨닫게 되더군. 아이의 돌잔치, 주변 사람들의 결혼식, 부모님의 칠순잔치, 그녀는 언제나 사람들 사이에서 한자리를 차지하고 똑같은 표정으로 멍하니 카메라를 바라보고 있었을 뿐이야. 나 역시 마찬가지였지. 그렇게 사라지는가 싶던 그녀의 활기찬 모습이 다시 나타난 건 놈과 함께하면서였어.

나는 그녀가 보내온 이혼 서류에 사인을 해 그녀에게 보내면서 긴 편지를 썼어. 그녀의 사진을, 그녀의 젊은 연인과 함께한 사진을 세상에 알리고 싶다고 했어. 그녀는 별 망설임 없이 내 뜻에 동의해주었지. 이런 말까지 하면서 말이야.

"사람들이 '베르테르와 샤롯테'를 떠올리는 일은 없도록 해줘."

●

법원

이 년 전 새로 지은 북부지방법원은 사방이 뚫려있었다. 담장을 쌓지 않은 것이다. 무릎 높이의 연산홍과 허리까지 자란 소나무 묘목이 법원의 안과 밖을 구분하도록 심어져 있었다. 잘 가꾸어진 넓은 정원 사이로 난 여러 갈래의 길 중 어느 길을 택하든 최신식 법원건물과 닿을 수 있었다.

지금의 자리로 옮겨오기 전까지 법원이 위치했던 곳 주변에는 입 소문이 난 음식점이 제법 여럿이 있었다. 모임이나 가족과 외식을 하게 되는 날엔 종종 법원 근처 음식점을 찾곤 했었다. 그때마다 법원 정문 앞 4차선 도로를 스치듯 지났었다. 정복차림의 남자가 - 그는 군인이었던가? 경찰? 나는 제복의 색깔로 신분을 구분해내지 못했다. 정문을 지켰던 남자의 옷은 법원 정문 양

쪽으로 쌓아 올린 낡고 높은 담장과 같은 회색이었을 거다. 내 기억 속의 법원은 온통 회색칠이 되어있었으니까. - 예리한 눈초리로 정문을 통과하는 사람들을 훑었을 거다. 가끔 법원 담벼락에 불만에 찬 낙서가 쓰여 있기도 했다. 그때마다 법원은 낙서 위에 회색 페인트로 덧칠을 해야 했을 거다. 페인트 칠 아래에 묻힌 낙서들은 이제 가루가 되었다. 나는 낙서의 내용을 기억하지 못한다. 어떤 내용이었든 불온한 - 감히 법원의 권위에 도전을 했으니 - 이들의 부질없는 장난질에 지나지 않는다고 여겼으니까.

법원의 존재가 내 삶과는 무관하다고 믿었던 건 정복 차림의 문지기나 높은 회색 담장 때문도, 래커 스프레이로 담벼락에 휘갈길 만한 억울한 사연이 없었기 때문도 아니었다. 그건 일종의 태만 같은 게 아닐까? 지금의 세상을 일궈낸 우연의 힘을 알고 있으면서도, 어느 순간에 이르자 나는 내 삶이 이대로 정해진 안전한 궤도를 따라 순조로운 항해를 하게 되리라고 믿어 의심치 않았다. 모두들 예측가능하고 안정된 삶을 소망하지 않는가? 어찌 되었든, 딱딱한 표정의 문지기와 높은 담장이 사라졌다고 해서, 그리고 제아무리 멋들어진 정원의 풍경이 있다 한들 법원을 찾는 발길이 가벼울 수는 없는 법이다.

얼마 만에 법원을 다시 방문한 건지 기억이 나지 않았다. 대충 칠팔 개월 전쯤일 거라고 생각했다. 남편이라면 정확하게 계산하고 있었을 테지만 그걸 따져 무슨 소용이 있겠는가? 10여 년에 이르는 결혼 생활을 (10년이라는 세월을 강조하는가? 결혼이라는 기한 없는 계약을 강조하는가?) 단 몇 개월 만에 정리하려 드는 내게, 경솔하다며 조언을 하려 드는 사람들도 있을 테다. 상황을 얼추 눈치챈 언니가 상담소 비슷한 곳을 권하기도 했었다. 하지만 내게는 그 어느 때보다 남편과의 갈등이 시작돼 서로에게 무관심해지기 시작한 날 이후의 시간이 더욱 촘촘하게 느껴졌다. 다 자란 묘목을 사다 옮겨 심은 것이 아니라 내가 직접 땅을 파고 씨를 뿌린 뒤 그 위에 다시 흙을 덮고, 이제 막 지표 위로 올라온 푸른 싹들이 내 눈앞을 가득 채우고 있는 듯했다. 이제 울타리도 쳐야 하고 계절에 따라 돌보는 법도 익혀야 했다.

법원 출입문 옆에 설치된 자판기에 백 원짜리 동전 세 개를 넣고 커피를 뽑았다. 얼마 전 Q의 책상서랍 안에 들어있던 동전 전부를 꺼냈다. 은행에서도 더 이상 동전을 달가워하지 않는다. 실제 가치에 비해 많은 무게를 지녔다는 건 왠지 시대에 뒤떨어진 늙다리 정치인을 연상케 한다. Q와 나는 따로 종이박스를 두고 동전을 담아두기로 했다. 거스름돈으로 생긴 동전을 넣기도 하고, 거스름돈이 필요하면 꺼내 쓰기도 했다. 커피와 교환한 백 원짜리 동전 세 개는 Q의 사무실에서 가져온 백 원짜리 동전 다섯 개의 일부였다. 종이컵에 담긴 커피를 찔끔

찔끔 삼키며 출입구에서 법원 안을 들여다봤다. 거기에 있는
많은 사람들.

한때 사랑 - 당시로서는 그들을 지탱해주었던, 영원하리라 믿었던
위대한 힘 - 의 광신도였던 사람들이 했던, 한번 잡은 손을 놓는
일은 없을 거라던 무지개다리 위에서의 맹세는 법정에서 실체
를 드러낼 거다. 이제 야누스의 다른 얼굴을 볼 차례다. 보험사
나 은행, 통신사가 내미는 계약서만큼은 악랄하지 않다는 사실
이 그들에게 위로가 될 수 있을까? 두 사람의 장밋빛 미래에 대
한 상상이 그들을 핏빛 현실로 데려다 놓았다. 무지개다리는 아
이들의 동화책 속으로 자리를 옮겼다. 그들은 잠자리에 든 아이
의 머리맡에 앉아 그것을 읽어줄 것인가? 그들의 부모가 그랬던
것처럼?

그들이 당장 해야 할 일은 책임을 묻는 것이다. 책임 소재를
밝히는 것, 그것만이 남겨진 중대하고 시급한 과제였다. 과거
결혼으로 사랑을 완성하려 들었던 것처럼. 서로간의 공방이 시
작될 것이다. 그들은 완전한 해체를 위해 제3자의 개입을 자청
했다. 제3자는 두 사람을 소환했다. 그는 어떻게 그들을 소환할
권한을 획득했는가?

승리는 가치의 원자다. 그것이 쪼개지는 순간 세상은 질서를
잃는다. 인류는 그렇게 진화해 왔으므로 둘만의 대결에서 불행

의 원인은 오직 너여야만 한다.

무슨 일이든 예외가 있기 마련이다. 이미 새로운 기회를 거머쥔 행운아들도 있을 테다. 법원 밖 커피숍에는 자신을 기다리고 있을 새로운 연인. 연인을 위해 눈앞의 불행을 한시바삐 과거라는 무쇠상자 속에 구겨 넣어야 한다. 다시는 거들떠보지 않을 시간, 사랑의 맹세가 포함된.

나는 빈 종이컵을 손아귀에 힘을 줘 구기고는 자판기 옆 쓰레기통에 던져 넣었다. 미처 종이컵을 따로 모아 놓도록 고안된 홀더를 발견하지 못했다. 입 안에 남아 있는 자판기 커피의 강한 단맛을 느끼며 법원 건물 안으로 들어섰다.

순서를 기다리는 사람들. 겉모습만으로 각자의 처지를 가늠한다는 건 불가능하다. 차라리 환자로서 병원대기실에서 마주치는 편이 낫다. 침묵이 흐르기는 마찬가지겠지만, 환자들 사이에서는 암묵적인 공감과 동정이 존재했다. 법원은 위선의 능력을 한껏 발휘해야 하는 장소다. 서로 눈이 마주치길 꺼린다. 행여 눈이 마주치기라도 하면 어색함과 낭패감을 감수해야 한다. 작정하고 준비했던 뻔뻔한 태도와 거짓말이 힘을 잃게 될 위험이 있다. 다들 제각기 시선 둘 곳을 찾느라 분주했다. 그들의 시선이 머무는 곳 어디서도 시간은 관용을 베풀지 않을 것이다. 시간이 더뎌진 탓에 그들은 그 순간만큼은 자신들의 감각이 무기

력하도록 내버려 둔다. 그들은 냉혹한 세상을 탓한다. 그들은
자신들이 세상의 일부임을 깨닫지 못한다. 그들은 자신들이 세
상의 일부임을 잊기 위해 안간힘을 쓰고 있었다.

처음과 마찬가지로 가정법원에 제출할 서류는 남편이 갖고 있
었다. 남편은 회사에서 손쉽게 구할 수 있는 회사로고가 인쇄된
서류봉투를 마다하고, 법원 근처 문구점에서 샀을 노란 서류봉
투를 들었다. 언제나 남편의 양복 깃 왼쪽에 달렸던 회사 배지
도 볼 수 없었다. 먼저 법원에 도착한 남편은 용케 대기석에 자
리를 잡았다. 남편은 나보다 늦지 않기 위해 일찌감치 직장을
조퇴했을 거다. 나를 위해 남겨진 자리는 없었다. 나는 남편의
위치를 확인하고 남편의 눈에 뜨일 만한 자리를 골라 섰다.

이미 경험을 해두었던 덕분일 거다. 모든 절차는 지난번에 비
해 한결 수월하게 진행됐다. 법원 직원은 우리 부부를 기억하고
있었는지도 모른다. 그의 설명 역시 명쾌하게 들렸다. 다시 삼
개월의 숙려기간이 주어졌다.

"이번엔 그냥 넘어가지 않을 거야."

지난 번 숙려기간 마지막 날이었다. 내가 여수를 다녀오고 나
서 며칠이 지나서였다. 출근하자마자 남편에게 숙려기간 마지
막 날임을 알려주었다. 남편은 내가 전송한 메시지를 확인하고

도 묵묵부답이었다. 오후가 되어, 점심시간을 이용해 구청에 다녀오겠다는 문자를 넣었다. 그러자 남편은 마치 내가 주제 파악도 못하며, 권한 밖의 일에 나대는 것마냥 그만두라고 했다. 마치 경고를 하는 듯했다. 자기가 알아서 하겠다고 했던 남편은, 마감 시간이 다 되어서야 구청으로 가고 있다는 문자를 보내왔다. 잠시 맥박이 빨라지는 듯했지만 나는, 알겠다고 했다. 그리고 한 시간 가량이 지나서 다시 연락을 해온 남편은 구청이 문을 닫았다며, 하는 수 없이 회사로 돌아가는 중이라는 소식을 전했다. 남편은 연달아 문자를 보내왔다. 내가 오해를 할지도 모른다는 생각이 들었던 모양이다.

'운 좋은 줄 알아. 이대로 넘어가진 않을 테니까.'

남편은 그때와 똑같은 소리를 했다.

탁 트인 정원을 한가롭게 거닐던 바람이 단풍나무의 끝자락을 흔들더니 남편과 나 사이를 관통하며 속도를 냈다. 남편은 마치 바람과 함께 왔던 양, 방금 우리 사이를 관통한 바람의 뒤를 좇아 바쁘게 내 곁을 떠났다. 남편의 행동이 조금만 굼떴더라면 구청 업무시간에 대해 귀띔해줄 수 있었을 거다. 남편이 시야에서 완전히 사라지기 전, 몸을 돌려 바람이 불어왔던 방향으로 난 길을 따라 걸었다. 방금 나와 남편을 떼어놓았던 것처럼, 얼마 안 가 안색을 바꾼 나뭇잎을, 바람이 달려와 나뭇가지에서 떼어놓으려 들 거다. 바람이 심술을 부리기 전에 이혼이 마무리되었으면 했다.

벤치가 눈에 들어왔다. 반나절만 외출이 허락되었던 터라 서둘러 회사로 돌아가야 했다. 그럼에도 불구하고 처음 법원을 찾았을 때 앉았던 벤치라는 생각에 저절로 발길이 멈췄다. 그때는 그 벤치에 앉아 한참을 울었었다. 나는 벤치에 앉아 눈물이 말라버린 까닭을 헤아려보고 싶다는 유혹을 뿌리치고, 다리에 힘을 줘 벤치를 지나쳤다. 눈물이 나지 않는 건 나쁘지 않은 일이라는 생각을 하며 얼마쯤을 걷자, 또 다른 벤치와 만났다. 시선을 멀리까지 뻗치자 지나쳤던 것과 똑같은 벤치가 정원 안 곳곳에 있었다.

理性, 異性

"김 서방 왔다 갔다."

부모님은 퇴근 후 아이를 데리고 가려 들른 나를 안방에 불러 앉히며 말했다. 심술이 난 듯한 어머니의 말투. 어머니는 나를 따라 안방으로 들어온 아이를 달래 거실로 데리고 나갔다. 거실 텔레비전을 만화영화채널에 맞춰놓고 아이가 텔레비전에 정신을 팔도록 했다.

아주 드문 일이기는 했지만 어머니는 두 분을 대하는 남편의 서먹한 태도에 불평을 하기도 했었다. 남편은 처갓집에 머무는 내내 뚱한 얼굴로 부모님이 던지는 질문에 짤막한 답만을 내놓곤 했다. 남편의 단답형의 짧은 말과 뚱한 표정이 대화의 맥을 아예 끊기 일쑤였다. 남편이 왔었다는 말을 한 어머니가 아이와 나를 격리시키고, 매년 설날 아침이면 세배를 받기 위해 앉았던 자리에 아버지와 나란히 앉았다. 모든 정황은 내게 드디어 올 것이 왔음을 의미했다. 남편은 사족이 달리지 않은 말로 나와 이혼을 결정했다는 소식을 알렸을 거다. 나는 침착하자며 스스로를 다독였다. 당당하게 말하겠다고 마음을 먹었다. 거짓 없이, 내가 결정한 바에 대해.

내 앞에 앉은 두 분의 표정이 너무나 닮아있었다. 얼굴만 봐서는 어머니와 아버지를 분간할 수 없을 지경이었다. 그러니까, 심상찮은 분위기가 남편 때문이 아니었다는 말이다.

"김 서방 하는 말이⋯⋯." 어머니는 말을 꺼내다 말고 아버지를 곁눈질했다. 뻣뻣이 허리를 세우고 앉은 아버지는 팔짱을 낀 데다 턱까지 치켜들어 평소에 비해 머리 하나만큼 높아진 눈으로 나를 내려다보고 있었다.

"김 서방은 가정을 지키고 싶다고 하더라."

나는 어머니의 말을 즉시 이해하지 못했다. 이내 어머니가 남편의 말을 전한 거라는 사실을 깨닫고 내 귀를 의심해야 했다. 법원의 정원 한가운데 나를 남겨두고, 다시는 볼 일 없을 것처럼 빠르게 멀어져 가는 남편의 뒷모습이 오버랩 됐다. 불과 열흘 전의 일이었다.

"곧 회사에서 중한 일을 맡게 될 모양인데, 너 때문에 발목이 잡혀서야 되겠니?"

한숨이 새어 나오려는 걸 가까스로 참았다. 앞일을 대비해 단단히 마음을 여미었는데 막상 닥친 일이 내 예상을 비웃듯 전혀 다른 상황이 되어버렸을 때의 허탈함이란.

어머니가 그런 식으로 말하는 데에는 내 책임도 있었다. 부모님이 남편의 근황을 물을 때마다, 그 사람은 바쁘다며 (그 정도에서 그쳤어야 했다.) 다른 직원들에 비해 이른 승진을 하고 있다고, 모든 직원들이 선망하는 중요한 부서에서 일을 맡고 있다는 말을 추가했었다. 결정적으로 그 사람은 야망이 있어, 라는 말도 했었다. 도대체 남편의 야망이란 뭐였단 말인가? 왜 내가 남편의 야망을 설명하고 그를 두둔해야 했을까? 정작 나는 그것을 알려 들지 않았고, 내 것처럼 여겨진 적도 없었다. 그 사실을 부모님도 알고 있었을까?

"나, 이혼, 할거야."

내 입에서 그 말이 튀어나오고 말았다. 비록 이미 마음을 굳혔다 해도 굳이 그 상황에서 그래야 했냐고, 그런 태도는 자식 된 도리가 아니라며 나를 책망하는 이들에게 위로가 된다면 인정할건 인정하겠다. 그렇다. 내 말투는 사춘기 아이들처럼 도발적인 면이 있었다.

급작스럽게 정적이 생겨났다. 나를 향했던 어머니의 시선은 어느새 아버지에게로 옮겨가 있었다. 그때 거실에서 시작된 노래 소리가 안방으로 흘러 들었다. 아이가 만화영화 주제가의 후렴구를 따라 불렀다. 쾌활한 아이의 노래 소리가 방을 가득 채운 정적에 스크래치를 냈다. 이혼하겠다는 내 말은 정적 밑에 깔리고 아이의 목소리가 정적 위를 구르며 자국을 냈다. 나는 무심결에, 충동적으로 뱉은 말이 아니었다는 걸, 오랫동안 가슴에 품어왔던 말임을 증명하기 위해 다시 한번, 같은 말을 해야 했다. 하지만 나의 시도는 허파에 공기가 채워지기도 전에 무산되었다. 허공을 가른 아버지의 손이 아이의 노래 소리로 위태로워진 정적을 기어이 허물고, 내 왼쪽 뺨 한복판에 날아들어 둔탁한 소리를 냈다.

"가서 김 서방한테 빌어!"

갑작스런 충격으로 흩어졌던 눈길을 수습해 어머니를 봤다. 흐트러진 머리칼 사이로 보이는 어머니는 이미 아버지와 한편이 되기로 작정한 듯하다. 폐경기를 맞으며 어머니는 이제 남자가 되었다. 매달 피를 쏟는 자가 죄인이다.

나를 부르는 아이를 외면한 채, 부모님 댁을 뛰쳐나온 건 남편에게 달려가 따지고 들기 위해서가 아니었다. 부모님의 아파트 단지를 빠져 나와, 한참을 빠른 걸음으로 무작정 걸었다. 숨이 차왔다. 가빠진 숨을 고르느라 속도를 늦추고 보니 동네 근린공원 앞이었다. 저녁식사를 끝내고 밖으로 나온 사람들이 공원 주변을 서성이고 있었다. 자꾸만 시야가 흐려지는 바람에 공원 안으로 들어서기를 포기했다. 선 채로 머리를 들어 밤하늘을 쳐다봤다. 가슴은 좀처럼 진정될 기미를 보이지 않았다. 손찌검이라니……. 누군가를 원망하고 싶었지만 대상을 찾지 못하고 이를 앙다문 채 하늘을 향해 머리를 들고 한동안을 서있었다. 조금씩 시야가 트이더니 밤하늘을 배경으로 달과 별이 눈에 들어왔다. 세상을 뜬 이들의 영혼이 별과 연결되었다던가 달에 토끼가 산다는 류의 이야기를 믿지 않게 된 건 오래 전부터다. 유성이 밤하늘을 가로지른다 해도 결코 소원을 구걸하는 짓 따위는 하지 않을 테다.

나를 남편 앞으로 데려간 건 내 곁을 무심하게 지나치는 사람들과 망자들과 무관한 별과 토끼가 존재하지 않는 구멍투성이의 달, 그리고 밤하늘 너머 깊숙한 곳 어딘가에서 새로 태어나고 있을 무엇이었다.

"도대체 왜 이러는 거야?"
남편은 텔레비전에 시선을 붙박은 채로 거실 소파 한가운데를 차지하고 앉아있었다. 내가 텔레비전 앞에 서서 새된 소리로 다시 한번 물었다. 그제야 남편은 영문을 모르겠다는 듯 의뭉스런 눈으로 나를 쳐다봤다.

"왜 부모님을 찾아갔냐고 묻잖아?"

남편은 나를 쳐다보던 시선을 느릿하게 거두어들이고 리모컨을 찾았다. 텔레비전 전원을 끈 남편이 내가 한심스럽다는 듯 성의 없는 말투로 입을 열었다.

"출장 갔던 이 차장이 오늘 복귀를 했어. 원래의 계획대로라면 오늘도 야근을 해야 했는데, 이 차장이 갑자기 한잔 사겠다고 하더라고. 자기가 없는 동안 직원들 고생이 많았다나 뭐라나. 그 친구 원래 좀 그런 면이 있잖아? 당신 모르나? 이 차장?"

내가 이 차장을 알 턱이 없었다. 내가 그를 알지 못한다는 건 남편 역시 잘 알고 있었다.

"부장님이 이 차장을 따라 나서겠다고 하는 바람에 직원들도 하나둘 일거리를 미뤄두고 사무실을 나서더라고. 결국 부서 회식자리 비슷하게 돼버린 거지. 난, 피곤하기도 하고 곧 있을 승진 인사 발표 때문에 뒤숭숭하던 터라 그 자리가 썩 내키지 않더라고. 그래서 적당히 둘러대고 일찍 퇴근을 한 거야. 그 김에 진우를 데리러 갔던 거고."

남편은 능청맞게 긴 설명을 늘어놓았다. 그대로 고개를 끄덕

여주었다면, 내가 전후 사정을 알지도 못하면서 섣불리 흥분을
했다며 훈계를 하려 들었을 게 뻔했다.

"그럼 진우나 데리고 올 일이지, 우리 부모님 앞에만 가면 과
묵하던 사람이 어떻게 대화씩이나 할 생각을 했어?"

"오랜만에 두 분을 뵈었으니까, 당신 부모님도 그간의 일들을
궁금해하실 것 같아 얘기를 꺼냈을 뿐이야."

"왜? 우리 부모님 얼굴에 그렇게 쓰여있었어?"

"그냥, 그 순간 그런 생각이 들었다고."

남편이 성가시다는 듯 나와의 사이에 손을 내저었다. 습관에
가까운 태도다. 남편은 항상 그런 식으로 내 질문을 피해갔다.

"좋아, 듣자 하니 당신이 별생각 없이 한 얘기에 부모님이 과
하게 의미를 둔 것 같으니 이번 일은 없었던 걸로 치자고. 나이
가 들면 사소한 일에 괜히 감정을 소비하는 경우가 있잖아? 당
신이 우리 부모님을 이해해줬음 좋겠어. 두 분께도 당신이 한
말에 더 이상 신경 쓰지 마시라고 할게. 혹시 우리 부모님이 당
신한테 연락을 해 물으시면 당신도 그렇게 말해줘. 괜한 말씀을
드려 심려를 끼쳐 죄송하다고. 그리고, 두 번 다시 이런 성가신
일 만들지 마!"

남편의 눈이 안경알 뒤에서 서너 번 끔뻑거렸다. 지난겨울,
죽기를 각오했던 순간이 되살아났다. 주먹에 힘이 들어가고 심

장이 뜀박질을 하며 온몸에 고루 피를 전했다.

"내가 충동적으로 일을 벌이는 사람이 아니라는 건 당신도 잘 알잖아?"

남편이 이죽거린 건, 자신이 의도했던 대로 일이 진행되고 있다고 판단했기 때문이었다. 아이를 데려가겠다며 친정에 들러서는 근황을 묻는 부모님께 평소대로 그냥 그렇다는 답을 한 뒤 형식적인 예의를 차려 인사를 하고 자리를 뜨는 대신, 곧 승진을 하게 될 거라는 기뻐해야 할 소식을 전하면서 수심 가득한 표정을 해 보였음이 틀림없었다. 순진한 부모님은 남편이 전한 소식과 표정 사이에 쳐놓은 거미줄에 꼼짝없이 걸려들고 말았던 거다. 내가 자신의 눈앞에 나타난 것까지도 계산에 넣었을 거다.

"당신은 그렇지 않다고 생각해?"

내가 잠자코 있자 남편이 물었다.

"내 생각을 알고 싶어?"

"아니라면 할 수 없지만, 이번 인사발표 때 알게……."

"집어치워! 당신이 승진을 할 거라는 얘기는 이미 들었으니까. 그게 당신이 충동적이 아니라는 것과 무슨 상관이야?"

"당신은 그게 문제야. 다른 사람들 전부가 인정하는 데도 혼자만 부인하려 든다니까."

"좋아, 그럼 당신이 말한 다른 사람들 외에 또 다른 사람의 의견에도 귀를 기울여볼 테야?"

"뭐?"

"잘 들어둬."

나는 남편에게로 바짝 다가섰다.

"당신은 회사에서 대부분의 시간을 보내고 삶의 보람도 거기서 찾으니까, 모든 사건의 발단은 회사일로부터겠지? 집에서야 아이랑 놀아주는 것 외에 하는 일이 없잖아?"

"무슨 소리를 하려는 거야?"

"당신에 관해 얘기하는 거야. 잠시만이라도 잠자코 들어봐."

"당신은 늘 여자들은 감정적이고 남자들, 특히나 당신은 이성과 논리대로 행동을 한다고 하니까, 정말 그런지를 내 관점에서 얘기를 해보려는 거야. 10년을 함께 살았으니 내 얘기를 들어줄 때도 되었다고 생각해."

남편은 마지못해 소파 팔걸이에 팔꿈치를 걸고 비스듬한 자세를 취했다. 남편으로서도 부모님을 상대로 펼친 자신의 계략이 어느 정도 먹혀들고 있는지 점검할 필요가 있었다.

"당신은 의미심장한 표정을 하고, 눈여겨봐 두었던 여직원을 회의실로 호출하지. 두 사람임에도 불구하고 서류는 한 세트만 출력해놓고 말이야. 그래야 여자와의 거리를 최대한 좁힐 수 있을 테니까. 그 여자가 회의실로 들어오는 걸 눈치챘으면서도 당신은 모른 척해. 당신은 업무와 관련해 그녀를 호출한 거니까. 그리고 그녀가 경계심 없이 당신 가까이로 다가오고서야 비로소 인기척을 느낀 것처럼 그녀를 향해 고개를 돌리지. 당신은 뻘쭘하게 서있는 여자에게 당신 옆자리를 권해.

여자의 숨소리에 촉각을 세우고 서류를 검토해 나가는 척하던 당신은 계획했던 지점이 가까워지자 이마에 손을 얹으며 이렇게 묻지. 여기서 여러 가지 방법이 있을 수 있는데, 네 생각은 어때? 당신은 여자의 입술을 바라보겠지. 그리고 그녀에게 적당한 시간을 주었을 거야. 얼마쯤의 기다림은 기꺼이 미덕으로 여길 줄 아는 사람이라는 걸 알릴 필요가 있으니까. 그녀가 원했다면 편하게 생각을 할 수 있도록 당신 무릎 위라도 기꺼이 내주었을 텐데. 긴한 논의가 빈번하게 이루어지는 곳이니 보안을 걱정하지 않아도 되겠지? 본부 회의실을 가본 적이 없어서 어떤지 모르겠지만, 당신이 워낙 이성적인 사람이니 사전에 남의 눈을 피할 수 있을 법한 적당한 장소를 물색해두는 걸 잊었을 리는 없을 테고."

남편은 비스듬하게 기울었던 자세를 바로 세우고 있었다. 일부는 긴장한 탓이고 나머지는 내 입을 막으려는 거다.

"어쨌든 당신은 생각에 잠긴 여자를 유심히 관찰했어. 여자야 회사 일인 만큼 좋은 아이디어를 생각해내기 위해 실제로 안간 힘을 쓰고 있었을 거야. 하지만 당신은 그녀가 너무 깊은 생각에 빠져들도록 내버려둘 수 없었겠지. 한 가지 생각에 너무 깊이 몰입하는 건, 물속에서 허우적대는 것과 마찬가지니까 말이야. 제아무리 아름다운 여자라도 의식을 잃고 퉁퉁 불어터진 채 축 늘어져 버리면 곤란할 테니까. 당신은 언제나 신선한 상태를 원하지. 여자가 드디어, 아이디어를 내놔. 그녀가 직장 상사의 시선에 쫓겨 어떤 아이디어를 생각해낸 거야. 당신은 재빨리 준비된 감탄사를 터뜨리지. 그리고 유니폼 아래 브래지어 끈이 지나가는 지점을 가늠해 여자의 등에 손을 댔겠지? 대단한 걸? 그런 기막힌 생각은 어디서 나오는 거야? 하고 묻지. 그런데, 그게 정말 유용하기는 했던 거야? 그 여자의 아이디어 말이야.

어찌 되었든. 그 계집은 예상치 못한 상사의 찬사에 황홀해했겠지. 상사로부터 칭찬을 받는다는 건 직장인이라면 누구나 가슴 벅찬 일이니까. 다른 동료 직원들을 배제하고, 그것도 여자인 자신만을 따로 불러 의견을 묻고 찬사까지 바치니 더할 나위가 없지.

이건 제아무리 명석한 두뇌를 가졌다 해도 불가능한 일이야. 그녀가 자신의 몸에 닿은 당신의 손길에 거부감을 보이지 않자 당신은 좀 더 나아가도 괜찮겠다는 판단을 하지. 당신은 당신의 그 자랑스러운 아이큐와 토익 점수를 언급하며 이렇게 말하지. 남자인 나로서는 상상도 못할 이 기발한 생각은 분명히 남자인 내겐 없는 곳으로부터 나온 걸 거야. 그리고 부러워하는 눈으로 그녀의 가슴을 쳐다봤겠지. 지적 호기심이 너무 강렬해진 나머지, 너무 이성(異性)적인 것에 몰입하게 되지. 정말 논리적이지 않아?"

"그만해, 웃기지도 않아!"

조금씩 표정을 일그러뜨리던 남편이 드디어 끼어들었다. 그래도 남편은 내 생각보다 오랜 시간 인내심을 발휘했다.

"시끄럽군. 난 지금 당신을 웃기려고 얘기를 꺼낸 게 아니야. 들어. 내 얘기!"

틈을 주어서는 안 된다. 나는 언성을 높이고 남편에게 바싹 다가섰다.

"바로 무릎 위에 앉힐 수 있었다면 모든 일이 아주 순조로웠을 테지만, 교육자 집안에다 장손인지라 차마 그럴 수는 없었겠지. 자칫 성희롱으로 비춰질 수 있다는 것도 염두에 두어야 했을 테고. 그 이성적인 머리를 굴려 한발 물러서기로 하지. 그래야 좀 더 깊은 곳을 찌를 수 있을 테니까. 당신은 당신의 그곳으로 피가 쏠리는 걸 감지하고, 속도를 조절할 때임을 깨닫지. 이것도 이성적이었나? 그건 본능적이라고 해야 할 거야. 성욕과 그로 인해 문제가 생길지도 모른다는 공포심 말이야.”

귓불과 광대뼈 부근을 벌겋게 물들인 남편이 몇 번이고 내 말을 끊고 끼어들려 했지만 그때마다 나는 검지 손가락을 곧게 세우고 남편의 눈앞에 들이대 이를 저지했다.

“이제 당신은 당신의 몸에서 일어나는 생리현상을 숨기기 위해 지적인 대화를 이끌어보려고 해. 음, 당신은 정치, 사회적인 이슈에 대해서는 늘 냉소적이지. 각자가 선택해 할 일이 정해진 이상, 정해진 일 외에 관심을 두는 건 시간을 낭비하는 거라는 잘난 소신을 가졌으니까. 그래서 당신은 내가 아이를 데리고 노동조합 집회에 참석하겠다고 할 때마다 반대를 했었지. 그것도 당신의 이성에 근거한 것일 테니 나무랄 뜻은 없어.

여자를 침대로 데려가기 위해서 정치 사회적인 이슈를 들추는 건 상황에 비추어 적당치 않았을 테고, 연예계 얘기는 격이 떨어진다고 생각한 당신이……. 침대! 그래, 그 침대 얘기로 시작을 했을까? 사람들의 몸을 자르고 늘이는 기준이 되는 침대, 아니, 아니다 그런 식의 침대로 기어들 여자는 없겠지? 제우스가 어땠을까? 그 여자는 어떤 타입이었어? 에우로페? 다나? 이오? 당신은 어때? 흰 소로 둔갑했나? 빛? 백조? 구름? 어쨌든 좋아. 제우스의 바람기와 관련해 그 계집은 어떤 생각을 갖고 있었어?”

"그만하라고 했어!"

잠시 숨을 고르는 사이 남편에게 끼어들 틈을 허용하고 말았다. 하지만 나는 재빠르게 호흡을 정리했을 뿐, 이에 아랑곳하지 않았다.

"클레오파트라를 끌어들였을지도 모르지. 그녀의 도톰한 귀 가까이에 대고 클레오파트라가 실제로는 평생 섹스를 하지 않고 숫처녀인 채로 요절했다는 얘기 혹시 알고 있어? 그러고는 그녀에게 당신 것을 입으로……."

"닥쳐!"

"그래, 그만할 거야. 이 정도면 평소 당신에 대해 내 생각이 어떤지 대충 설명한 것 같으니까."

"이런 식의 대화를 하자는 게 아니잖아? 서로 이성적으로……."

"이성(理性)? 나와 당신은 이미 이성(異性)이야. 그 이상 찾지 마. 당신이 스스로 우월하다고 믿는 이성(異性), 그 잘난 남자라는 이유로 도대체 무슨 짓을 하고 있는지 제발 생각 좀 해봐."

나는 노동조합 선배가 들려준 얘기를 꺼내려다 그만두기로 했다. 어쨌든 그는 형식상이나마 내 남편이었고 아이의 생물학적 아빠다.

●

과거와
미래 사이

　남편은 시간을 거슬러 이전으로 되돌아갈 수 있다고 믿는 모양이지만 남편조차 그것이 과거의 어느 지점인지 갈피를 잡지 못했다. 남편은 강박에 사로잡힌 상태였다. 절벽 아래로 몸을 던져야 하는 훈련병처럼.

　남편의 의도가 옳고 그른 걸 떠나, 내 마음 한구석에는 못 이기는 척 남편의 생각을 따라주자는 유혹이 없지 않았다는 사실을 부정할 수는 없으리라. 하지만 남편이 돌아가고자 하는 지점과 지금 사이에서 벌어진 일들을 없었던 것인 양, 모른 척하며 살아갈 수는 없다. 적어도 나는 그 일들이 내 삶의 한 부분임을 인정하기로 했고, 내가 인정한 이상 그것은 내 속에서 살아 꿈틀거릴 것이기 때문이다.

부모님은 백기투항을 하지 않는 이상 아이를 돌보는 일에 더는 협조할 수 없다며 내게 선전포고를 했다. 남편을 지원하고 나선 것이다. 부모님과 남편이 가정을 지켜야 한다는 명분을 내세워 동맹을 맺은 셈이다. 이에 발맞춰 남편은 퇴근시간을 앞당기고 아이를 친정에서 집으로 데려오는 일을 당분간 자신이 떠맡겠노라는 선언했다. 이러한 사위의 결정이 부모님에게 일종의 순교처럼 여겨진 듯하다. 어머니는 소변이 마려운 사람처럼, 마치 내가 불법으로 화장실을 차지하고 있는 양, 나를 두들겨댔다. 이제 어쩔 셈이냐며 나를 닦달하고 감시하기 시작한 거다. 내게서 속 시원한 답을 얻어내지 못한 어머니는 퇴근시간이 가까워오면 어김없이 전화를 걸어왔다. 어떤 날은 아이를 내세워 전화를 걸도록 해 귀가시간을 점검했다. 조금이라도 늦겠다는 답을 하면 전화는 바로 어머니에게로 건너가고 한바탕 잔소리를 들어야 했다.

　"네가 무슨 대단한 일을 한다고 늙은 부모한테 애를 떠맡기고 맨날 늦냐? 엄마 아빠가 김 서방 앞에서 얼굴을 들지 못하겠다."

　나 스스로 직장에서 대단한 일을 하고 있다고 여긴 적은 한번도 없었다. 나는 살아가기 위해 일을 할 뿐이었다. 먹고 입고 자고, 아주 드물게는 사치라고 여겨질 작은 여유도 누리고 싶다. 어머니는 그런 일은 내 몫이 아니라고 믿는다. 의식주를 해결하고 결혼기념일이나 생일을 기념하기 위해 돈을 버는 건 남자들이 맡아야 빛이 나는 일이었다.

급기야 부모님의 입에서 Q의 이름을 듣고 말았다. 불한당! 가정파괴범! 파렴치한! 나는 Q의 이름과 함께 새롭게 붙여진 호칭에 익숙해져야 했다. 삼청동을 들먹이며 그를 찾아가겠다고 으름장을 놓는 부모님을 현기증을 느끼며 묵묵히 바라볼 수밖에 없었다. Q는 이 사태를 해결하기 위해 제사상에 바쳐져야 할 유일한 희생양 신세가 되었다.

시간이 지나갔다. 세상의 감시망에 갇힌 나는, 오가던 자리를 전전하며 시계바늘 뒤를 좇을 뿐이었다. 나는 시간을 헤아리는 데 내게 주어진 모든 시간을 쓰고 있었다. 내 뒤에서 불어온 시간이 나를 관통하며 내 눈앞에서 멀어질 때마다 하루가, 한 시간이, 일 분 일 초가 지났다는 걸 명확하게 헤아릴 수 있었다.

작년 겨울과는 다른 겨울이었다. 생각해보니 작년 겨울은 그전의 겨울과 또 달랐다.

11월 중순이 되자 아침 기온이 영하로 내려가는 날이 생기기 시작하자, 나는 옷장을 열어 겨울 외투를 꺼냈다. 11월 셋째 주 목요일 수능시험이 치러졌다. 12월 첫 주에는 첫눈다운 눈이 내렸다. 나는 그 해 채우지 못했던 업무 할당량을 채웠다. 그리고 별다른 계획 없이 아이와 집 근처 커피숍에서 크리스마스이브를 보냈다. 커피숍에서 들은 크리스마스 캐롤은 식어버린 진한 에스프레소 같았다. 새해를 맞으며 암울한 경제 상황을 전망하는 신문기사들을 읽었다.

이런 것들이 고스란히 Q에게 보내는 메일의 내용으로 채워졌다. 그가 답을 하지 않아도 아무런 문제가 되지 않을 내용들. 그가 무엇 때문에 나의 겨울 외투와 수험생의 대입 수능시험과 첫눈과 업무목표량과 경제 전망에 관심을 갖는단 말인가? 그런 일은 없기를.

나를 지배한 무력감은 Q가 그리웠기 때문이라기보다는 속절없이 나를 스치듯 지나가는 현재의 찰나적 속성 때문이었다. 손에 잡히지 않는 현재. 영원히 손에 잡히지 않을 현재. 과거는 계속 해서 비대해질 것이다. 존재마저 의심케 하는 현재.

●
공유

일요일 오전, 전날 밤 꼭꼭 여며 닫았던 거실 커튼을 걷었다. 유리창을 뚫고 안으로 들어온 흐릿한 볕에서는 조금도 온기가 느껴지지 않았다.

조금 전 남편은 아이와 집을 나섰다. 며칠 전 아이가 아빠와 함께 뮤지컬 공연을 보러 갈 거라는 얘기를 했었던 듯하다. 난 아이의 얘기를 들으며 그저 고개를 끄덕였을 뿐이다. 아이에게 그는 좋은 아빠임에 틀림없다.

남편은 나를 아예 없는 사람 취급을 하는 중이다. 남편이 나를 대하는 태도로 인해 절망이 더 깊어졌다거나, 상처를 입는 일은 발생하지 않았다. 남편과 나는 그저 삶을 낭비하고 있을 뿐이었다. 넘쳐나는 삶. 삶의 과잉.

Q에게 전화를 걸었다. 그는 삼청동 부근에 있었다. 나는 사무실에 들르겠다는 말을 하고 서둘러 집을 나섰다. 혹시나 부모님이, 특히 어머니가 아이와 연락을 주고받아 나 홀로 집에 남아있다는 사실을 알게 되면 피곤한 일이 벌어질 테다.

삼청동에 도착하니 오전 11시가 조금 넘은 시각이었다.

건물 층계참에서 커피숍 아르바이트생과 마주쳤다. 반가운 마음에 인사를 건넸다. 그녀는 형식적인 고갯짓만을 해 보이고는 입에서 더운 입김과 함께 "집에 일이 좀 생겨서요……."라는 말을 뱉고는 끝을 흐렸다. 그녀는 내게 등을 보인 채 청바지 호주머니에서 꺼낸 열쇠로 커피숍 현관문의 열쇠 구멍을 찾았다. 곧 문이 열리고 그녀는 커피숍의 주방 안으로 달아나듯 모습을 감췄다. 늦은 출근을 한 모양이었다. 잔뜩 주눅이 든 얼굴로 허둥지둥 사라진 그녀의 뒷모습에 괜하게 미안해졌다.

2층엔 조명을 켜놓지 않았다. 얼마 전부터 갤러리 한 쪽에는 북촌 마을 변천사라는 타이틀을 단 풍경사진들이 시간 순으로 전시되었다. 거기엔 Q가 존재하기 훨씬 전의 서울이 있었다. 역사 교과서나 달력에나 어울릴 법한 사진들. 목각인형 같은 얼굴로 정면을 향한 사람들의 의상은 원래 검거나 희었을 거다. 흑백 사진이라서가 아니었다.

통로에 낸 작은 창으로 들어온 빛에 의지해 천천히 계단을 밟았다. 계단의 형태가 뚜렷해지자 말소리가 들려왔다. 내가 곧 도착할 걸 알고 있는 Q가 사무실 현관문을 열어 놓았을 거다.

"그러니까 그게 언제라는 거야?"

P의 목소리가 다소 격양되어 있었다. 평소와 다른 그녀의 어조는 2층과 3층의 중간에서 내 걸음을 멈추게 했다.

"기다려봐야지."

Q였다. 본능적으로 귀를 세웠다. P의 말이 이어졌다.

"그게 벌써 해를 넘겼잖아?"

"이번 달까지만 기다려보자고."

일이 순조롭지 않다는 걸 짐작할 수 있었다. 잠시 내가 내는 숨소리를 들으며 서있어야 했다. 끊겼던 대화가 이어졌다.

"지수한테 부탁해보는 건 어때? 일이 어떻게 되어가는지 정도는 알아봐줄 수 있지 않겠어?"

"이건 내 일이야."

내가 알아봐줄 수 있는 일이 있었나? 그게 어떤 것인지 궁금해졌다. 그리고 Q는 내가 처한 상황을 이미 알고 있는 듯했다. J가 찾아오고, 내 발길이 뜸해지고, 통화는 짧아졌고 내가 쓴 메일은 뜬금없이 날아드는 광고 메일들과 다를 게 없었으니. Q는 나를 위해 자신이 할 수 있는 일들을 궁리했을 거다. 그가 어떤 일을 할 수 있겠는가? 그는 낙담하고 의기소침한 상태일지도 모른다. 그가 손을 쓸 수 있는 관계가 아니었으니……. 반대로 내가 나서서 그를 도울 일이 있다면? 관계의 정의, 혼란.

"알았어. 하지만 어찌 되었든 너는 끝까지 최선을 다해야 해. 내 얘기는, 적어도 남들이 그렇게 믿도록 행동하란 말이야. 다른 사람들이 다 나 같을 거라고 생각하지 말라고."

Q는 말이 없었다. 아마도 그는 P의 말 속에 담긴 의미에 대해 표정이나 눈빛으로 되묻고 있었을 거다. 나 또한 그랬으니까. 그렇게 믿도록, 이라니…….

"일이 더뎌지니까 다들 신경이 곤두서있어. 이번일 매듭지어지기 전까지 처신 조심하라고. 괜한 소리까지 보태지잖아."

"무슨 소리야?"

"네가 2층에 걸었던 사진들 때문에 한바탕 시끄러웠잖아? 내가 그랬지? 사람들은 포르노와 그걸 구별하려 들지 않아. 그래, 나는 눈감아줄 수 있다고 쳐. 하지만 다른 사람들은 아니야. 여자하고 남자가 벌거벗은 채 등장하는 장면이 거기에 걸리는 걸 용납하려 들지 않는다고."

"나야 너와 연서 사이에 일도 대충 알고, 네가 연서한테 미안해하는 마음도 알지만……."

연서는 Q의 아내의 이름이었다. 내가 그걸 어떻게 알았지? Q

는 자신의 이름조차 내게 들려주지 않았다. 하지만 그런 건 굳이 알려 들지 않아도 저절로 알게 되는 거다. 나와 Q 정도의 사이라면.

"그리고 이런 말까지 해야 하는 상황이 정말 싫지만, 당분간 지수하고 늦게까지 사무실에 남아있거나 어울리는 모습은 보이지 않는 게 좋을 거야. 이번 일 마무리될 때까지만이야. 괜한 오해를 살 필요는 없잖아?"

더 이상 두 사람 사이에 오가는 얘기를 듣지 않기로 했다. 무슨 얘기인지 짐작이 가고도 남았다. 나는 도둑고양이의 걸음걸이로 일층으로 내려왔다.

층계참에서 만났던 아르바이트생에게 커피 세 잔을 주문했다. 그녀는 여전히 의기소침한 태도로 나를 대했다. 그녀도 Q와 나를 두고 다른 사람들과 다르지 않은 상상을 했을 거다. 사람들은 나와 Q를 실재와 상관없이 그들의 잣대대로 지어낸 상상을 정형화하려 들었다. 상상력의 편협함이란. 하지만 실재는 뭐지?

커피를 가지고 3층 Q의 사무실 안으로 들어섰을 때 ─ 나는 계단을 오르며 일부러 발소리를 냈다. 한 손에 포장된 세 잔의 커피를 들고 코끼리 걸음을 흉내 내기란 쉬운 일이 아니다. ─ 두 사람은 컴퓨터 모니터 앞에 나란히 앉아있었다. 먼저 나를 맞은 건 Q였다.

내게 다가온 그의 얼굴이 피곤해 보였다. 일월 정오의 해가 사무실 깊숙한 곳까지 빛을 들이고 있었다. 작년 겨울, 창가로 든 햇볕이 오후가 되면서 차츰 짧아지다가 창문턱에 매달리는가 싶더니 완전히 사라지는 과정을 지켜볼 수 있었는데. 시계를 찾을 이유가 없었던 계절이었다.

P는 모니터 앞에 앉은 채로 손을 흔들어 보이며 나를 맞았다. 그녀의 손인사에 가벼운 목례로 답을 했다. 그녀는 Q와 내가 탁자 앞에 자리를 잡은 뒤에도 한동안 모니터 앞에 머물러있었다. Q와 나는 잠시 건조한 대화를 나누었다. 나름 오랜만의 만남에도 불구하고 왠지 모를 어색함이 있었다. 시간의 공백, 짐작뿐인 서로의 상황, 그리고 P가 있었기 때문일 거다. Q역시 P가 신경이 쓰였던 듯하다.

그녀가 신경이 쓰인다는 건 Q와 나 사이에만 공유 가능한 무엇이 존재한다는 걸 의미했다. Q가 내게 들려줄 수 없는 얘기를 P와 나누었듯이. 사람들은 싫든 좋든 삶의 한 부분을 타인들과 교집합을 이루며 살아가기 마련이다. 하지만 누가 되었든 삶의 전부를 공유한다는 건 불가능하다. 전부를 공유한다는 건 이미 한 쪽 삶이 파괴되었음을 의미하는 게 아닐까? 아니면 둘 다? 사랑도 마찬가지다.

Q가 그녀 쪽을 향해 그만하고 커피 한잔 하지, 라고 했다. 그

녀는 그제야 모니터 화면을 내리고 일어섰다. 우리와 합석한 그녀가 내게 안부를 물으며 미소를 지어 보였다. 그녀의 미소가 개운치 않은 뒷맛을 남긴 건 그들의 대화를 엿들었기 때문일 거다. 그녀의 말은 내 궁금증을 증폭시키고 있었다. 그녀가 커피를 쥐고, Q에게, 다시 생각해봐, 라고 짧게 말했다. Q가 귀찮다는 듯 그녀에게 뚱한 눈짓을 해 보이며 새로운 화젯거리를 내놓았다. 두 사람은 삼청동 골목 안쪽에 새로 문을 연 와인 바와 관련한 얘기를 했다. 와인 바 사장은 건물 2층에 와인 갤러리를 준비 중이라고 했다. 그 자리는 원래 전통 금속공예가에게 매매되기로 돼있었다. 공예가가 부족한 자금을 융통하려 금융권을 전전하는 사이 와인 바의 사장이 계약금을 물어주는 조건으로 건물을 가로챘다. 그런데 와인 바 사장이 며칠 전 Q을 찾아와 Q가 진행 중인 일에 자신을 포함시켜 달라는 부탁을 했다고 했다. P는 그건 안 될 말이라며 반발했지만, Q는 일의 성사 가능성을 높이기 위해서는 참여자 수를 늘리는 게 필요하다며 괴로운 표정을 지었다.

둘의 대화는 나와 상관없이 한동안 오갔다. Q와 나를 연관 지어 떠돈다는 소문에는 별다른 신경이 쓰이지 않았던 반면, Q가 기다리기로 한 일에 대해 알고 싶었고 과연 내가 도움을 줄 수 있는지 궁금했다. 그리고 Q가 부르기 전까지 그녀가 정신을 팔고 있었던 모니터에 나타났던 그림이 머릿속을 떠나지 않았다. 얼마 전 2층 갤러리에 "서울의 변천사" 대신에 걸렸던 사진들이 틀림없었다.

P가 그만 가봐야겠다며 일어섰다. 그녀는 커피를 절반 이상 남겼다.

그녀는 나와 Q에게 시간을 빼앗았다며 미안하다고 했다. 그녀는 진심으로 미안해하고 있었다.

"저도 그만 가봐야 해요."

내가 P를 따라 나서겠다고 하자, Q가 당혹스러운 듯 나와 P를 번갈아 쳐다봤다. P까지 덩달아 난처한 기색을 보였다. 나는 얼굴만 보고 가려고 했다며 난처해하는 P를 달래고, 곧 다시 들르겠다고 해 Q를 다독였다. 그는 더 이상 나를 붙잡지 않았지만 많이 아쉬워하고 있다는 걸 어렵지 않게 알 수 있었다. 배웅을 나오려는 Q에게 곧 다시 볼 텐데요, 뭐, 라고 말을 하고 그의 손을 잡았다 놓으며 사무실에 남아있도록 했다.

P에게 지하철역까지 태워다 달라는 부탁을 했다.

나는 그녀의 차가 주차된 삼청동 차로까지, 아무 말 없이 그녀의 뒤를 따랐다. P는 사무실 앞 가파른 계단을 이용했다. P를 따라 나선 건 Q에게 벌어지고 있는 일들을 알아내기 위해서였지만, 그녀를 통해 내 궁금증을 해결하는 것이 옳은지에 대한 확신은 없었다. 내가 그녀와 두어 걸음 의 간격을 둔 건 그런 고민에 빠져있었기 때문이었다.

나는 그녀가 모는 승용차의 조수석에 앉아 그들의 대화를 엿들었다는 자백을 했다. 내가 일의 자초지종에 대해 물었다. 운전대를 잡고 있었기 때문인지 그녀는 잠시 나를 곁눈질했을 뿐 바로 입을 열지 않았다. 내가 도울 수 있는 일이 있다면 돕고 싶다는 말도 했다. P는 경복궁 정문에서 십여 미터 떨어진 도로변의 주차된 관광버스 앞에 차를 세웠다. 몸을 틀어 잠시 뒤쪽을 응시하던 - 관광버스에서 내려 온 중국인 관광객들이 인솔자로 보이는 남자가 흔드는 빨간 깃발을 아래 줄을 맞춰 모이고 있었다. - 그녀가 잠시 사이를 두고 입을 열었다.

"Q로서는 난처한 상황이 되어버렸어."

인사동 일대가 시민들의 관심을 받게 되자, 서울시는 광화문과 시청, 남대문을 지나 서울역까지로 예정되었던 도심 개발 사업에 인사동과 삼청동 일대까지 포함시키며 "문화, 예술 복합지구"로 확장하는 새로운 개발계획을 세웠다. 서울시는 내국인은 물론, 외국인들까지 유인하는 방안을 마련하기로 하고 지역을 나눈 뒤, 지역별로 자문위원 추천을 받았다. 삼청동과 가회동의 자문위원으로 위촉된 것이 Q였다. 그가 역사선생이었다는 것과 아마추어 사진작가 시절 '서울의 어제와 오늘'이라는 전시회를 열어 서울의 변천사를 담은 사진을 공개했던 것이 계기가 되었다.

Q는 삼청동 일대의 낡은 전통가옥을 원형대로 복구할 수 있도록 서울시가 자금을 지원해줄 것과 북촌 일대에 소형 갤러리나 박물관의 허가 기준을 완화해 줄 것을 건의했다. 서울시는 이를 받아들였다. 전통가옥의 원형 복원은 대체로 순조롭게 진행되었다. 문제는 그 다음이었다. Q의 의도는 다양한 문화 콘텐츠를 발굴해 일반인들과의 채널을 확보하려는 것이었다. 하지만 개발계획이 공식 발표되기 전부터 북촌 일대의 부동산은 하나둘 돈 있는 사람들 손으로 넘어가고 있었다. Q와 뜻을 함께하면서도 주머니 사정이 넉넉하지 않았던 일부 참여자들은 부유층들이 사들인 건물에 비싼 세를 들거나 구석진 곳에서나 겨우자리를 잡을 수 있었다. 그들은 생존을 위해 어떻게든 자신들을 외부로 알릴 방법을 찾아야 했다. 상황이 그 지경에 이르자 Q가나서 여러 기업을 수소문한 끝에 우리 회사와 연이 닿았던 거다. Q를 대표로 해 북촌 예술 문화 협의회를 구성한 21명의 참여자들은 자신들이 운영하는 소형 갤러리와 박물관을 한 달간 시민들에게 무료로 개방하기로 하고 이에 소요되는 자금을 회사로부터 지원받기로 했었다.

"이 일이 틀어지면, Q가 모든 책임을 뒤집어쓰게 될 상황이야. 그 사람들 대다수가 있는 재산 다 털어 넣고 은행 돈까지 댕겨서 이곳으로 들어왔으니까. 상황이 이런데도 기어코 그 사진들을 걸겠다고 드니……."

내 추측대로 P는 컴퓨터 모니터에서 그것을 보고 있었다. 전체에게 Q가 한 약속을 그녀가 알고 있는지는 알 수 없었지만. 아니, 그녀는 알고 있었을 거다. 다만 Q의 절실함을 공유하지 못했을 뿐이었다. 나는, Q의 약속이 지켜지게 하고 싶었다.

●

등잔 밑

셔터 문을 내리고 한 시간 가까이가 지났다. 셔터 문이 내려오기 직전 청원경찰과 실랑이를 벌인 끝에 객장 안으로 들어오는데 성공한 사십 대 중반의 남자가 아직도 창구에 남아있었다. 책임자 전부와 고참직원은 지점장이 소집한 마감 회의에 불려가 자리를 비운 상태였다.

지점장은 명예퇴직자 명단에서 제외되는 행운을 거머쥐었다. 희망퇴직 신청자가 회사가 계획했던 인원을 초과했다는 얘기가 돌았다. 여직원들이 예상 밖에 많은 지원을 한 탓이라는 풍문이었다. 결국 명예퇴직은 당초 취지와는 어긋난 결과를 자초한 셈이다. 이를 두고 여자들의 애사심과 책임감에 대해 왈가왈부하는 소리가 들려오기도 했다. 떠난 여자들은 비난을 받았고 남은 여직원들은 애사심을 의심받아야 한다.

운 좋게 살아남은 지점장에게는 1년이라는 조건부 유예기간이 주어졌다. 지점장은 1년 안에 자신의 목숨 값을 증명해야 한다. 지점장은 그걸 원했을까? 누군가의 희생으로 얻어낸 1년을? 1년이 그를 더욱 피폐하게 할 거다. 그에게는 마지막 1년이었고 아래 직원들에게는 또 1년이었다.

마지막 손님의 일 처리가 마무리되어 가는 듯했다. 마지막 손님과 마주 앉은 주 대리의 얼굴은 복합적이다. 입장을 허락한 청원경찰에 대한 원망, 마지막 손님을 맞게 된 불운함에 대한 한탄, 손님을 처리한 후 바쁘게 처리해야 할 많은 일들 때문에 드는 조급함. 그가 결정한 것은 하나도 없었다.

드문드문 비어있는 자리를 곁눈질하며 인사부에 근무 중인 입사동기에게 전화를 걸었다. 매년 두 번씩 갖는 동기모임에 최근 이년간 참석하지 않았던 탓에 전화가 연결되고 본론을 꺼낼 때까지 적잖은 시간이 흘렀다. 책임자들이 나오지는 않을까 하는 조바심이 들어 회의를 하고 있을 지점장실 쪽으로 자꾸만 눈이 갔다. 나라는 걸 밝히자 그녀는 오랜만이라며 근황을 캐묻고 해묵은 과거사를 들추는 통에 얼마간 괜한 짓을 하고 있는 건 아닌가 싶었다. 인사부서라고는 하지만 그녀 역시 말단직원에 지나지 않았다. 그녀의 호들갑에 장단을 맞추느라 돌아올 답이 뻔한 그녀의 일상과 관련한 질문을 하지 않을 수 없었다. 얼추 장단을 맞춰주었다는 생각이 들어 하려던 얘기를 꺼냈다.

"우리 회사에서 후원하기로 하고, 행사를 준비 중인 거래처가 있는데, 언제쯤 자금이 지원되는지를 알고 싶어 하셔서……. 홍보부하고 얘기가 상당히 진행된 모양이던데."

"어떤 거래천데?"

그녀는 회사에서 정해놓은 잣대를 들이대 질문을 했다. 거래 규모나 자금을 지원함으로써 나중에 챙길 만한 이익이 있는가를 묻는 거였다. 그게 아니라면 특별한 친분 같은 거라도. 마땅한 답을 내놓지 못하고 우물쭈물하는 사이, 다행스럽게도 그녀가 말을 이었다.

"홍보부라면, 아는 사람이 있기는 한데."

"그래? 그럼 알아봐줄 수 있어?"

그녀에게서 연락이 온 건 그로부터 사흘이 지나서였다. 그녀가 내 얘기를 가볍게 생각해 이미 잊어버렸을 거라는 불신감에 시달리며 몇 번이고 전화를 들었다 놓았다. 혹시나 사내 메신저로 소식을 알려 오진 않았을까 싶어 자리를 비웠다 돌아올 때마다 사내 메신저를 살폈다. 나는 두 손으로 공손하게 그녀의 사내번호가 찍히며 울리는 전화기를 들었다.

"홍보부 직원 얘기로는 기획부로 제안서를 넘긴 건 벌써 석 달 전 얘기라던데."

"그래? 그런데 왜?"

"기획부 생각이 처음하고는 많이 달라졌나 봐. 그 뒤로 위에서 다른 행사 지원을 검토하라는 지시가 다이렉트로 기획부로 내려왔대. 위가 어디까지를 의미하는지는 자기도 모르겠다고 하더라고. 그게, 무슨 뮤지컬이라지 아마?"

잠시 그녀의 말이 끊겼다. 수화기 너머로 그녀와 동료 직원이라고 짐작되는 사람들의 목소리가 오갔다. 아마도 통화 중에 그녀의 직장 동료가 끼어든 듯싶다. 정신을 수화기에 닿은 귀에 집중하고 있었던 터라 그들 간에 오가는 소리가 또렷하게 들렸다. 시답잖은, 건성으로 주고받는 얘기. 누군지 몰라도 대화를 방해하고 있는 그가 괘씸했다.

"응, 너 S그룹 알지?"

그녀는 미안하다는 말을 하고 나와의 대화를 이어나갔다. S그룹을 모르는 사람이 대한민국에 있을까?

"그 뮤지컬 기획자가 S그룹 고위층하고 상당한 친분이 있는 사람인가봐. 담당자 말이 알 만한 사람은 다 아는 사이래. 그게 그렇잖아. 이미 세상 사람들이 다 알만큼 가까운 사이라면 사람들 이목 때문이라도 대놓고 뒤를 봐줄 수 없는 거 말이야. 그래서 S그룹이 우리 회사에 연을 댔나봐. 자기네가 직접 나서는 대신 우리 회사가 힘을 써달라는 거지. S그룹차원에서 우리 회사와 큼지막한 거래를 성사시켜 주기로 하고, 우리는 뮤지컬의 공식 스폰서가 되는 거지. 회사 입장에서는 연초 선물로는 최고지. 뭐, 그런 마당에 기획부가 어쩌겠어? 그리고, 그게 뭐더라? 북촌, 문화 예술 마을 어쩌고 말이야. 그것보다는 뮤지컬을 지원하는 쪽이 손도 덜 가고 여러모로 이익 되는 게 많대."

"그래?"

나는 아무렇지 않게 그녀의 말을 받아들이는 척했다. 나는 이미 알 수 있었다. Q의 계획은 물거품이 되었다는 걸.

"그런데 거래처에서는 서로 얘기가 상당히 진척되어서 곧 돈이 나올 거라고 믿고 있던데……."

지푸라기라도 잡고 싶은 심정을 담아내지 못한 채 남 얘기하듯 해야 하는 상황에 속이 타 들어갔다.

"어머! 아줌마, 왜 이러셔? 거야 정식 서류에 서로 사인하기 전이라면 언제라도 뒤집을 수 있는 거지. 연애나 동거가 결혼한 거랑 같을 수는 없잖아?"

내 얘기를 가로챈 그녀는 자신의 비유가 마음에 들었던 모양이다. 그녀가 경쾌한 웃음소리를 냈다. 분명 나는 그녀를 얘기를 반박할 수 있었다. 그건 그런 식으로 비교되어서는 안 된다.

관계의 가치는 당사자들의 몫이어서 다른 누군가에 의해 저울질 되어서는 안 된다는 사실을 나는 알고 있었지만 그녀는 몰랐다. 나는 그녀의 웃음소리를 듣고만 있었다. 그녀는 이해하지 못할 것이다. 그리고 그녀를 제외한 많은 사람들도 예외는 아닐 테니까.

"조만간 적당한 구실을 찾아내면, 없던 일로 하겠다는 통보를 하겠지. 그러려면 시간이 필요할 거야. 적어도 신중하게 검토했다는 이유를 대기 위해서라도 말이지."

웃음을 그친 그녀는 그렇게 말하고는 몇 년 전 회사 내 경영진 간에 벌어진 사건을 꺼냈다. 그녀는 나를 상대로 우월한 기분을 느끼고 싶었던 듯하다.

은행이 당시 은행장의 횡령혐의를 언론에 흘린 것이 사건의 발단이었다. 언론보도를 접한 그룹의 회장은 사건의 진상을 규명하라는 지시를 내리는 대신, 임기의 절반 이상이 남은 은행장에게 자진해서 물러날 것을 종용했다.

사건은 그룹 내 일인자로 군림하고 있던 회장과 이인자인 행장 간의 권력싸움으로 비춰졌다. 자신의 결백을 주장하며 버티는 은행장과 사실 여부야 어찌 되었든 불미스런 풍문으로 회사의 명예를 실추시킨 것만으로 행장의 자진 퇴진 이유가 충분하다는 회장 측의 주장으로 인해 회사 임원들은 양편으로 갈라졌다. 당시 은행장은 경영실적이 나쁘지 않았던 데다 현장영업을 중시해, 일선 직원들과의 대화채널을 강화하는 등의 행보를 보여 직원들로부터 두터운 신망을 얻고 있었다. 노동조합도 은행장 편을 드는 성명서를 냈다. 하지만 싸움의 장이 법원으로 넘어가게 되자 은행장 편에 섰던 사람들은 하나둘씩 모습을 감췄다. 제3자의 개입은 기득권을 거머쥐고 있는 회장에게 유리하게 작용할거라는 계산 때문이었다. 결국 자기편을 모두 잃은 은행장은 창사 이래 최초로 임기를 채우지 못하고 물러나는 불명예를 감수해야 했다. 은행장의 무혐의가 밝혀진 건 그로부터 몇 년이 지나서였다. 그때까지 사건을 기억하는 사람은 극소수에 불과했고, 법원이 은행장의 손을 들어주었음에도 불구하고 은행장의 퇴진이 회사 전체를 위해서 어쩔 수 없었던 일이라는 생각이 지배하게 되었다.

"세상일이 그런 식인데 조그만 거래처하고 한 약속을 깨는 거야 호떡 뒤집는 것보다 쉽지 뭐. 그리고, 그 북촌 문화 마을 후원과 관련해서 더 알고 싶으면 네 남편한테 물어봐. 나도 이번에 알았는데 네 남편이 기획부에서 실세라고 하더라. 이번 건도 네 남편 수중에서 판가름 났을 거야. 이 등잔 밑에 사는 여자야. 그나저나 좋겠다. 잘난 남편 둬서."

그녀는 어려운 일이 있으면 언제든 연락을 하라며 마치 내 해묵은 고민거리를 해결해준 것처럼 말했다. 다음 번 동기모임에 꼭 참석하라는 당부를 끝으로 전화를 끊었다.

전직 은행장과 관련된 얘기는 이미 알고 있었다. 그녀는 자신을 포함한 본부 직원 몇 명만이 알고 있을 사실이라고 믿었던 모양이다. 하긴, 그 이후 전 직원을 대상으로 회사 밖에서 그 일과 관련된 언급을 삼가라는 지침이 내려지기도 했으니까. 인사부에 몸을 담고 있긴 해도 그녀는 일개 말단 여직원에 불과했다. 누가 등잔 밑에 사는가? 그녀나 나나 다를 게 없었다.

●

종합선물세트

'당장은 당신과 내가 예전의 상태를 회복할 수 없겠지.

하지만 진우를 생각하고 서로의 미래를 위해서라면,

다시 한번 노력해야 한다는 게 내 결론이야.

아직도 내게서 미안하다는 말을 듣기를 원한다면 그렇게 할게.

미안해. 당신 생각을 듣고 싶어.

모레 저녁 시간을 낼 수 있을 것 같으니 그때 얘기해.'

　나는 신문과 함께 배달된 광고지를 대하듯 남편이 보내 온 메일을 읽었다. '다시없을 대박 세일!', '초저가 구입의 마지막 찬스!' 같은 전단지에 적힌 광고 문구가 떠올랐다. 나는 나란히 글자가 배열되며 만든 행을 일정한 패턴으로 따라갔을 뿐이다. 현혹되지 않기 위해서.

단어 사이나, 문법에 맞추어 박힌 문장 앞뒤의 쉼표와 마침표에서도 속도를 늦추거나 멈추는 법 없이 글의 끝까지 다다랐다. 문장 마지막에 찍힌 마침표에 도착하고 다시 맨 앞으로 돌아가는 일은 없었다. 검은 점이 제자리를 맴돌았다. 어느 쪽으로도 움직이지 않은 채 고집스럽게 같은 자리를 굴렀다. 나는 그만 눈을 감았다. 점이 조금씩 커지더니 나를 덮쳤다. 나는 암흑 속에 있었다. 숨이 막혀왔다. 남편의 글은 마침표가 전부였다.

퇴근시간이 되자 어김없이 전화가 걸려왔다. 아이든 어머니든 제일 먼저 내 퇴근시간을 물을 거다. 내일도 그럴 거다.

지하철역 안내방송을 통해 남자의 목소리가 연이어 흘러나오고 있었다. 남자는 다음 열차가 곧 도착한다며 다음 열차를 이용하라고 했다. 그럼에도 불구하고 - 남자의 목소리는 그들을 설득하기엔 역부족이었다. 감정 없는 목소리는 이미 체념한 듯 들렸다. - 막 닫히려던 열차의 출입문은, 당장 눈앞에 선 지하철을 타려는 사람들로 인해 다시 열렸다. 시민의식은 쓰레기통에서나 찾을 수 있을 거다. 나는 물러설 줄 모르는 용감한 시민들에게 자리를 양보하고 뒤로 물러났다. 지하철은 가까스로 역을 떠났다. 차창으로 보이는 일그러진 얼굴들. 경쟁에서 이기고도 만족감을 얻지 못한 사람들. 그들의 욕심이 과했던 탓일까? 남은 사람들이 다음 순서를 벼르며 다시 대기선 앞으로 몰려들었다. 남편에게 문자를 보냈다.

'메일봤어시간이필요해'

띄어쓰기도 마침표도 필요 없었다. 고대인들의 글쓰기처럼. 나조차 해석 불가능한 답. 시간이라니? 남편은 얼마만큼이냐고 물을 테다. 그걸 누가 알 수 있을까? 원한다면 시간을 앞당길 수 있을까? 그러기 위해서는 어떤 방법을 동원해야 하는가? 남편과 내가 동시에 원하는 시간은 영원히 오지 않을 거다. 너의 시간이 나의 것과 일치하기를 바라는 건 삶의 파괴다.

발길이 멈춘 건 사거리 횡단보도 앞에서였다. 무심히 내디딘 발걸음이었지만, 나는 한 치의 어긋남 없이 매일같이 오가는 경로를 따라, 안전하게 그곳까지 도착했다. 횡단보도를 건너면 부모님의 아파트다. 거기서 아이를 데리고 집으로 가면 될 것이다. 하루가 곧 마감될 거라는 의미다. 신호등이 푸른색으로 바뀌었다. 보행신호를 기다리며 섰던 사람들 뒤에서 자전거 안장에 한쪽 엉덩이를 걸치고 있던 고등학생으로 보이는 남자아이 하나가능숙한 솜씨로 페달을 밟더니 사람들 사이를 헤집고 나왔다. 횡단보도를 건너며 속도를 낸 자전거는 건너편 횡단보도에 닿기 직전에 방향을 틀더니 차도 가장자리를 따라 내달렸다. 자전거는 라이트를 켜지 않았다. 자전거에는 라이트가 없는 지도 모른다. 어둑해진 도로 위로 멀어지는 자전거가 위태로워 보였다.

나는 마치 낡고 오래된 나무다리를 건너듯 천천히 횡단보도를 건넜다.

나를 맞는 아이는 언제나처럼 환호성을 지른다. 엄마! 엄마! 어머니가 아이와 나를 번갈아 보며 한숨을 쉬었다. 어머니는 자신이 뱉은 한숨이 내 미래에 보탬이 되리라고 믿고 있었다. 어머니는 내 몸과 마음에 존재하는 셀 수 없는 구멍들의 존재를 알 리가 없다. 어머니의 한숨은 그 구멍들을 통해 내 안으로 들어와 작은 회오리를 일으켜, 나 스스로 힘겹게 쌓아 올린 의지를 날려 보내려 한다. 어머니도 언제가 한번쯤 나와 같은 생각을 한 적이 있었다는 사실을 어머니는 잊었다. 아버지는 자신의 전형적인 시위방식을 고수하며 안방에 틀어박힌 채 나를 외면한다. 부모님의 방식은 더 이상 내 삶을 이끄는 지혜가 아니다. 강요이자 억압에 지나지 않는다.

아이의 유치원 가방을 정리하는데 휴대폰이 울렸다. 오 대리였다.

"언니, 차장님이 화가 많이 났어요. 오전에 시킨 일이 어찌되었냐고 물으세요."

아차 싶었다. 남편이 보낸 메일 탓이었다. 아니다. 남편의 메일을 읽고 난 뒤, 아무 생각도 말자며 뇌에게 잠자코 있기를 강요했던 내 탓이었다. 오 대리의 전화를 끊고 차장의 번호를 찾았다. 오전이라고? 차장이 천 명이 넘는 고객들의 정보가 든 파일을 보낸 건 점심을 먹으러 가기 직전이었다. 옆자리의 오 대리가 막 자리로 돌아와 치약 냄새를 풍기며 내게 식사를 하러 가라고 했다. 입맛이 없어 점심식사 대신 커피숍에 앉아 Q와 전화통화를 할 생각이었다. 첫 신호음이 그치기가 무섭게 퉁명스런 차장의 목소리가 들렸다.

"죄송해요. 애 때문에 서둘러 퇴근하느라 깜빡했어요. 내일 아침 일찍 출근해서 처리할게요."

사실 차장이 내게 주문한 일이 어떤 것인지조차 알지 못했다. 왜 그 작업이 필요한 건지, 어떤 의도로 만들어진 파일인지 내게 아무런 설명도 해주지 않았다. 언제부턴가 맡겨진 일에 대해 내가 해야 할 마땅한 이유가 듣고 싶어졌다.

잠자리에서 아이가 물었다.

"엄마는 아빠 안 사랑해?"

아이는 내가 들려주는 동화의 내용에 의문이 품었을 때의 얼굴을 하고 있었다. 할머니를 대신해 침대를 차지한 늑대를 눈치채지 못한 빨간 망토나, 배가 갈라지고 그 속이 돌로 채워지는데도 잠에서 깨어날 줄을 모르는 늑대로 인해 아이는 그런 표정을 했다.

"갑자기 그게 왜 궁금해졌어?"

"아빠가 그랬어. 엄마는 아빠 말고 다른 아저씨를 사랑한대."

아이의 얘기를 듣자 강제로 공기를 밀어 넣은 것처럼 폐가 팽팽하게 부풀었다. 남편이 보낸 메일이 공허할 수밖에 없는 이유다. 가슴을 파고드는 아이의 두 볼을 내 두 손으로 부드럽게 감쌌다.

"사랑은 커다란 자루 같은 거야, 그 자루 안에는 많은 것들이 들어있어. 그러니까……. 진우 종합선물세트 알지? 그 선물 상자 안에 여러 종류의 과자가 들어있는 것처럼 말이야."

내 비유가 적절했는지 알 수 없었지만 아이는 머릿속에 종합선물세트가 들어왔다.

"엄마, 근데 난 영양갱하고 풍선껌은 싫어!"

명절이면 시부모님은 아이를 위해 종합선물세트를 준비하곤 했다. 인근 슈퍼마켓에서 구입한 선물세트는 대략 열댓 가지의 과자들로 채워져 있었다. 아이는 친할아버지에게서 받은 선물상자를 열어 영양갱과 풍선껌을 꺼내 시동생이나 내게 주곤 했다. 아이는 영양갱은 한약 냄새가 나고 풍선껌은 질기다며 골라냈다.

아이가 하품을 하며 내 가슴에 얼굴을 묻었다. 나는 아이의 손을 쥐었다. 아이가 사랑한다고 말해주었다.

잠이 든 아이가 옅은 숨소리를 냈다. 내 설명이 부족했단 생각이 든다. 아니, 다시 설명을 하라 한들 모자란 수준을 벗어날 수는 없을 거다. 영원히. 다만, 빠뜨린 것이 있다면 그 종합선물세트 상자는 영원히 열리지 않을 것이라는 사실이다. 우리는 그 안에 무엇이 들었는지 상상을 할 뿐이다. 상상만으로 이미 엄청난 위력을 발휘하는 사랑이, 밖으로 나오게 된다면 상상을 초월한 일이 벌어지고 말 거다. 그게 아니라면 너무 초라한 모습을 하고 있어 기대했던 사람들을 허무하게 하려나? 내가 그렇게 얘기를 해주었다면 아이는 실망을 했을까?

사랑은 명사로 사용될 수 없다. 대상을 확정 지을 수 없기 때문에. 세상을 떠도는 사랑에 대한 모든 정의는 빨간 모자를 쓴 소녀가 등장하는 동화만큼이나 사람들의 입맛에 맞게 꾸며진 걸지도 모른다. 류시화 시인의 시가 생각난다.

'사랑하라 한번도 상처받지 않은 것처럼'

나는 이렇게 고쳐 쓰고 싶다.

"사랑하라. 영원히 상처받지 않을 것처럼."

어째, 이 말은 대형교회 목사의 냄새가 난다. 하지만 어쩌겠는가? 그들이 추앙하는 신처럼 사랑이란 것도 우리 스스로를 속이기 위해 만들어낸 허상에 불과한 것을.

●

공백

"삼청동 건물을 비워줘야 할 것 같아."

점심시간에 회사 앞 커피숍에서 Q를 만났다. Q는 수유리 집을 처분할 계획이라고 했다. 그와 관련된 문제를 상의하기 위해 전처가 머물고 있는 스위스엘 다녀올 거라고 했다. 그것이 그가 떠나는 이유의 전부가 아니라는 것을 알면서도 더 이상을 캐묻지 않았다. 기운이 조금 빠진 듯했지만 Q는 잘 견뎌내고 있었다.

열흘, 한 달, 일 년, 공백의 길이는 나와 Q 사이에서는 아무런 문제가 되지 않는다. 그와 나 사이에는 어떠한 약속도, 다짐도 존재하지 않는다.

Q가 일회용 커피 잔에 씌워놓은 플라스틱 덮개를 벗겨내고

잔의 가장자리에 입을 댔다. 내 입가에 실낱같은 미소가 피어났다. '세상이 진화하고 있다는 걸 실감케 하는 거라고는 플라스틱 뚜껑을 덮은 커피 잔에 난 작은 구멍에 빨대를 꽂고 커피를 쪽쪽 빨아대는 게 전부라는 사실이 정말이지 놀랍지 않아?'라고 했던 그의 말이 기억난다. Q도 같은 기억을 떠올렸을 것이다. 내게 보여준 미소로 충분히 짐작할 수 있었다. 그때 그는 호모 종의 진화과정에서 제거되지 않은 폭력성 대해서도 말하는 중이었다. 자원과 암컷에 대한 수컷들의 해묵은 탐욕, 그로 인한 불평등.

Q는 시간을 확인하고 천천히 몸을 일으켰다. 시간의 지시에 따라야 할 순간이었다. 하지만 그는 곧 자신의 시간을 되찾을 거다.

"지수 안에 비밀들과 대화를 시작해. 저절로 사라질 거라고 믿고 방치해두었다가는 매일 똑같은 아침을 맞게 될 거야. 해묵은 편견에 쫓겨 숨어야 했던 비밀을 설득해 세상과 맞서도록 하는 건 지수 몫이야. 지수는 할 수 있어."

Q가 자신의 아파트 열쇠를 내게 맡기며 해준 말이다.

인사부 동기의 말대로 Q가 기획했던 일을 후원하기로 했던 회사의 약속은 없었던 일이 되었다. 그의 전처가 남긴 사진을 거는 것도 물 건너갔다. 북촌 문화마을 조성 사업이 전면 수정되어야 한다는 비판이 언론에서 흘러나왔다. 삼청동 소재 모 갤러리에 외설적인 사진작품이 전시되었다는 예를 들며, 저급한 기치 문화의 무분별한 공급은 시민들의 정서에 악영향을 끼친다며 적당한 기준을 마련해야 한다고 했다. 그러면서도 인터넷을 떠도는 범죄적 영상에 대해서는 손을 놓고 있다. 눈사람의 얼굴을 한 남자와 벌이는 전 여자친구와의 정사신, 몰래 촬영한 여성들의 치마 속, 여성 탈의실……

물론, 반대 의견이 있기는 했다.

후원을 취소하기로 결정하는 과정에 남편이 관여했는지 알 수는 일이다. 이미 그의 이름을 알고 있었던 남편이, Q가 회사에서 후원하려 했던 행사의 기획자로 참여하고 있다는 사실을 모를 리는 없었을 거다. 남편 역시 위의 지시를 따라야 했을 테니까.

남편에게도 절반의 시련이 있었다. 모두의 예상대로 승진을 했지만, 한직으로 물러나야 하는 수모를 겪었다. 본부 부서에서 승승장구하리라던 그가, 변두리 출장소로 발령을 받은 거다. 거기에 어떤 이유가 있었는지 남편 역시 잘 알 거다.

●

에
필
로
그

에필로그

．
．

　2014년 4월 27일 그는 떠났다. 그날엔 옛 유행가 가사처럼 봄비가 내렸다.

　그리고 날이 갰다. 그리고……. 당신은 내가 무슨 얘기를 들려주기를 기대하는가?

　자연은 습관처럼 지난 시간을 기억하고 있었다. 시간이 자연에게 되풀이하도록 해놓은 일들. 육안으로 확인 불가능한 하늘 저 너머에서 벌어지는 일 말고, 눈앞에서 펼쳐지는 일들. 아파트 단지 안에 개나리는 노란 꽃을 피우고, 허옇고 우중충했던 수락산은 아래서부터 시작해 높을 곳을 향해 푸른색으로 바뀌어 갔다. 햇볕은 점점 강해졌고 장미꽃이 피고 가로수는 풍성해졌다. 사람들의 옷차림은 가벼워졌고, 무더위가 기승을 떨자 휴가를 떠났다.

그리고 휴가를 떠났던 사람들이 하나둘씩 돌아오고 나자, 굵
은 비가 내리는 날이 잦아지더니 어느새 떨어진 장미꽃을 대신
해 코스모스가 바람에 하느작거린다. 이런 얘기를 원하는가?

나는 슬프지 않다.

그가 떠난 후, 나는 지난 다이어리를 펼쳤다. 마음 내킬 때마
다 끄적거렸던 일기 아닌 일기. 짧게는 두세 줄, 길어봐야 열 줄
을 넘지 않는 기록들이다. 지금도 나는 다이어리를 상대로 혼
잣말을 하고 있다. 낙태 수술 이후 그리고 Q를 만나게 되면서,
날짜 옆에 갈매기를 그려 넣는 대신 글을 끄적이는 날이 잦아졌
다. 시인을 흉내 낸 글도 있었다. 업무용 다이어리가 그런 식
으로 쓰이고 있다는 걸 회사에서 알게 된다면 어떤 반응을 보일
까?

문득, 누군가 - 신이 아니라 - 나에 관해 기록하는 상상을 해본
다. '나에 대해 적는다.' 그런 상상은 나를 행복하게 한다. 하지
만 아무리 치밀하다 해도 내 생애가 통째로 그의 노트에 기록될
수는 없다. 부모님, 어린 시절의 친구들, 사랑과 남자, 생리에
관한 얘기를 나누었던 사춘기 시절의 친구들, 직장동료, 남편,
그리고 아이, J, Q, 그 외에 나와 인연을 맺고 기억을 나누어 가

진 사람들, 나와 관련된 이들이 간직한 내 기억의 조각은 내게서 모인다. 결국 내 삶의 전부를 기록하고 열람할 수 있는 건 나뿐이다. 그들은 조력자에 불과하다. 나는 이제 내 비밀들을 다이어리에 털어놓고 있다.

나는 Q의 말을 기억하고 있었고, Q 또한 잊지 않았다. 나는 세상으로부터 외면당한 채 내 안 깊숙한 곳에 묻어두었던 비밀들을 꺼냈다. 이제 막 불려 나온 비밀들과의 대화는 다이어리 속에 갇혀 속 시원한 단계까지 진전되지 못한 듯싶다. 그건 이제 시작일 뿐이니까.

Q로부터 메일이 도착했다. Q가 장담한 한 달은 어느 새 육 개월을 넘기고 있다. 그가 떠난 뒤로 시간을 헤아려 본 일은 없었지만 알 수 있다. 나는 내 시간을 손에 넣었다.

이번에 보내온 메일엔 사진이 첨부되었다. Q의 전처가 - 메일에서 Q는 자신의 전처를 연서라고, 나는 그녀를 언니라고 썼다. - 운영하는 게스트하우스를 배경으로 그를 비롯해 언니, 딸, 언니의 남자친구가 함께 있는 사진이었다. 모두들 무슨 이유에선지 (나 나름대로 짐작되는 이유가 있었지만) 나를 향해 환하게 웃고 있었다.

스위스 지방대학의 교수로 재직 중이라는 언니의 남자친구는 갸름한 얼굴에 창백하다고 느껴질 만큼 하얀 얼굴에 금발의 긴 머리칼을 가지고 있었다. Q는 일전에 그의 얘기를 꺼내며 스위스 용병다운 모습이라곤 조금도 찾아볼 수 없는, 도대체가 남자다운 구석이라고는 도무지 찾을 수가 없는 스위스 사람이라고 했었다. 말을 하고 난 그가 "왠지 이런 기분이 들 때마다 내가 사피엔스 종이 맞나 싶어."라며 겸연쩍은 웃음을 웃었다.

언니의 남자친구가 Q에게 자신의 대학교에서 사진전을 열 수 있도록 도왔다고 했다. 두어 달 전 Q의 부탁으로 그의 집에 보관되어 있었던 필름과 사진을 커다란 상자 두 개에 나누어 담아 스위스로 보냈다. 그때 Q는 우편물의 수령할 주소와 함께 스위스를 도피처로 삼았던 철학자들을 거론했다. 그 때문에 나는 좀 웃었다.

Q는 내가 보낸 사진과 필름을 언니와 함께 새로 작업을 했다고 했다. 그리고 그 결과물들을 게스트하우스에 전시해 게스트하우스를 찾은 사람들로부터 좋은 반응을 얻었다고 했다. 나는 Q에게 내가 그녀에게 고마워하고 있다고 전해달라고 했다. Q에게는 잘했다고 했다.

사용이 가능한 휴가 전부를 긁어모아 휴가를 신청했다. 삼 주에 이르는 긴 휴가 일정이 완성되고 휴가신청서를 제출하자, 직장은 그야말로 벌집을 쑤셔 놓은 듯 발칵 뒤집혔다. 소극적인 지지를 보내온 직원이 없었던 건 아니었지만, 지점장을 비롯한 상사들은 물론, 애사심으로 무장한 일부 남자직원들까지 나를 볼 때마다 있는 대로 눈살을 찌푸리며 눈치를 주었다.

그저께 아침 회의시간 중에 발언권을 얻어낸 나는, 내 휴가계획이 회사의 내규상 아무런 하자가 없음을 설명하고, 다른 직원들 역시 나와 같은 기회를 갖게 되기를 바란다고 했다. 그걸로 당장 내 이기심과 빈약한 애사심에 쏠린 비난과 원망을 누그러뜨릴 수 없다는 건 잘 알고 있다.

여행사로부터 항공권예약이 완료되었다는 문자가 도착했다. 귀국 후에는 여러모로 고단한 직장생활이 될 테다. 하지만 내 내공도 어지간히 단련되었으니 호락호락하지만은 않을 거다. 나는 무엇보다 나를 믿기로 했다.

그리고, 이혼과 관련한 얘기를 빼놓을 수는 없겠다. 결론부터 말하자면, 나는 몇 달 전부터 이혼 생활을 하는 중이다. 소위 돌아온 싱글이 된 셈이다. 이혼 신고를 끝내고 구청에서 나오는 길에 K - 남편의. 아니 전남편의 이름이다. 나는 그에게 이름을 돌려주었다. - 에게 전화를 걸어 우리의 공식적인 결혼 생활의 끝이 공식적으로 확인됐다는 사실을 알려주었다. 차분한 내 목소리를 들은 K는 별다른 반응을 내놓지 않았고, 알았다며 전화를 끊었다. 주민등록상에 K와 나의 관계는 동거인으로 바뀌었다. 그로부터 한 달 정도 후에 시어머니로부터 전화가 걸려왔다. 자초지종을 묻는 시어머니에게 정중하고 또박또박한 목소리로 죄송하다는 말을 한 뒤, 자세한 이야기는 K에게 들으시라고 했다. 이제 그건 K의 몫이다. 시어머니와의 통화를 끊고 나자 경쾌한 콧소리와 함께 혼잣말이 절로 흘러나왔다. 결혼 후 하나하나씩 늘어났던 짐들을, 벗어 던지고 나니 그 무게가 얼마나 무거웠는지 실감하게 된다. 물론 나는 또 다른 짐들을 짊어지게 될 거다. 이젠 잘 골라야 할 거다. 어찌 되든 되겠지.

그리고, 우리 부모님. 두 분 역시 이혼 소식을 전해 듣고 경악해 마지않았다. 하지만 나와 K, 그리고 진우가 여전히 한집에서 함께 살고 있다는 사실에 고개를 갸우뚱하면서도 안도의 한숨을 내쉬는 눈치다.

끝내 사건의 범인을 알려주지 않은 채 끝나버린 미스터리영화를 보고 난 것처럼, K는 한동안 석연치 않은 표정으로 내 주변을 어슬렁거렸다. 범인을 공개하지 않은 건 관객에게 범인을 찾아내는 숙제를 떠넘기려는 의도가 아니었다는 걸 K는 깨닫지 못했던 듯하다. 그렇게 한동안 미심쩍은 얼굴로 범인을 찾아 헤매던 그가 최근 들어 탐정 놀이를 포기하기로 한듯하다.

며칠 전, 내가 집을 비운 일요일, K가 직접 동네 슈퍼마켓에서 장을 봐와서는 손수 요리를 했다. 비록 삼겹살에 된장찌개라는 이기적인 메뉴였지만 배달음식에 의존하던 것에 비하면 진화한 거라 할 수 있겠다. 설거지는 아직 서툰 모양이어서 싱크대 여기저기에 물이 튀고 그릇 표면에 세제 거품이 남아있었다. 어쨌든 그 역시 제대로 된 현실로 돌아오는 중이다. 범인은 자신이었고, 우리 전부다.

내 휴가계획을 듣고 나자 눈이 안경알 만하게 커진 K가 언제부터 언제까지라고? 되물으며 달력을 손으로 짚으며 날짜를 확인했다. 여행 중에 Q를 만나게 될 거라는 말에 K의 눈이 다시한번 커졌을 뿐이다. 결국 K는 멍한 얼굴로 고개를 끄덕였다. 그렇게 조금씩 내 비밀의 일부도 풀려나고 있다.

K는 아이, 그리고 시부모님과 동남아 여행을 계획하는 모양이다. 아마도 K는 부모님에게 죄스런 마음을 쉽게 떨칠 수 없는 모양이다. 부모님을 동반한 해외여행 자체는 백 번 좋은 일이지만 K가 하루빨리 장남이라는 이유로 짊어진 의무감을 덜어내기를 바란다. 부모와 자식만큼 존재하는 자체만으로도 가슴 뿌듯한 관계가 있을까?

보름 뒤로 다가온 휴가를 생각하면 가슴이 벅차온다. 여행 중에 아이가 그립겠지만 내가 아니라도 많은 이들로부터 사랑을 받고 있다는 걸 아이도 알 거다. 아이는 이제 초등학생이 되었다.

그리고, 여행 중에 분명 나는 Q가 있는 곳을 찾게 될 거다.

Q와 만나는 장면을 상상해본다. 그가 내게 던질 첫마디가 궁금하다. 서로 마음 깊은 얘기를 할 수 있을 거다. 사랑이나 운명 같은 단어를 사용하게 될지도 모른다. 언어의 굴레에서 벗어난, 우리만의 고유한 의미를 가진.

비슷한 또래의 아이를 둔 엄마들 몇몇이 모여 순번을 정해 돌아가며 아이를 봐주는 모임을 만들었다. 간혹 직장 때문에 순번을 지키지 못하게 된 엄마들은 시간 대신 돈으로 때우거나 주말 순번을 맡았다. 지난 주 토요일은 광고회사에 다니는 F가, 나와 함께 주말 당번이었다. F는 그날, 결혼기념일이라며 아이들을 내게 떠맡기고 남편과 영화를 보고 저녁식사를 했다. 나 혼자 힘겨운 토요일 오후를 보냈다. F가 돈으로 보상하겠다는 걸 마다하고 오늘, 토요일 오후 진우를 맡아달라는 부탁했다.

Q가 떠난 뒤 시작한 독서가 고전문학전집 열일곱 권을 돌파했다. 어제 출근길부터 '참을 수 없는 존재의 가벼움'의 차례가 되었다. 외출 준비를 마친 뒤 '참을 수 없는 존재의 가벼움'을 새로 산 백팩의 바깥 주머니에 챙겨 넣었다. 삼 개월 전 시작한 영어회화 기초반 과정이 어제로 끝났다. 여행 계획도 있고 해서 학원은 당분간은 쉴 계획이다. 학원에서 안면을 튼 다섯 살 연하의 독신 남자가 오늘 저녁식사를 함께하자고 했다. 나는 그의

제안을 받아 들였다. F에게 진우를 맡아달라고 부탁한 이유도 그 때문이다. 약간 소심해 보이는 면이 마음에 걸리기는 하지만 연하의 남자와 단둘이 식사를 하는 건 이번이 처음이다.

그는 내가 돌싱녀라는 걸 눈치챈 듯하다. 그가 그것과 관련해 질문을 한다면 나는 내가 얼마 전 이혼했다는 것과 함께 결혼 생활 중에 만난 두 남자의 이야기도 들려줄 작정이다. 그가 "사랑했어요?"라고 묻는다면 나는 이렇게 되물을 거다.

"사랑이 섹스를 두고 말하는 건가요?"

나는 여행을 떠날 것이다.